KB119247

고스트라이터즈

김호연 장편소설

고스트라이터즈
Ghost WriterS

위즈덤하우스

차례

1장

원시 부족은 이야기꾼을 존중했지만,

이야기가 시원찮으면 그를 죽여 저녁으로 먹었다.

– 윌리엄 프로우

"다시 한 번 똑똑히 말하지만, 스토리텔링은 공식입니다."

이카로스가 제자들에게 자신의 이론을 확인하는 교수처럼 굴며 나를 살폈다. 나는 고개를 끄덕이는 시늉을 했다. 뒤이어 옆자리의 두 남자도 이카로스와 눈을 맞췄다.

이카로스는 마지막으로 성미은에게 시선을 고정했다. 덩치가 좀 있는 그녀는 눈치는 없는지 굼뜨게 고개를 끄덕였다. 이카로스가 혀를 찼다.

"공식이라고요. 내가 아이템 주고, 플롯 짜주고, 이제 공식대로 쓰기만 하면 되는데…… 미은 씨는 왜 멋대로 쓰는 거죠?"

미은은 대답 대신 민망한 미소를 지어 보였는데, 그게 이카로스를 더 화나게 했다.

"웃겨요?"

"아뇨. 전 그냥…… 근데 사실……."

"사실, 뭡니까?"

이카로스는 미은이 사실을 말 안 하면 입이라도 찢을 듯 노려봤다. 나를 비롯한 두 남자는 이 자리가 길어지지 않기만을 바랐다. 입술을 달싹이던 미은이 화를 돋우는 미소를 다시 지으며 말했다.

"전 사실…… 그 공식이란 거 잘 모르겠더라고요."

정적이 흘렀다. 이카로스가 한숨과 함께 자리에서 일어났다. 갑자기 오줌이 마려웠다. 오줌을 싸고 들어올 걸 하는 후회가 솟았다. 멍청한 성미은 덕에 이카로스의 강의를 재수강할 판이었다.

원망하듯 그녀를 노려봤다. 멍청한 건지 넉살이 좋은 건지, 그녀는 천연덕스럽게 이카로스를 바라보고 있었다. 회의실을 한 바퀴 돌고 난 이카로스가 자리에 앉고는, 미은을 노려보았다.

"들어요. 다음에 또 이런 식으로 굴면 당신은 나랑 일 못합니다. 알겠어요?"

"예. 대표님."

"스토리텔링이 뭡니까? 이야기하기죠? 이야기는 끝이 있어요, 없어요? 있죠? 끝이 있으면 시작이 있고, 그럼 뭡니까? 시작과 끝, 그리고 중간이 있겠죠? 시작, 중간, 끝. 이게 3장 구조예요. 이천사백년 전 아리스토텔레스가 시학에서 말한 게 이겁니다. 이야기는 이렇게 제한되어 있어서 그에 맞는 구조가 필요하고, 그 구조에 맞게 이야기 진행을 배치하는 공식이 있다는 거, 특히, 중간. 이 넓은 중간의 바다를 건너기 위해서는 뭐가 필요하다? 곳곳에 부표 같은 포인트들이 필요한 거고, 이게 미드 포인트고, 핀치 포인트인 겁니다. 그럼, 캐릭터를 짜는 공식은 뭡니까? 주인공은 뭐다? 반드시 능동적이어야 한다. 그리고……"

이카로스가 다시 이야기의 바다에 빠져 들어갔다. 미은은 필기하며 듣는다. 다른 두 남자도 끄적대고 있다. 오줌도 마렵고 배도 고픈 나는 듣는 시늉만 한다.

이론 따위 잘 모르겠다는 미은의 발언은 회의를 연장전으로 몰고 간 자살골이긴 했지만, 내심 통쾌한 발언이었다.

이카로스가 주장해대는 스토리텔링의 공식이란 거, 그래, 그게 있다고 쳐. 있어서 뭐?

그런 공식 따위는 결국 전자레인지에 음식을 데우는 거라고 나는 생각한다. 이야기 소재를 전자레인지에 넣고 멜로 3분, 액션 5분, 눈물 2분 버튼을 누르면 나오는 음식. 그래봐야 적당히 달달하고 적당히 현란하고 적당히 슬프겠지. 거기에 어떤 영양소가 있고 어떤 감동이 있을까?

물론 여기 반전이 있다. 이카로스는 전자레인지에 돌려 나온 그 인스턴트 스토리에 잔뜩 뿌려댈 MSG를 가지고 있다. 그는 내가 공식에 맞춰 대충 써 보낸 스토리에 MSG를 뿌려 대박을 내고 있지 않은가?

그렇다면 이카로스의 진짜 공식은 그 MSG여야 하는데, 절대 그걸 알려주진 않는다. 대신 그는 온갖 공식을 들먹이며 우리를 전자레인지로 만들고 있다. 나는 미은을 살펴보았다. 그녀는 전자레인지라고 하기엔 너무 크다. 차라리 냉장고라고 하자. 그래 냉장고가 음식을 데우는 공식을 알 순 없는 법이지. 하하.

"시영 씬 뭐가 그리 좋아요?"

놀라 돌아보니 이카로스가 나를 노려보고 있다. 젠장.

"그게…… 공식들 말이에요. 다시 들으니 그동안 어렵게 글 써온 게 허탈해서 저도 모르게……."

나름 잘 둘러댄 거 같은데, 아니나 다를까 그의 표정이 풀렸다.

"역시 그렇죠?"

"예. 이야기 짜는 게 훨씬 수월해졌고요……."

"그런데 왜 마감은 안 되는 걸까요? 이번 달도 늦었다고 하던 데…… 공식을 알면 뭐합니까? 빨리빨리 대입해 결과물을 제출해야죠. 안 그래요?"

어떤 존댓말은 반어법과 같다. 사람을 교묘하게 무시한다. 이카로스의 저 말꼬리를 올리며 끝나는 존댓말 질문은 언제나 굴욕적이다. 나는 모기소리로 알겠다고 대답했다.

나는 작가다. 그깟 공식에 맞춰 글을 쓰고 싶지 않단 말이다. 하지만 마감을 해야 돈이 나온다. 그렇다면 이카로스의 말대로 해줘야된다. 군대처럼 까라면 까고, 회사처럼 시키면 시키는 대로 해야 한다. 그래. 나는 하청업자다. 나는 전자레인지에 돌리는 인스턴트식품보다 못한 음식을 만드는 가짜 요리사다. 나는 작가가 아니다. 나는 그냥 가짜다.

이카로스는 정확히 45분간 자신의 스토리텔링 공식을 설파했다. 다단계 다이아 등급 매니저처럼 우리를 세뇌시키는 걸 즐겼다. 그는 내게는 마감 독촉을, 다른 두 남자 중 젊은 남자에게는 아이템 발굴

건을, 중년 사내에게는 자료조사 건을 숙제처럼 내주고 나갔다. 미은에게는 아무것도 내주지 않았다. 그건 새로 다시 써오란 거다. 공식에 맞춰.

그녀는 필기한 것을 살피며 나머지 공부를 하는 학생처럼 앉아 있었다. 뚱한 표정과 얼굴의 반을 가린 안경이 답답함을 더하는 외모였다. 게다가 양팔엔 늘 팔 토시를 끼고 있다. 왜지? 성미은, 그녀의 이름을 알게 된 것도 맨날 그 이름으로 이카로스에게 지적당해왔기 때문이다. 젊은 남자와 중년 사내의 이름은 들어본 적도 없다. 그들도 내 이름을 모른다. 우리는 모두 이름 없이 활동하는 유령작가이기 때문이다.

"이봐요. 아줌마."

젊은 남자가 대뜸 미은을 호출했다.

"나 아줌마 아닌데……."

"당신 땜에 지난번에도 이번에도 이게 뭐야. 누군 시간이 좀 먹어?"

그가 으르렁거리듯 말하자, 기가 죽은 그녀는 시선을 피했다.

"저기, 다들 내 말 좀 들어보실까." 중년 사내가 나섰다. "같이 하청 받는 작가들끼리 이러지 말자고. 그리고 우리 함께 본 지도 세 번째인데, 저녁이나 같이 할까요?"

작가라기보다 부동산 사장님 같은 인상의 중년 사내가 동의를 구했다.

젊은 남자는 엮이기 싫다는 듯 즉시 사무실을 나가버렸다. 미은 고개를 숙인 채 필기도구를 가방에 담을 뿐이었다. 자연스레 중년 사내의 시선이 내게로 돌아왔다. 나는 미안한 척하며 고개를 저었다. 호응이 없자 민망한지 그는 얼마 안 되는 머리숱을 넘겨댔다. 그때 미은이 벌떡 일어나 중년 사내를 돌아보았다.

"아저씨. 술도 한잔 하나요?"

"반주로 한잔 할까요? 아가씨 소주 해요?"

"해요. 근데 아저씨가 사시는 거예요?"

"그건…… 회비를 걷는 게…… 아니, 내가 삽니다. 그래요. 거기, 친구도 같이 갑시다. 어때요?"

둘이 마시는 게 부담되는지 중년 사내가 다시 날 호출했다. 그의 눈빛이 뭔가 간절해 보였지만, 나는 머리 벗겨진 늙다리와 눈치 없는 뚱녀와 함께 술 마시는 건 죽기보다 싫었기에 서둘러 그곳을 빠져나 갔다.

회의실을 나온 나는 이카로스의 방으로 가 노크를 했다.

문을 열고 들어가니 그는 스마트폰 게임을 하느라 나를 본체만체 했다. 무시당하는 느낌에 짜증이 났지만 표정관리를 하며 다가갔다.

"대표님. 저 지난달 고료가 아직 안 들어왔는데요."

이카로스가 스마트폰을 내려놓았다. 나이를 알 수 없는 매끈한 피부에 속을 알 수 없는 깊은 눈동자는 신기 넘치는 무당의 포스를 풍겼고, 탄탄한 어깨선과 맞춰 입은 명품 티셔츠는 남성잡지 모델이라 해도 될 법했다. 그는 뭔가 생각하더니 나를 올려다보았다.

"창작지원금 말입니까?"

"아, 예. 창작지원금. 지난달 거……."

"정 실장한테 물어봐요. 시영 씨는 잘하고 있는데, 지원을 미룰 리가 없거든요."

"알겠습니다."

살짝 목례를 하고 돌아서는데 이카로스가 다시 나를 불러 세웠다.

"참, 시영 씨 데뷔한 소설가란 거 내가 알고 있어요."

순간 손 선배 얼굴이 어른거렸다. 인간 확성기 손 선배를 믿은 내가 잘못이지.

"〈4시 44분〉 지금 조회 수 엄청난 거 알죠?"

〈4시 44분〉은 매일 4시 44분마다 불행한 일이 일어나. 그때마다 그에 맞서 대비하고 싸워야 하는 사내의 이야기다. 그리고 이카로스의 최신 히트 웹소설이자 나의 대필 작품이다.

내가 고개를 끄덕이자 이카로스가 말을 이었다.

"이 작품, 나 혼자 한 거라고 생각 안 합니다. 우리 같이 한 지 6개월 됐죠? 일해보니까 시영 씬 일반 소설로 데뷔했지만, 오히려 웹소설 쪽이 더 잘 맞을 수도 있을 거 같아요."

"그, 그런 것 같나요."

"혹시 만화 판 좀 아세요? 예전에 만화 판에선 잡지 만화가 데뷔 코스였는데 어느새 웹툰이 나와 누구나 만화가 데뷔를 할 수가 있게 됐어요. 그러고 나서 어떻게 됐죠? 웹툰이 만화 시장 대세가 됐습니다. 내가 예언하지요. 문학 판도 그렇게 될 겁니다. 누구나 쓸 수 있고 재미도 있는 웹소설이 이제 대세가 된다는 말이에요."

"……."

"《4시 44분》 마저 잘 하고 한 편만 더 합시다. 내 밑에서 세 편 하고 나면 많이 배울 수 있을 겁니다. 그럼 내가 플랫폼에도 연결해주고, 독립도 도와줄게요."

그가 부드러운 표정으로 내게 말했다. 나는 눈물이 날 지경이었다. 그가 베푸는 은총이 고마워서가 아니라 내가 이런 대접에 감사해야 한다는 것 때문이었다.

애써 고마운 표정을 짓고 방을 나와 정 실장의 책상으로 향했다. 정 실장은 이어폰을 꽂은 채 일하고 있었다. 책상을 두드리자 그녀가 이어폰을 뽑고, 안경을 치켜 올리며 무슨 일이냐 물었다.

"창작지원금 지난달 거요."

"그게 왜요?"

"안 들어왔던데요."

"원고 늦었잖아요. 원고 늦으면 늦은 만큼 미뤄 입금된다고 말씀드렸거든요."

"방금…… 대표님이랑 얘기했는데……."

"대표님이 뭐라고요?"

"대표님이…… 그쪽이랑 얘기하라고……."

"대표님은 나한테 규정대로 하라고 했거든요. 억울하면 대표님께 다시 가서 따지세요."

정 실장은 상대하기 싫다는 듯 다시 이어폰을 귀에 가져갔다. 보톡스를 잔뜩 주입한 그녀의 볼을 꼬집어주고 싶었다. 손 선배는 그녀가 이카로스의 사촌누나라고 했다.

젠장. 다음 달에 돈이 들어오면 이번 달 카드 값은 어쩌지? 나는 대표에게 돌아가 애원이라도 할까 고민하느라 그 자리에 서서 우물쭈물대고 있었다.

"그러게 원고 좀 늦지 말라고 내가 누누이 말했잖아요. 안 그래요?"

모니터를 응시한 채, 귀엔 이어폰을 껴 내 말을 듣지도 않을 거면서, 정 실장이 핀잔을 주었다. 내 속에서 무언가 끓어오르는 게 느껴졌다. 이카로스의 오늘 강의 내용이 떠올랐다.

캐릭터의 공식 중 주인공의 자격. 주인공은 1장의 중간 지점에서 도발적 사건을 겪게 되고, 능동적으로 사건을 주도해야 한다. 내가 주인공이라면 여기서 정 실장의 귀싸대기를 올려붙이고, 이카로스의 방문을 발로 차고 들어가 놈의 멱살을 잡아채고는 주인공다운 대사를 내뱉어야한다.

"닥치고 내 원고료 당장 내놔. 창작지원금? 내가 습작생이냐? 나 데뷔 작가고 이번 달에만 A4로 백 장 넘게 써 넘겼거든! 당장 내 원고료 내놓으라고 이 새끼야!!"

이카로스의 스토리텔링 공식에 의하면 주인공은 한 방 질러 일상을 해체한 뒤, 그 결과로 더 큰 도전에 직면하게 된다.

나는 주인공이 될 수 있을까? 어느새 내 손이 부들부들 떨리기 시작했다.

· · ·

주인공은 개뿔.

가난하면 화도 잘 못 낸다. 비굴해지기 때문이다. 본능적으로 내
밥줄을 쥔 사람이 누군지 알기에 그쪽으론 얼굴을 구겨 미소를 지을
뿐이다. 영화나 드라마 속에서 말고 을이 주인공인 적이 있던가? 여
기는 현실이다. 현실 속 을인 나 김시영은, 찍소리 못하고 이카로스
의 사무실을 나섰다.

이카로스의 사무실은 합정동 메세나폴리스 뒤쪽 거리에 있는, 최
신식 디자인의 노출 콘크리트 건물에 자리하고 있었다. 여기는 모든
것이 폼 난다. 거리는 깨끗했고, 주변 상가들은 감각적인 디자인으로
가득한 물건들을 팔고 있었고, 무엇보다 지나는 사람들마다 활기와
매력이 넘쳐 보였다. 여름이 지난 지 한참인데 반바지에 박스 티 차
림인 나는, 서울에 처음 온 동남아 노동자처럼 그곳과 안 어울렸다.

이카로스는 돈을 얼마나 벌고 있을까? 저런 건물에 30평도 넘는
사무실을 쓰고 있다면 월세도 만만치 않을 텐데……. 내 이번 고료
는 그 월세 반이나 될까? 겨우 그 푼돈을 미루며 나를 길들이는 놈
의 행동이 괘씸했다.

쿠르릉 소리가 났다. 흐린 하늘을 올려보니 구름이 빠르게 들썩이
는 게 한바탕 가을비가 쏟아질 기세였다. 나는 서둘러 버스 정거장
으로 향했다.

시내 방면 버스를 기다리던 찰나, 정거장 앞 돼지갈비 집 외부 테

이블에 마주앉은 성미은과 중년 사내가 보였다. 그녀는 손짓 발짓을 해가며 중년 사내에게 떠들고 있었고, 그는 소주잔을 비우고 있었다. 미은이 중년 사내의 잔을 채워주고 건배를 했다. 뒤이어 그녀는 고기며 마늘이며 양파를 잔뜩 담은 상추쌈을 입으로 가져갔다. 그녀는 먹방이라도 찍듯 한입에 그것을 삼킨 뒤 맛있게 씹어 먹었다. 순간 허기가 올라왔다. 합류할까? 둘 다 취한 거 같은데 장단이나 맞춰주며 고기나 축낼까? 나는 머릿속으로 그들과 함께 있는 내 모습을 잠시 그려보았다. 금세 식욕이 사라졌다. 마침 버스가 왔고, 버스에 올랐다.

퇴근 시간에 걸려서인지 버스는 만원이었고 도로는 만차였다. 낮게 깔린 구름의 그림자가 빌딩숲에 드리워지고 있었다. 그로테스크한 도시의 중심부는 곧 비와 어둠 속으로 잠길 태세였다.

갑갑한 기분에 스마트폰을 켰다. 스팸 문자만 쌓여 있는 폰을 보자니 더 갑갑해졌다. 인터넷에 접속했다. 데이터 한도 초과로 연결이 안 됐다. 더더욱 갑갑해졌다. 이번 달 고료가 밀리면 카드비도 카드비지만 통신비도 문제다. 다시 돈 걱정이 몰려왔고 머리가 지끈거렸다.

이게 다 손 선배 때문이다. 손병건 그 인간. 그와 나는 몇 년 전 어느 문학 행사 뒤풀이에서 만났다. 그는 적응을 못하고 두리번대는 내 앞에 와 맥주잔을 들어 보였다. 건배를 하고 그가 내게 말했다.

"어디 출신이세요?"

"예?"

"등단요. 처음 보는 거 같은데."

"아, 세종문학상 4년 전에 받은, 김시영이라고 합니다."

"장편? 반가워요. 난 손병건. 대한일보 신춘문예. 6년 전에."

통성명을 마치자 그가 행사장 중심을 차지한 채 술을 마시고 있는 문단 어른들을 둘러보고 썩소를 지어 보였다.

"세종문학상이면 안 쳐주죠? 들러리란 말야. 이런 자리에선."

"그런 것 같긴 하네요."

"메이저 아니면 등단작가로 쳐주지도 않거든."

"그쪽은 그래도 신춘문예니 괜찮지 않으세요?"

"하하. 나야말로 '신춘 고아'지. 등단만 시켜주면 뭐하나? 원고 청탁도 없고, 단행본 계약도 좆같이 해주고, 아주 더러워서 좆까라 그러고 있지."

"근데 이런 덴 왜 오셨어요?"

손병건이 제법이라는 듯 날 꼬나보고는 3000cc 피처를 들어 잔을 채웠다.

"술이 공짜잖아. 들어요."

묘한 경쟁심에 나는 잔을 비웠고, 그가 새 잔을 채워주며 말했다.

"자기는 안 쳐주는 문학상 출신이고 나는 신춘 고아니까 우리끼리 뭉치자구."

그와 나는 주변의 술을 모조리 비우고, 3000cc를 새로 받아 비우며 이런저런 이야기를 나눴다. 아무도 우리 주변에 오지 않았고, 우리 역시 간간이 들리는 사회자의 진행을 무시했다.

손 선배는 자신이 얼마나 소설을 잘 쓰는지, 그럼에도 얼마나 무시

당하는지, 문단의 카르텔이 얼마나 더럽고 치사한지에 대해 떠들어 댔다. 나는 그의 말을 안주 삼아 술을 마셨다. 그는 자기 말에 취했고 나는 공짜 술에 취했다. 행사장을 나온 우리는 부근 포장마차에서 한잔 더 했다.

그 후로도 그가 연락해 두어 번 더 술잔을 기울였다. 손 선배는 자기가 나이도 많고 등단도 2년 빠르다며 모든 술값을 계산했다. 당시에도 돈이 궁했던 나는 무슨 알바를 하길래 늘 술값이 넉넉하냐고 물었다. 그때 그가 이 일을 소개해주었다. 자기 대학 후배가 유명한 웹소설 작가인데, 걔가 작가를 찾는다고. 대신 좀 써주면 되는 거라고. 아주 간단하다고.

아주 간단했다. 손 선배가 이카로스의 사무실로 나를 데려갔고, 이카로스는 선뜻 내게 일을 맡겼다. 웃기는 일은 그 다음에 벌어졌다. 무슨 일인지 이카로스가 내게 손 선배의 행방을 물어왔다. 나는 아는 바가 없다고 말했고, 며칠 뒤 손 선배로부터 연락이 왔다. 이카로스 녀석이랑 대판 싸웠고, 보란 듯이 작품을 써야 해서 당분간 칩거해야 하니 돈을 좀 꿔달라고.

나는 이카로스의 일을 맡으며 받은 계약금을 손 선배에게 부쳐줬다. 무슨 피라미드 입회비도 아니고, 그렇게 손 선배에게 계약금을 뜯긴 채 원고를 마무리해 보내주었다. 아무런 기대도 없었고 그냥 똥 밟았다 생각했는데, 이후로 이카로스는 내게 계속 일을 주었다.

지금도 손 선배는 연락이 안 된다. 대체 어디서 보란 듯 작품을 쓰고 있는지 이제 내 알 바 아니나, 그렇게 호기롭게 외치고 떠난 사람

치고, 제대로 결과물 내는 꼴을 본 적이 없다. 그렇게 그는 사라졌고, 나는 이곳에 남아 유명 웹소설 작가의 글을 대신 써주고 있다.

천국과 지옥 사이에 연옥이 있듯이, 유명작가와 무명작가 사이에 '유령작가'가 있다.

흔히 '고스트라이터'라 불리는 유령작가는 남의 작품 대신 써주기, 대리 번역, 자서전 집필 등 자신의 이름으로 할 수 없는 글쓰기에 주력한다. 대가는 물론 원고료다. 장당 이천 원부터 이만 원까지 천차만별이지만 그 이상은 어렵고, 수차례 유명인의 대리 집필 사태로 인해 익명성이 더욱 강조되는 요즘, 추후 이 작품의 필자임을 밝히지 않는다는 비밀유지 조항에도 동의해야 한다. '그거 사실 내가 쓴 거야'라고 말해선 안 된다는 말이다.

푼돈에 창작력과 주체성을 파는 작업. 그래서 무명도 아니고 유령인 것이다. 창공을 떠도는 구름처럼, 강물을 부유하는 썩은 나뭇가지처럼, 그렇게 어디 하나 자리하지 못한 채 글을 쓰는 것. 그들에겐 뿌리가 없으므로 작품이란 나무는 자라지 않는다.

지금 나는 고스트라이터다.

이카로스의 이름으로 나온, 내가 쓴 작품 《4시 44분》은 현재 인기 웹소설 플랫폼에서 조회수 2위를 기록하고 있다. 하지만 그건 내 작품이 아니다. 나는 마감 조금 늦었다고 고료조차 제때 받지 못하는 신세다. 그렇다고 이카로스의 사무실을 나와 독립할 자신도 없다.

이카로스의 손으로 마무리되어 플랫폼에 올라온 《4시 44분》을 읽었을 때, 나는 길에서 따귀를 맞은 심정이었다. 이카로스는 잘도 내 원고를 다듬어 맛깔스런 작품으로 업그레이드해냈다. 즉석 음식이 훌륭한 정찬으로 바뀌어 있었다.

이카로스는 그냥 개새끼는 아니었다. 그는 제대로 능력자였다. 웹소설은 아무나 하나. 그래도 나는 데뷔 작가가 아닌가. 게다가 두 번째 소설도 계약했고, 내가 마감해 주기만을 기다리는 출판사도 있지 않은가. 웹소설은 웹소설 작가들에게 맡기고 나는 내 소설을 쓸 것이다.

그러나 그게 언제일까? 당장 돈을 벌어야 그 돈으로 시간을 벌고, 번 시간에 내 글을 쓸 수 있는데……. 돈을 벌려고 유령작가 짓을 하느라 내 작품을 쓸 시간이 없다. 이 악순환의 노선은 꽉 막힌 도심의 차도마냥 답답할 따름이었다.

나는 생각했다. 막히는 차 안에서 빠져나올 방법은? 그건 차에서 내리는 거다. 그리고 목적지를 향해 내 발로 걸어가거나, 아니면 목적지를 바꾸는 거다. 중요한 건 선택. 그렇다면 나는 선택할 수 있을까? 아무런 대안 없이 이카로스의 유령작가 일을 때려칠 수 있을까? 때려치면 글 쓰는 일 말고 뭘 할 수 있을까? 직장생활이라곤 한 번도 해본 적 없는 내가, 이렇게 꽉 막힌 통근버스를 타고 출퇴근하는 일상을 견딜 수 있을까? 아니 나를 뽑아줄 직장이란 게 어디 있긴 할까? 그렇다고 노가다를 할까? 편의점 알바를 할까? 자신이 없다. 정말 자신이 없다. 나는 꽉 막힌 도로 위 꽉 찬 버스에서 내릴 자신이 없었다.

주위를 돌아보았다. 버스 안은 피곤에 절은 직장인들과 학생들로 가득 차 있었다. 내 옆에 선 채 자꾸 고개를 까딱이며 조는, 대리점 판매 사원처럼 보이는 이 여자도 마찬가지겠지? 그녀도 결국 남의 일을 해주며 먹고사는 대리인생이고, 나 역시 대필을 해먹고 사는 유령작가다. 밤이 되면 이 도시의 취한 사람들마다 대리기사를 부를 거고, 지금 이 차를 모는 버스 아저씨도 자기 버스가 아니니 결국 대리운전에 다름 아니다. 그러니 우리는 남의 걸 대신 해주고 사는 대리인간들일 뿐이다.

간만에 인생과 세상에 대한 통찰을 곱씹다보니 머리가 더 아파왔고, 차는 어느새 을지로 3가에 다다랐다. 나는 집에 가 일단 자자고 마음먹었다.

하차 벨을 누르고 문 앞으로 가는데 스마트폰 진동이 울렸다. 모르는 번호였다. 잠시 고민하다 전화를 받았다.

"여보세요."

"택밴데요. 인현동 대림빌딩인데, 305호 안 보이는데요?"

"304호랑 화장실 옆에 철문 안 보이세요? 아무것도 안 붙어 있는……."

"안 계시죠? 문 앞에 두고 갈게요."

가끔 택배가 없어지곤 했지만, 곧 가니 큰 문제는 없을 거다. 알겠다고 말하고 전화를 끊으려던 순간 궁금증이 솟았다.

"잠깐요…… 택배 어디서 온 거죠?"

"예?"

"보낸 사람 좀 봐주실래요?"

"잠깐만요. 송아리라고 적혀 있는데…… 송아리? 맞아요?"

차문이 열렸다. 대답 대신 전화를 끊고 뛰어나갔다. 나는 비가 한 두 방울 떨어지는, 불빛이 하나 둘 빛나기 시작하는 인현동 인쇄골목으로 뛰어 들어갔다.

◆ ◆ ◆

나는 지금 아리로부터 온 택배상자를 들고 집 앞에 서 있다.

자음을 유독 크게 쓰는 필체로 적혀 있는 그녀의 주소, 내 주소, 그녀의 이름, 내 이름…… 곱씹듯 그녀의 글씨를 읽는다.

밥솥 하나 들어갈 크기의 상자가 꽤 묵직했다. 나는 상자를 들고 집으로 들어갔다.

내 방이자 집이자 사무실. 5평 공간 안에는 책상과 행거와 야전침대가 가구의 전부였고, 나머지 공간은 잡동사니로 가득했다. 책장이 없어 아무데나 널린 책들은 잡동사니에 불과하다. 쓰레기통에 들어 있지 않은 쓰레기도 잡동사니고, 행거에 걸려 있지 않은 옷가지도 잡동사니일 뿐이다.

잡동사니들을 발로 치우며 들어와 책상 위에 택배상자를 올려놓았다. 손톱으로 상자를 감싼 유리테이프를 뜯어냈다. 나는 숨을 고른 뒤 상자를 열어보았다.

상자 안에는 상당히 여러 종류의 물건들이 들어 있었다. 다양한 색상의 화려한 팔찌들, 비닐이 찢긴 헤드폰, 파란색 쪼리 한 켤레, 남성용 화장품 샘플 몇 개, 낡은 면도기와 면도날 몇 개와 세이빙 크림, 먹다 남은 조니워커 블랙 반 병, 줄무늬 티셔츠 한 벌, 접이식 우산 하나, 그밖에 내 것으로 보이는 물건이 몇 개 더 들어 있었다.

한동안 상자 안을 바라보았다. 조니워커를 마시다 사래가 들렸던 그녀, 줄무늬 티셔츠를 심하게 좋아했던 나, 늘 두고 오던 팔찌들, 그녀가 사줬던 (당시엔) 최신 헤드폰, 커플 쪼리를 신고 홍대 거리를 활보했던 날들과, 수염 깎고 와야 키스하겠다던 그녀의 모습이 떠올랐다. 물론 그녀가 추억을 떠올리라고 이걸 보낸 건 아니다. 그녀는 더 이상 내 물건이 자기 공간에 있는 게 싫었던 거다. 헤어진 연인의 물건을 박스에 담아 친필로 주소를 써 보내준 그녀, 고맙기보다는 뭐든지 확실한 걸 좋아하는 그녀의 성격이 떠올랐다.

나는 상자를 벽에 쌓인 책들 사이에 테트리스 하듯 박아 넣었다. 택배상자 옆엔 단열재도 아니면서 벽을 덮고 있는 30여 권의 책들이 있었다. 모두 『기록의 집』이라는 같은 이름의 책들이었다.

『기록의 집』은 내 데뷔작이다. 4년 전 한 신문사와 출판사가 공동 주최한 장편소설 공모에 당선된 작품이다. 이 수상을 계기로 나는 대졸 백수에서 전업 작가의 길에 들어서게 됐다.

'한 남자가 한 여자에게 보내는 편지와 그 편지를 받은 여자의 일기가 교차하며, 지나간 사랑의 아련한 추억이 마술적으로 펼쳐지는 이야기'라고 뒤표지에 적힌 이 책은, 작가의 치기와 독자의 오해 사이에서 방황하다 서점에서 조용히 사라지고 말았다.

그래도 나는 내 책이 좋았다. 이 책은 나를 소설가로 만들어주었고, 이 책 때문에 아리와 만날 수 있었기 때문이었다.

북 콘서트라는 게 한창 유행하던 시절이었다. 출판사는 내 책과 다른 책 몇 권을 엮어 홍대 어느 카페에서 북 콘서트를 열었다.

거기서 아리를 만났다. 송아리. 성을 빼고 '아리'라는 예명으로 활동하는 인디 가수였고, 북 콘서트에 초대된 두 명의 가수 중 하나였다. 하도 작아서 기타를 메면 몸이 다 가릴 정도의 그녀는, 그 번잡한 행사에서 유일하게 빛나는 존재였다.

다행히 그때는 그녀도 나를 그렇게 여겼던 것 같다. 그날 이후 우리는 매일 만났다. 너무도 자연스럽게 연애가 진행되어 북 콘서트가 우리의 소개팅처럼 느껴졌을 정도였다.

3년 하고 9개월 전의 이야기다.

지금 그녀는 나를 떠났다. 내가 스물여덟에 만난 스물다섯의 그녀는 이제 스물여덟이 되었고, 나는 서른하나가 되었다. 세 살 차이의 삼 년차 연인. 두 번 이별과 두 번의 재회, 세 번째 이별은 말 그대로 '삼진 아웃'이다.

사람은 인생의 마디가 되는 때를 맞으면 자꾸 숫자를 헤아리게 된다고 한다. 나는 주문처럼 숫자를 되뇌며 지난 시간을 돌아본다. 그러다 어느 순간 잊을 수도 또렷이 기억할 수도 없게 된다.

그녀 생각을 뒤로하고 야전침대에 누웠다. 피곤과 허탈함에 순식간에 잠이 몰려왔다. 이대로 한 3일 동안 쉬지 않고 잘 수도 있을 것 같았다. 그때 스마트폰이 울렸다. 아리? 급히 집어 들었지만 그녀는 아니었다.

"김 작가 뭐해?"

"끙."

"좀 쓰고 있어?"

"쓸 거예요."

"안 쓰는구만. 비 오는데 한잔 해야지."

"싫어요. 우산 없어요."

"그럼 내가 집으로 간다."

"오세요."

"김 작가, 왜 이리 파이팅이 없어? 나와. 할 말도 있고……."

젠장. 나는 누군가 내게 할 말 있다고 할 때가 제일 무섭다.

"무섭게 왜 그래요?"

"별 거 아냐. 참치 어때? 일광참치 가 있는다. 나와."

생각해보니 오늘 한 끼도 못 먹었다. 참치 때문인지 술도 당겼다. 야전침대에서 몸을 일으킨 나는 아리가 보낸 택배상자를 열고 접이식 우산을 꺼냈다.

동교동의 22,000원 무제한 참치횟집. 편집장을 만날 때는 언제나 이곳이 1차다. 30대 후반의 넉넉한 몸집을 자랑하는 편집장은 벽걸이 TV로 중계되는 프로야구를 보는 데 여념이 없었고, 나는 직사각형의 참치 살들을 집어먹기 바빴다. 하얀 살 하나, 붉은 살 하나 세어가며 그렇게 먹었다. 먹을 때마다 느끼는 거지만 참치에서는 물고기 맛이 나지 않는다. 라면에 참치를 넣어 먹어보았는가? 닭 가슴살 맛이 날 것이다.

다시 한 점 집어먹고 혼자 소주를 비웠다. 편집장은 나를 불러 놓고도 야구만 보고 있다. 내가 무서워하는 말이라 그도 무서워하는 것 같았다. 겁은 많아도 성격은 급한 내가 입을 열었다.

"비가 이렇게 내리는데 뭔 야구를 하고 난리예요?"

"이제 대한민국도 돔구장 있거든."

"뭘 그깟 공놀이를 돔까지 지어가며 하긴."

"가만, 지금 승부처다."

나는 한껏 집중한 편집장 몰래 리모컨을 집어 들었다. 팍! TV를 꺼버렸다. 그가 죽일 듯이 나를 돌아보았다. 유난히 튀어나온 볼 살이 더욱 부풀어 있었다.

"TV 안 켜냐? 이 타석만 볼게. 어서……."

나는 애처럼 안달인 애 둘 딸린 아버지를 바라보았다. 다시 TV를 켜자 그가 냉큼 고개를 돌렸다. 승부가 끝났는지 광고가 나오고 있었다.

편집장이 투덜대며 참치 살 두 점을 한꺼번에 삼켰다. 우물거리며 잔을 드는 그와 술자리 시작 후 첫 건배를 했다. 건배 후에도 말없이 참치만 먹어대는 그였다.

"사장이 뭐라 그래요?"

"회사에서 말야, 그러니까 말야…… 너 작품 접으래."

"그럼 안 써도 되겠네."

"자식아, 열심히 써도 안 나올 판에…… 그러니까 4년간 마감이 안 되지."

"3년 반이거든."

"야, 김시영. 작가가 뭐야? 작가는 오늘 아침에 쓴 사람이 작가야. 너 오늘 몇 줄 썼어? 몇 자 썼냐고?"

"오늘은 종 쳤네요. 그놈의 영감님이 안 오시더라고."

"영감? 영감 좋아하시네. 마, 미국 소설가 누가 그랬어. 자기는 영감이 올 때만 쓴다고. 그래서 매일 아침 9시에 영감이 반드시 자기한테 오게 한다고."

"형은 참, 그런 건 어디서 잘 주워듣고 다니세요."

"주워들어? 진짜 형한테 하는 말버릇 봐라. 암튼 뭔 소린지 알겠어? 영감은 니가 써야 오지, 와야 쓰는 게 아니라고."

"미국 소설가 그분은 그러시든가."

"시영아. 너 데뷔작 내고 4년째 두 번째 소설이 안 나왔어! 니가 그래도 소설가냐? 전직 소설가지. 언제까지 고스트라이터로 살래?"

"고스트라이터, 내가 말을 안 해서 그렇지, 나쁘지 않거든요."

"……그럼 선인세 토해낼 거니?"

"이번 마감하고 돈 받으면요."

"오백 전부 토해낼 수 있어?"

"할부로 해요."

"……됐고, 회사는 어떻게든 내가 설득할 거니까, 정신 좀 차려."

"형."

"왜?"

"그냥 포기해."

"싫다. 이 망할 놈아! 포기하는 순간 다 끝인 거야. 그리고 너 그거 포기하면 아리가 가만있겠어?"

"……이제 상관없어."

그가 고개를 갸웃하고는 제대로 내 눈치를 보기 시작했다. 이때를 대비해 준비한 표정이 있었다. 가장 무심하고 평범한 표정. 쉽진 않지만, 조금이라도 그렇게 연기하려고 노력했다.

"너 이 자식…… 진짜 끝난 거야?"

"출판사가 포기하려는 건 일도 아니죠?"

웃으며 내가 말했다. 뒤이어 편집장의 잔소리가 속사포처럼 터져 나왔지만 아무것도 들리지 않았다. 4년째 작품을 완성하지 못한 것은 하나도 창피하지 않던 내가 갑자기 한없이 부끄러워져 시선을 피하기 급급했다.

거리는 어느새 자정이 넘었고, 여전히 비가 내리고 있었다. 접이식 우산은 몇 차에서 잃어버렸는지 모르겠다.

편집장은 후드 티 모자를 눌러쓴 내게 자꾸 우산을 받쳐줬다. 그게 귀찮아 성큼성큼 앞서 걷자, 다가와 어깨동무를 했다. 어디 가서 한잔 더 하자는 그의 말에 나는 편의점을 가리켰다.

편의점에 들어간 나는 주류 코너에서 목이 긴 양주 하나를 집어 들었다. 뒤따라 들어온 그가 혀를 찼다. 편집장은 지갑을 열며 어디서 먹을 거냐 물었다. 나는 대답 대신 계산원에게서 양주를 건네받고 밖으로 나갔다.

달렸다. 저만치 서 있는 빈 택시를 향해. 올라탔다. 카드를 받느라 뒤따라 나온 편집장이 어처구니없다는 듯 나를 바라보았다. 차창을 열고 그에게 양주병을 흔들어 보였다. 우산을 내려트린 채 허탈하게 나를 바라보는 그의 모습이 순식간에 시야 뒤로 사라졌다.

새벽의 비 오는 택시 안에서 바라본 서울 거리는 SF 영화 속 한 장면 같다. 모든 것이 흐르고 있다. 빗줄기도, 와이퍼도, SF 영화의 시간같이 속도도 거리도 사람들도 마구 흘러갔다.

나는 정신을 가다듬고 교신을 시도한다. 아리의 전화번호를 누르면, 컬러링으로 그녀의 음악이 나온다. 우주에도 음악이 있다면 이런 게 아닐까? 하지만 반복되는 음악은 접선에 실패했다는 뜻이고 나는 블랙홀로 빠져든다. 창밖을 보면 우주에도 비가 내린다. 유성우가 아니라 가을비일 뿐이다. 정신이 좀 드는 것 같아 나는 유성이 떨어지는 속도로 양주를 들이켰다. 곧이어 무중력 상태가 재개되었다.

정신이 다시 들었을 때, 나는 이어달리기 주자가 바통을 쥔 것처럼 양주병을 들고 달리고 있었다. 누군가 쫓아오는 발자국 소리가 사정없이 귓가를 때렸다.

"야 이 새끼야! 거기 안 서!!"

돌아볼 겨를도 없이 나는 달리고 또 달렸다.

"에이 쌍! 돈 없으면 걸어 다녀. 이 더러운 새끼야!"

몇 차례 이어지던 욕설이 멀어지고 나서야 나는 멈춰서 가쁜 숨을 몰아쉬었다. 허파는 터질 듯했고 비는 살갗을 파고들었다. 정황을 따져보니 택시비를 안 내고 도망친 것이리라. 비를 철철 맞으며 나를 쫓았을 택시 기사에게 미안하다는 생각이 들었다.

돌아보니 충무로 거리였다. 나는 달리는 동안 흘러넘치고 빗물이 찬 양주를 마시며 집을 향해 걸어갔다.

집이 있는 인쇄골목으로 접어드는데, 길가에 검고 커다란 BMW가 보였다. 뭐지 이 골목에? 하는 찰나, 문이 열리고 영화 〈매트릭스〉의 스미스 요원같이 검은 양복에 선글라스를 쓴 사내 셋이 차에서 내렸다. 역시 비 오는 서울은 사이언스 픽션의 도시다. 뒤에서 내린 스미스 둘은 우산도 안 썼고, 앞에 우산을 쓴 스미스가 걸어와 내 앞에 섰다. 건장한 체구의 중년 사내였다. 한국 남성 평균 신장에 겨우 턱걸이한 내가 한 뼘은 올려다보아야 그의 얼굴을 볼 수 있었다. 사내의 얼굴은 평범했지만 각진 턱만큼은 그의 체구에 더해져 강인함을 느끼게 해주었다.

"김시영 씨?"

사내의 목소리는 차분했다. 이미 그의 위압감에 젖은 나는 서둘러 대답을 하려 했지만, 자꾸 말은 안 나오고 혀가 튀어나오려고 했다. 사내는 친절하게 다시 물었다.

"김시영 작가 맞으시죠?"

경계심 가득한 눈초리로 바라보는데 한 발 다가온 사내의 몸에서 빗속을 뚫고 진한 남성 로션 냄새가 풍겼다. 그 냄새에 장마철 하수도 역류하듯이 뱃속의 것들이 올라오기 시작했다.

"누, 누구…… 우욱."

나는 사내 앞으로 몸을 숙이며 그대로 오바이트를 쏟았다. 사내는 무릎 아래 양복바지에 가득 튄 오바이트에 당황해했다. 나는 그의 앞에 절하듯 엎드려 꺽꺽대기 시작했다. 속으로 '이 예의 없는 스미스들은 등도 안 두드려주나?'라고 생각하다가 다시 기억을 놓아버렸다.

2장

Not a page, Not a stage.

– 할리우드 격언

깨어나보니 소파에 누워 있는 내가 느껴졌다. 누군가 담요를 덮어줬는데 그게 좀 짧았던지 발 부분이 수족냉증 환자처럼 차가웠다.

어제의 일들을 돌아보았다. 최근 들어 과음 뒤 아침은 내가 서둘러 사과해야 할 사람들의 리스트를 작성하는 것으로 시작되었다. 먼저 편집장과 참치회를 먹었고, 다음은 치킨에 호프를 벌컥댔고, 마지막으로 양주를 사서 도망치듯 헤어졌다. 그 인간 좀 삐질 순 있지만 내 '닥치고 내빼기' 술버릇을 모르는 건 아니니 큰 문젠 없을 것이고, 택시 기사…… 그래, 그 아저씨에게는 좀 미안하다. 하지만 마땅히 사과할 방법이 없어서 다행이다. 불가항력이란 때론 사람의 염치를 지켜주기도 한다. 그리고 어제 누군가의 발치에 오바이트를 쏟은 것 같은데…… 맞아, 스미스. 나의 이름을 알고 있던 그 사람은 아무래도 사과할 기회가 찾아올 것 같다. 귀찮다.

주위를 둘러보았다. 누군가의 사무실로 보이는 넓은 공간이다. 벽에는 세련된 사무실 풍모에 어울리지 않게 뻐꾸기 시계가 걸려 있다. 오전의 햇살이 가득 비치는 통창은 꽤 멋진 전망을 보여주고 있었고, 창 앞엔 책상이 놓여 있다. 책상 옆 벽에는 한 여자의 전신 사진이 커다란 패널로 채우고 있었는데, 어디서 많이 본 듯한 인공적인 표정과 미모의 여자였다.

좀 더 살펴보기 위해 일어나려는데 문이 열렸다. 나는 잽싸게 담요를 덮고 잠든 척했다. 발소리는 여자의 하이힐과 남자의 구둣발이다. 젠장, 낯선 잠자리에선 일찍 깨어 나오는 것이 중요한데 방심했다. 그때 또랑또랑한 여자의 목소리가 들렸다.

"깨워요."

남자의 구둣발이 나에게 다가온다. 웅크린 나의 어깨를 주무르는 사내의 손길이 느껴졌고, 나는 어설프게 잠깨는 연기를 하다 그를 올려보았다. 어제 집 앞 거리에 서 있던 그 사내였다. 내 오바이트에 바지가 다 망가졌을 테지만 지금은 사과할 때가 아니다. 나는 짐짓 신경질난 목소리로 물었다.

"뭐죠?"

"이제 일어나시죠."

사내는 그게 정답이라는 듯 기계처럼 말했다. 단단한 위압감이 느껴졌다. 나는 순순히 투항하기로 즉시 전략을 수정하고 몸을 일으켰다.

소파에 앉자 사내는 소파 앞 테이블에 숙취해소음료와 담배, 라이터를 차례로 내려놓았다. 담배부터 집어 들어 한 모금 빤 뒤 연기를 내뿜으며 주위를 살폈다. 숙취가 좀 가시며 공간감이 돌아왔다. 소파 너머로 늘씬한 뒤태의 여자가 커피를 마시고 있었다. 검정 스타킹에 남색 원피스, 약간 넓은 어깨선은 그녀의 존재감을 더욱 드러내보였다.

"여기가 어디…… 죠?"

그녀가 돌아보았다. 순간 담배를 빨던 숨이 멈췄다. 책상 옆 벽에 걸린 패널의 주인공이긴 한데 실제로 보니 훨씬 대단한 미모였다. 그녀는 긴 다리로 거침없이 걸어와 내 맞은편에 앉았다. 커피 잔을 내려놓고는 나를 뚫어지게 쳐다보는 그녀의 광채 나는 얼굴에 나는 잠시 입술을 조몰락거리다가 겨우 입을 열었다.

"누…… 누구세요?"

"아직 술이 덜 깼네."

그녀가 턱짓으로 테이블의 숙취해소음료를 가리켰다.

"마시고 정신 좀 차리시지."

그녀는 소파 뒤로 상체를 기대고 나를 바라보았다. 자세 때문에 C컵은 되어 보이는 그녀의 가슴이 더욱 도드라졌는데, 에로틱하기보다는 위압감이 느껴졌다. 나는 시선을 피하려고 숙취해소음료를 집어 들었다.

들큼한 맛을 뒤로하고 다시 그녀를 바라보았다. 그녀는 도도한 표정과 한심하다는 눈빛으로 나를 바라보았다. 나는 유심히 살피고 나서야 그녀의 불평을 이해할 수 있었다.

"혹시 당신, 마약에 무면허 음주운전…… 그러니까 2년 전에…… 차유나, 맞죠?"

담배를 빼물어 한 모금 빨고 연기를 내뱉은 뒤 그녀가 말했다.

"사람들은 말야, 좋은 것보단 나쁜 걸 잘 기억하기 마련이지."

그녀가 책상으로 걸어갔다. 그제야 책상 옆 패널 속 사진과 그녀의 얼굴이 하나가 되었다. 차유나. 가수였는지, 영화배우였는지는 잘 기억나지 않는다. 요즘 연예인들이 그렇듯 이것저것 다 했을 것이다. 그럼에도 저 길쭉한 다리를 자랑하며 나왔던 맥주 광고는 또렷이 기억났다. 여름 밤 해변의 각선미 같은 시원함 운운이었던 그 광고의 맥주는 얼마 팔리다 말았지만, 그녀의 각선미는 꽤나 화제가 되었다.

다시 나를 향해 걸어오는 그녀의 시원하게 뻗은 다리를 감상한다. 정말 흔한 기회는 아니지 않은가? 그런데 나는 왜 여기로 불려온 거지? 내 의문에 답이라도 하듯 그녀가 탁자 위로 책 한 권을 내려놓았다. 제법 두꺼운 그 책은 그녀의 각선미만큼이나 또렷이 기억이 났다. 나는 책을 집어 들었다.

『나는 어떻게 백 개의 체인점을 열고 하나도 망하지 않았는가?』를 살펴보는 나에게 그녀가 물었다.

"당신이 쓴 거지?"

"아니. 저자 김정만이라고 써 있는데? 치킨 체인점의 신화, 치킨 킹 김정만."

"그 사람 우리 큰아버지거든. 우리 큰아버지가 직접 책을 쓰면 내가 밭을 갈지."

"당신 차유나잖아? 이분은 김……."

그녀가 바보라도 보듯 쏘아보는 바람에 나는 말을 멈출 수밖에 없었다. 하긴 연예인인데 본명 그대로 쓸 리가 없지.

연예인 차유나는 내게 시선을 고정한 채 말했다.

"다 알아봤어. 그 책 고스트라이터가 당신인 거."

그녀가 큰 눈을 쭉 찢어 나를 노려봤다. 순간 소름이 돋았다. 나는 책을 탁자에 내려놓고, 그 책이 두 달 반 동안 펑펑 놀다가 보름 만에 써서 넘겨준 대필 작품임을 인정했다.

그녀가 만족한 미소를 지으며 내게 말했다.

"당신, 나도 써주는 거야."

"뭘?"

"저런 거."

"이봐, 당신은 자서전 쓸 때가 아니잖아. 그리고 난 비싸다고."

"얼마면 돼?"

그녀가 비웃으며 말했다.

갑자기 내게 자서전을 써달라는 것도 웃겼지만, 외모와는 달리 입을 열 때마다 터지는 천박한 말투에 부쩍 반감이 들었다.

"그게 말야…… 당신 젊은 나이에 나름대로 굴곡이 있었다곤 하지만 벌써 자서전 쓸 것까지는 없잖아? 차라리 컴백하려면 스캔들을 터트리거나 섹시 모바일 화보 같은 거 내는 게 좋지 않을까? 참, 사회봉사는 다 치렀어?"

"얼마면 되냐고?"

"나 비싸거든. 장당 십만 원."

그녀가 다시 비웃었다.

"잠깐. 착각하나본데 에이 포 용지 아니고 원고지거든. 원고지 장당 십만 원이면……."

여전히 그녀가 비웃었다. 더 부를 걸 그랬나, 괜한 후회가 들었다.

"박 부장님, 가져와요."

아까 나를 깨운 사람이 커다란 종이박스를 들고 와 테이블에 내려 놓았다. 안을 들여다보니 책, DVD, 잡지 등이 가득했다. 차유나는 그중 잡지 하나를 들어보였다. 영화 잡지 중에서도 가장 어려운 논 조로 일관하는 그 잡지의 표지엔, 그로테스크한 인상의 사내 얼굴이 클로즈업되어 있었다.

"이성민 감독 알아? 베니스 영화제 감독상."

나는 종이박스에서 DVD 하나를 집어 들었다.

"〈내 아버지의 시간〉, 음……."

"봤어?"

"당연하지. 당신은 안 봤어?"

"난 이런 거 안 봐. 아무튼 내가 이 감독의 차기작에 출연하고 싶 거든."

"이 감독 영화도 안 본다며, 출연은 무슨……."

"됐고. 다음 주 캐스팅 미팅이야. 당신은 그 감독과 나와의 미팅에 대해서 자세히 쓰는 거야. 이번 주말까지. 알겠지?"

"뭐? 뭘 쓰라고?"

그러자 차유나가 내 눈을 똑바로 쳐다보며 주입시키듯 말했다.

"당신은 지금부터 어떻게든 나랑 이성민 감독의 미팅 내용을 잘 상상해서 소설로 써보는 거야."

"그걸…… 내가 왜?"

그녀가 일어나 속 터진다는 표정으로 나를 노려봤다. 궁금증이 든 나는 그녀의 대답을 기다렸다. 그녀가 짜증난 표정으로 입을 열었다.

"잘 들어. 이성민 감독은 나를 보자마자 자기 작품에 출연시켜야 겠다고 마음을 먹어야 해. 당신이 그렇게 되게 써야 한다고."

"글쎄 그렇게 되긴 뭐가 그렇게 돼?"

그녀가 내 얼굴 앞 5센티까지 자신의 성난 얼굴을 들이밀었다.

"참 느리네. 이봐, 당신이 쓰는 건 내 과거가 아니라 미래라고!"

자서전을 쓰라고 해놓고 미래를 쓰라는 그녀의 요구는, 한마디로 어처구니가 없었다.

"그럼 지금 나보고 당신 미래의 자서전을 쓰라는 거야?"

"이제 알아들었군."

"내가 당신 말대로 만약 그렇게 쓴다손 칩시다. 그럼 정말 당신 미래가 내가 쓴 것처럼 된다는 거야?"

"쓰기나 해. 나한테 보내라고. 내가 그걸 읽고 나면, 그대로 되게 돼 있어."

"내가 쓰고 당신이 그걸 읽으면 된다라……."

그녀가 고개를 끄덕였다. 그리고 담배를 빼어 물고 한 모금 빤 뒤 연기를 내뱉었다. 그녀의 자신감에 한동안 말문이 막혔지만 곧 질문이 터져나왔다.

"좋아. 당신 말이 사실이라고 쳐. 근데 그걸 당신이 어떻게 아는

데? 그리고 왜 나지?"

"왜냐하면 난 천재니까."

맙소사.

"그리고 당신 글 솜씨, 마음에 드니까."

어이쿠.

"박 부장님, 김 작가 자료 마저 챙겨드려 집에 모셔다드려요."

멍해진 나는 사무실을 나가는 그녀의 뒷모습만 뚫어지게 쳐다보았다. 그러자 머릿속은 더욱 하얘지며, 그녀의 숨 막히는 뒤태만 부각되었다. 그녀가 드세 보이고 천박한 게 다행이라는 생각이 들었다. 그 반대였다면 홀딱 반하고 말았을지도 모를 테니까.

스미스 하나가 운전을 하고 박 부장이라는 사내는 나와 함께 뒷자리에 앉았다. 승차감은 매우 훌륭했고, 내 인생 처음 타보는 BMW였다. 생각해보니 처음이 아니었다.

"저기, 어제 제가 이 차로 실려 왔죠?"

"네."

"그게, 토해서 죄송했습니다."

"아닙니다."

단답형만큼이나 강단진 박 부장의 옆모습을 보고 있자니, 차유나와는 다른 위압감이 느껴졌다.

차가 동호대교를 건널 즈음 침묵을 깨고 박 부장이 입을 열었다.

"간단히 작업 지침을 말씀드리겠습니다. 먼저 이 감독과 차유나의 만남을 최대한 그럴듯하게 묘사해야 됩니다. 캐릭터가 제대로 녹아난 대사여야 실제로 적용될 수 있으니까요."

"적용된다라…… 당신도 정말 내가 쓴 대로 차유나가 움직인다고 믿는 군요."

"전에도 당신 같은 분을 담당했습니다."

"그게…… 정말입니까?"

박 부장은 말없이 고개를 끄덕였다.

"그 사람은 어땠죠?"

"그건 말씀드릴 수 없습니다. 아무튼 이 미팅은 차유나가 이 감독에게 적극적으로 요청한 건입니다. 더구나 이 감독은 근신 중인 차유나를 무리해 캐스팅하려 하지 않을 거고요. 이 상황을 급반전시킬 수 있으려면 그럴듯한 설정과 묘사가 필요합니다. 즉 인과관계가 확실해야 한다고요. 말하자면 개연성 같은 겁니다."

"박 부장님이라고 하셨나요?"

"예."

"당신이 진짜 작가 같은데요. 직접 한번 써보시죠."

"그건 불가능합니다. 전 지금 직업에 만족하거든요."

이 남자는 마치 벽돌로 만든 인간 같다. 정답만을 말하며 웃지도 않는다. 자세히 보니 얼굴도 네모 형이다. 나중에 소설의 캐릭터로 활용하면 좋을 것 같다고 생각했다. 나는 이런 질문에 이 캐릭터는 어떤 대답을 하는지 실험해보기로 했다.

"박 부장님, 차유나 씨와 아까 원고지 장당 십만 원으로 합의봤거든요. 그런데 아무리 제가 고스트라이터라지만 선금은 넣어주셔야죠. 말씀하시는 것 보니 작가에 대해 잘 아시는 것 같던데…… 자동차는 기름을 넣어야 엔진이 돌고, 작가는 입금이 돼야 머리가 돌지 않습니까? 그러니까 일단 선금으로 한 삼백 입금해주시죠."

박 부장은 품에서 수첩을 꺼내 나에게 건네며, 그곳에 계좌를 적으면 내일 중으로 입금해주겠다고 답했다. 이러면 잃을 게 없다. 삼백 선금으로 받고 일을 하지 않으면 된다. 잔금으로 잘 해봐야 백이나 이백 더 떨어질 테니, 선금만 받고 일단 개기는 거다. 그때 박 부장이 입을 열었다.

"그리고 장당 십만 원으로 거래하진 않습니다. 건당 한 장. 일단 차 대표님이 작가님이 쓰신 대로 캐스팅이 되면, 다음 날 바로 칠백만 원 입금해 드리겠습니다."

나는 계좌번호를 적다가 볼펜을 떨어트릴 뻔했다.

"칠…… 칠백요?"

"문제라도 있으십니까?"

"아뇨, 좋습니다."

나는 볼펜을 꾹꾹 눌러 계좌번호를 적으며, 잔금을 받기 위해 개처럼 일할 것을 다짐했다.

◆ ◆ ◆

다음 날. 분리수거가 안 된 쓰레기장 같은 작업실을 청소하는 데 정확히 세 시간이 걸렸다. 작가마다 중요한 작품을 쓰기 전에 하는 버릇이 있는데, 나에겐 그게 대청소다. 두 달 만에 하는 대청소인 만큼, 두 달 동안 제대로 된 작품을 쓴 게 없다는 거다.

이카로스의 대필 작업은 마감을 채워 보내기 급급했고, 내 두 번째 소설은 한 줄 쓰고 한 줄 지우고를 반복 중이었다. 청소를 마치고 먼지로 보호막을 형성한 노트북 모니터를 닦으니, 그 속에 비친 글자들도 먼지처럼 사라져버릴 것 같았다.

두 달 전 청소하고 쓴 글다운 글이란 아리에게 보내는 편지였다. 놀랍도록 처절하고 엄청나게 청승맞은 편지. 수취인은 철저히 편지를 무시했다. 그래. 잘사는 게 복수라고, 이제 나는 돈을 많이 벌 것이다. 차유나의 행동 패턴을 연구한 뒤 그럴듯하게 그녀의 미래를 써줄 것이다. 그렇게 열 번만 하면 된다. 일억. 일억이 생기면 멕시코로 날아가 칸쿤 비치에 누워 그녀에게 호텔 소인이 찍힌 관광엽서를 날릴 것이다. 처절하지도 청승맞지도 않은, 놀랍도록 쿨하고 엄청나게 낭만적인 미사여구만을 담을 것이다.

먼저 박 부장이 준 상자에서 외장하드를 꺼냈다. 그곳엔 차유나의 가수 시절 공연 영상들이 담겨 있었다. 초기 파일 하나를 열자 4인조 여성 그룹이 앙증맞은 춤을 추는 영상이 눈에 들어왔다. 자연스레 왼쪽의 껑충한 처자로 시선이 갔다. 아직은 외꺼풀에 살짝 벌어진 눈 사이. 턱도 좀 했나? 아무튼 그때나 지금이나 도도해 보이는 콧날만은 여전해서 봐줄 만했다. 봐주기 힘든 건 그들의 안무와 노래였다. 어설픈 댄스곡에 네 명의 캐릭터도 전혀 조화롭지 못했다. 왼쪽에 제일 키가 큰 차유나를 세웠고 오른쪽으로 가며 계단을 내려가듯 멤버들의 키가 작아져갔다.

"진짜 못 봐주겠네."

절로 튀어나온 혼잣말에 킥킥 웃으며, 다음 파일을 클릭했다. 이번에는 차유나가 공중파 음악프로에서 처음 솔로가수로 데뷔한 영상이었다. 역시 삼십 초를 못 넘기고 스톱시켰다. 가수로서 그녀는 마이너스 백점이었다.

그녀가 출연한 드라마의 파일을 열었다. 차유나가 연기자로 전업한 것은 어쩔 수 없는 선택이었지만 최고의 결정이었다. 그녀의 연기는 초창기부터 그럭저럭 봐줄 만했다. 자기 캐릭터를 그대로 받아먹는 싸가지 없는 재벌가 시누이나 입 걸은 업소 여성 같은 배역으로 시작한 것이 좋은 전략이었다.

한참 동안 그녀의 동영상을 보다 보니 배가 고팠다. 하지만 대청소에서조차 늘 열외인 냉장고 안은 유통기한 지난 음식과 식인식물 모양으로 싹이 자란 감자밖에 없다. 뭘 사러 가려니 직면하기 싫은 통장 잔고가 떠올랐다. 말 그대로 돈을 뽑을 때마다 ATM 기계의 모니터에 보이는 잔고액을 외면하지 않았던가…….

잠깐! 분명 어제 박 부장은 내일 선금을 입금해준다고 했다. 어제의 내일은 오늘이다. 단순한 명제가 진리처럼 느껴졌다. 입가에 미소가 번지기 시작했다. 나는 파블로프의 개처럼 동네 편의점 ATM 기계 앞으로 달려가 비밀번호를 누르며 침을 질질 흘리고 싶어졌다.

3,029,542원. 세금도 안 뗀 에누리 하나 없는 삼백만 원이 'YUNA STUDIO'라는 곳으로부터 입금되어 있었다. 이카로스 사무실에서 그놈의 창작지원금을 입금해주기 전까지 29,542원으로 한 달을 살아야 했던 나였다. 정말이지 굶거나 대부업체를 이용해야 할 판이었다. 하지만 촤르르르 경쾌한 돈 세는 기계 소리에 생계 걱정은 날아갔고, 이카로스에게 굽실대며 입금을 요청해야 할 필요도 없어졌다.

나는 ATM 기계 속 그득한 만 원 지폐를 꺼내 호주머니에 찔러 넣었다. 그리고 동네 마트로 가서 재정난 덕에 미뤄두었던 물건들과 식량을 몽땅 사들였다.

그날 밤. 왼쪽에는 과자를 쌓아놓고 오른쪽에는 맥주잔을 둔 채 모니터로 이성민 감독의 영화를 모조리 감상했다. 지독한 독설로 가득한 그의 영화들에서 여성 캐릭터는 남자들의 욕망에 맞서 싸우는 전사 혹은 희생양으로 양분되고 있었다. 나는 생각했다. 차유나는 그의 영화에서 수동적 캐릭터로 남으면 안 된다. 차유나는 그럴 캐릭터가 아니기 때문이고, 그 모습을 이 감독이 좋아해야 한다. 나는 그의 영화에서 적극적인 여성 캐릭터만 따로 체크해 분석했다.

한편으로 이 감독은 현장에서 시나리오를 바꾸기로 유명하고, 배우들의 의견과 애드립을 적극 차용한다는 사실도 기사 스크랩으로 파악했다. 그런 점에서 이 감독과의 미팅에서 차유나의 전략이 필요하다면 그건 바로 적극적인 '연기'일 것이다. 대본이 있다면 그녀는 연기를 할 수 있다. 물론 이성민 감독은 그것을 그녀의 애드립으로 받아들여야 한다. 하지만 그것은 나의 대본. 바로 그녀가 나에게 의뢰한, 곧 내가 쓸 이야기여야 했다.

모든 것이 명쾌했다. 맥주를 들이켜며 이성민 감독의 영화를 분석하고, 낮에 보았던 차유나의 캐릭터를 떠올리며 그녀와 이성민 감독의 미팅 장면을 소설로 쓰면 된다. 만약 그대로 된다면 돈이 입금되겠지. 그렇다면 다음에도 이 일을 하면 된다. 안 그렇다면 그들과 상종하지 않으면 된다. 이 정도는 금방 쓸 수 있다. 최악의 경우 선금 삼백만 원으로도 충분히 남는 장사다. 그때 전화벨이 울렸다. 밤에 작업하는 나에 대해 알고 있는 곳이었다.

"김 작가. 정 실장이에요. 이번 화 언제 마감될 거 같아요?"

"모르겠는데요."

"이봐요. 창작지원금 또 밀리고 싶어요? 이거 대표님 지시사항이에요. 김 작가 마감 확실히 체크하라고."

짜증이 났는지 정 실장의 목소리가 날카로웠다. 그럴수록 내 기분이 좋아지는 게 느껴졌다.

"그놈의 창작지원금, 입금해주면 쓸 겁니다."

"뭐라고요?"

"먼저 입금하라고요. 저번 밀린 것까지. 안 그럼 안 쓴다고."

"당신, 진심이야? 대표님께 진짜 그대로 전해……."

"응. 전해요. 이건 내 지시사항입니다."

"이게 미쳤나…… 야! 너 다시 한 번……."

나는 전화를 끊었다. 그리고 감자칩을 하나 들어 와작 씹었다.

내 작업실이자 집이 있는, 이 칙칙하고 낡은 건물의 유일한 장점이라면 마음대로 드나들 수 있는 옥상이 있다는 점이다. 다음 날 아침, 나는 옥상에 돗자리를 깔고 누워 차유나의 미래에 대한 소설을 쓰기 시작했다. 늙고 커다란 검둥개 같은 내 노트북은 오랜만의 외출에 기분이 좋은 듯했고, 금방이라도 비가 올 것 같은 하늘이 선선한 기운을 불러일으켰다.

천천히 자판을 두드린다. 편자를 새로 박은 말이 잘 정돈된 보도블록의 거리를 또각거리며 걸어간다. 결코 서두르지 않으며 천천히, 생각의 속도와 같은 호흡으로, 손가락은 말발굽 소리를 내며 달린다. 차유나와 이성민 감독은 압구정 씨네시티 뒤편 라이카라는 이름의 카페에서 만난다. 인터뷰 기사에서 본 대로 이곳은 이성민 감독의 단골집. 둘은 분명 이곳에서 만날 것이다.

구름 사이로 해가 비추어 노트북 자판에 햇살을 따사롭게 뿌려주었다. 나는 태양열로 움직이는 기계처럼 부지런히 자판을 두드렸다.

그렇게 얼마나 작업에 몰두했을까? 어느새 하늘을 잔뜩 차지한 구름이 비를 뿌리기 시작했다. 나는 서둘러 노트북을 접고 옥상을 내려갔다.

빗줄기가 흐드러지게 작업실의 작은 창을 때리고 있었다. 나는 책상 위에 노트북을 다시 세팅한 뒤 빗소리에 맞춰 자판을 두드리기 시작했다.

빗줄기가 경쾌하게 카페의 통유리를 두드리고 있었다. 그녀는 맞은편 자리에 앉았다. 이 감독은 그녀를 실제로 처음 보지만 낯설지 않은 이유에 대해 생각했다. 아마도 수차례의 루머와 사고로 뉴스를 탄 그녀의 전력들 때문일 거라 생각하면서도, 왠지 그녀의 이 익숙함이 싫지 않았다. 그리고 뭐랄까, 그녀에게선 천박한 아름다움이 엿보였다.

잠깐 동안 이 감독은 여자를 뚫어지게 바라보는 자신의 버릇을 그녀에게도 적용하기 시작했다. 대부분의 여자들은 배우일지라도 이런 상황에서는 표정 연기를 하기 힘들다. 특히 자기가 가늠당한다고 느낄 때는. 말하자면 연기를 요하지 않는 오디션이다. 그런데 차유나는 이상하리만치 해맑은 표정으로 이 감독과 시선을 마주했다. 오히려 이 감독이 초조해질 즈음 그녀가 먼저 입을 열었다.

"감독님도 외쌍커풀이시네요."

"뭐?"

"외쌍커풀은 바람둥이라고 하던데."

"바람둥이라…… 나쁘지 않지."

"아뇨. 감독님 영화에서 여주인공이 그렇게 말하자 그거 믿을 거 못 돼요, 라며 남자가 당황한 채 대답하죠."

그제야 생각났다는 듯 이 감독이 눈웃음을 짓자 그의 외쌍커풀이 더욱 도드라져 보였다.

"그 대사 그거 배우들 애드립이었어."

"원래 애드립을 많이 권장하신다고 들었어요."

"나에 대해 들은 게 또 뭐가 있나?"

"편견 없이 배우들을 대하신다고요. 그래서 뵙고 싶었어요."

일고의 막힘도 없이 차유나는 잘 훈련된 대사를 말하듯 술술 이야기했다.

"원래 감독님 영화도 좋아했고, 솔직히 말하면 감독님이랑 일해 그동안 저를 둘러싼 편견을 싹 없애고 싶어요."

"유나 씨가 내 이번 영화에 들어오고 싶다고 한 것부터 편견을 깬 거 아니겠어?"

"거기까진 저 스스로 할 수 있지만, 이제부터는 감독님이 도와주셔야 될걸요."

차유나의 말에 이 감독은 조용히 입꼬리를 올리곤, 점원을 불러 기네스 두 잔을 주문했다.

◆ ◆ ◆

나는 지금 동네 편의점 ATM 기계 앞에 서 있다. 언제나 외면하던 액정 창 안의 잔액을 뚫어져라 쳐다본다. 숫자 9 뒤로 이어진 동그라미 여섯 개. 그 동그라미 안에 로또 당첨 번호라도 들어 있는 듯 똑똑히 바라본다. 달랑 한 장뿐인 직불카드라지만 단숨에 구백만 원을 지불할 수 있게 된 나는, 존재감 없는 유령작가도, 궁핍함 속에서 창작혼을 불태우는 예술가도 아니다. 이것이야말로 내가 진짜 바라는 것이다. 속물. 젠장, 단돈 구백만 원에 나는 속물이 될 수 있다.

속물 작가에겐 명품 노트북이 필요한 법. 늙고 커다란 검둥개는 며칠 전 비를 맞고 나더니 감기에라도 걸렸는지 연신 콜록댔고, 새로운 애견은 은색의 앙증맞은 외모를 자랑하는 고급 품종 강아지가 될 것이다. 나는 용산 전자상가로 향했다.

몇 번의 가격 대조 끝에 내게 걸작을 물어다 줄 은색 강아지를 구입했다. 이제 이 녀석은 나와 작품 사냥을 다닐 것이다. 민첩하게, 용맹하게.

계산을 하는 나에게 가게 주인은 다른 건 필요 없냐며 새로 나온 최신 블루투스 마우스를 보여주었다. 용산에서의 충동구매야말로 금물이라지만, 명품 쥐새끼도 한 마리 구입했다.

돌아오는 길에 교보문고에 들러 못 사본 책들을 구입했다. 같은 해에 데뷔했던 여성 작가의 세 번째 소설집은 그다지 끌리지 않았지만, 예전에 술 얻어먹은 기억도 나고 해서 구입했다. 요즘 뜬다는 한 일본 소설가의 작품 시리즈도 구입했고, 대여섯 권씩 못 보고 밀려 있던 만화책도 몽땅 구입했다.

음반 매장으로 향해 듣고 싶던 음반들도 사들이던 찰나, 익숙한 일러스트 커버 앨범을 발견하고는 발걸음이 멎었다. 아리의 새 앨범이었다. 미대 출신인 그녀가 직접 그린 앨범 커버 일러스트. 2차 대전에나 출격했을 법한 두 대의 비행기가 각각 다른 펜 선으로 그려진 그림이었다. 그녀의 인장 같은 그림에 나도 모르게 손이 갔다. 나는 그녀의 새 앨범까지 사들고 교보문고를 나섰다.

터질 듯한 봉투를 양손에 든 채 집 앞에 다다라 열쇠를 꺼내는데,

301호 문이 열리며 주인아줌마가 나왔다. 평소 같았으면 움찔했겠지만 오늘은 전혀 주눅 들지 않고 인사를 했다.

"안녕하세요."

"총각, 뭘 그리 잔뜩 싸들고 왔어?"

"잘 지내셨어요?"

"됐고, 밀린 월세 어쩔 거야? 보증금 다 까먹고 벌써 육 개월이야. 사십오 곱하기 육이면 이백칠십. 이백칠십만 원에 이자까지 치면……."

지갑을 열었다. 주인아줌마가 말을 멈췄다. 나는 백만 원짜리 수표세 장을 건넸다. 주인아줌마는 잠시 멍하니 수표를 보고는, 마치 사라지기라도 한다는 듯 냉큼 채갔다.

"이자까지 해서 삼백 하시죠."

"아유, 총각이 역시 경우가 있네."

나는 고개를 끄덕이고 열쇠로 문을 열었다.

"이제 일이 잘 풀리나봐? 그 쓴다는 게 팔린 거야?"

"요즘 건수가 좀 있네요."

"만날 처박혀 있더니 이제 수가 텄나보네. 축하해, 총각."

늘 핀잔 일색이던 주인아줌마가 입금이 되니 덕담을 다한다.

짐을 들고 들어와 야전침대에 앉았다. 덥고 꿉꿉한 이 공간에서 지낸 지도 4년. 고시원보단 낫고 원룸보단 못하지만, 여전히 열악한 이 공간. 여기도 이제는 벗어날 수 있겠지?

차유나는 어제 직접 내게 전화해 이성민 감독이 그 자리에서 바로 캐스팅했다며, 고맙다는 말을 남겼다. 그리고 오늘 바로 잔금 칠백이 입금됐다. 놀라 자빠질 일이었다.

재기의 발판을 마련한 차유나는 이제 시작이고, 분명 나를 더 필요로 할 것이다. 그럼 그녀를 위해 써줄 것을 써주고 받은 돈으로 이곳을 뜨자. 새로운 작업실에서 새로운 기분으로 내 소설을 쓰자. 거기서는 내 소설에만 집중할 수 있을 거다. 반드시.

그때 전화가 울렸다. 이카로스였다. 늘 정 실장을 통해 연락하던 그가 직접 전화한 걸 보니 똥줄이 타긴 타나보다. 거의 일주일분 여유가 있는 〈4시 44분〉의 원고가 다 되어갈 테니 나를 찾을 수밖에. 하지만 나는 더 이상 너의 고스트라이터가 아니다.

"여보세요."

"김 작가. 잘 지냈어요?"

"그런데요."

"원고는 잘 쓰고 있나요?"

"아뇨."

"이런…… 정 실장 말이 사실이었네. 사무실에 오늘 들어오세요. 얘기 좀 합시다."

"원고료는 입금하셨나요?"

"그러니까 그 건도 같이 얘기합시다. 몇 시쯤 올 수 있나요?"

"그러니까 원고료 줄 거냐고요."

"김 작가. 내가 그동안 창작지원금 안 준 적 있나요? 한 번도 없어요. 그렇죠?"

"안 준 적은 없죠. 다만 더럽게 적은 돈을 더럽게 이상한 이름으로 더럽게 치사하게 줘서 문제죠."

수화기에서 잠시 침묵이 흘렀다. 내가 놈의 뺨 정도는 때린 것 같았다. 슬며시 입가에 미소가 번질 찰나, 놈이 입을 열었다.

"김 작가, 오햅니다. 정 실장이 뭔가 잘못 전달한 게 많은 것 같네요. 일단 들어오세요. 바로 돈 지급해드리죠."

이런 놈들은 꼭 오해를 들먹인다. 오해 같은 오해하고 있네. 하지만 바로 돈을 지급한다는 놈의 말에 전화를 끊을 수가 없었다.

"정말입니까?"

"돈도 돈이지만 우리가 6개월이 넘게 같이 잘 해왔잖아요? 그런데 이렇게 정리할 순 없죠. 말도 없이 잠적해버린 손 작가 같은 쓰레기랑 김 작가는 다르잖아요. 같이 일을 더 하건 안 하건, 얼굴 보고 얘기하며 오해 풀었으면 합니다."

손 선배랑 비교되는 건 견딜 수 없다. 한편으로 이카로스가 날 이용한 건 사실이지만, 지난 6개월을 놈의 돈으로 버틴 것도 사실이다. 나는 여섯 시까지 사무실로 가겠다고 말하고 전화를 끊었다.

이카로스는 그의 방에서 차분히 날 맞이했다. 정 실장은 들어와 공손하게 마실 걸 물었고 나는 됐다고 말했다. 역시, 따르면 호구 되고 따지면 대접받는다. 이카로스는 진지한 표정으로 나를 바라보며 입을 열었다.

"손 작가한테 나에 대해 어디까지 들었어요?"

뭘 꿍꿍이야.

"별로 들은 바 없는데요. 예전에 영화 시나리오 썼다는 것 정도?"

"내 나이는 알아요?"

나이는 왜?

"알아야 하나요?"

"김 작가가 보기엔 내가 비슷한 연배로 보일지 모르겠지만, 내가 나이가 좀 됩니다."

꼰대질이냐?

"그러고 보니 좀 들어 보이시네요."

계속된 내 퉁명스런 반응에 이카로스가 입꼬리를 올렸다.

"내 커리어는 시나리오 작가로 시작됐죠. 10년도 전에. 영화 좋아하고 글 좀 쓴다는 거 하나 믿고 이 영화사 저 영화사 투고도 하고 온라인마켓에 작품도 올리고 공모전도 돌리고 그랬어요. 그러다가 한 분을 만나게 됐는데, 이름만 대도 알 만한 유명한 영화감독이었어요. 업계 사람들에게 유명한 게 아니라 그냥 일반인들도 이름만 대면 아는 그런 분 말이에요."

"그런데요?"

"그분 밑에서 내가 시나리오만 2년을 썼어요. 그분은 자체로 작가팀을 꾸려 작가들 서너 명을 두고 계속 프로젝트를 돌렸는데, 월급이라고 해봐야 밥값 정도고, 쓴다고 다 작품이 되는 것도 아니었지요. 영화는 금방 만들어지는 게 아니니까. 근데 같이 일하는 작가들 다 6개월을 못 버텨요. 감독님이 가끔 와서 회의를 하는데, 쌍욕을 들어가며 아주 만신창이가 되죠. 돈도 얼마 못 받아, 멘탈이 나갈 정도로 혼나, 게다가 마감은 타이트해. 어떻게 보면 못 버티는 게 당연한 걸지도 모르죠."

꼰대다. 자기 때 고생을 들먹이며 열정을 강조하는 건 꼰대의 전매특허 아닌가. 매사 세련되고 이지적인 이 자가 꼰대 커밍아웃을 하다니, 왜지? 무슨 반전이 있으려고 이러나? 궁금한 나는 그의 말을 경청했다.

"다들 그렇게 떠나고 나만 남았죠. 나는 남아서 감독이 써달라는 대로 계속 썼어요. 어떻게 됐게요? 내가 참여한 작품이 영화로 개봉했어요. 엄청 히트를 쳤죠. 그리고 나는 그걸로 시나리오 작가 데뷔를 했어요. 비록 크레딧은 감독님이랑 각색을 맡은 베테랑 작가 이름 뒤에 놓였지만. 치사하지만 맨 끝에라도 내 이름이 올라간 겁니다. 그 겁니다. 그 맨 밑에 이름 한 줄이 이후 8년을 날 먹여 살렸어요. 8년간 내가 쓴 게 하나도 영화가 안 됐어요. 하지만 돈 받으며 계속 쓸 기회를 얻을 수 있었고, 계속 쓰다 보니 스토리텔링 공식을 완전 뗀 거죠. 그렇게 스토리 마스터가 된 겁니다. 그리고 그게 지금의 이카로스를 만든 거고요. 무슨 말인지 알겠어요?"

"그러니까…… 치사하고 힘들어도 참고 해라. 이건가요?"

"김 작가는 그때 6개월 일하고 때려친 내 동료들 같은 거예요. 힘들지. 서운한 일도 있을 거고. 하지만 난 그 순간이 기회라고 여겼습니다. 기회는 오는 게 아니에요. 기회를 잡으면 힘들어도 해야 하는 게 아니고, 기회를 잡는 것 자체가 힘든 거라고. 그래서 기회를 만나면 힘든 게 당연한데, 그걸 이해 못하고 다들 떨어져나가요. 불평할 거야 많죠. 돈이 적다, 대우가 부당하다, 자기 시간이 없다……. 근데 그런 게 정말 중요한가요? 힘드니까 하는 건데? 중요한 건, 힘드니까 하는 겁니다. 쉬우면 다 하게요? 개나 소나. 어차피 먹고사는 건 힘든 겁니다. 그런데 기회 때문에 힘들다면 그건 해피한 거예요. 명심해요. 나는 김 작가에게 지금 기회를 준 거예요."

반전 따위 없는 건가? 이 새끼는 꼰대에 파렴치한이다. 게다가 반전도 구성 못하면서 스토리 마스터라고 떠들고 있다. 그래, 스토리에 반전은 이래야 한다는 걸 내가 보여주지.

"그렇군요. 힘드니까 한다라…… 암튼 기회를 주신 거라니, 고맙습니다."

"괜찮아요. 자 그럼 작품 얘기로 들어가서……."

"근데 고료는 언제 주나요? 나 그거 받으러 왔는데."

순간 이카로스가 무서운 표정으로 나를 노려보았다. 나는 태연히 궁금하다는 표정을 유지했다. 그가 표정을 풀며 스스로를 다독이고는, 서랍을 열고 봉투를 꺼냈다.

"지난번 마감분에 이번 마감분까지 더했어요. 넣어둬요."

엄청난 선심을 베푼다는 듯 그가 봉투를 건넸다. 나는 봉투를 두 손으로 공손히 받았다. 전보다 확실히 묵직한 그 봉투엔 '창작지원금'이란 글씨가 또렷이 적혀 있었다.

나는 입꼬리를 올리고 이카로스를 바라보았다. 이카로스가 말을 이어가려다 내 표정을 보고는 멈칫했다. 나는 그의 눈앞으로 봉투를 들어 보였다.

"이건 창작지원금이고, 내 고료를 달라고요. 원고료를."

"무슨 소립니까? 돈 받기 싫어요?"

대답 대신 나는 봉투로 이카로스의 뺨을 힘껏 때렸다. 짝 소리와 함께 그의 몸이 옆으로 기울었다. 놀란 토끼 눈이 된 그의 얼굴로 봉투를 내던졌다. 봉투를 맞은 녀석의 얼굴이 벌게졌다.

"당신이 문체부야? 콘텐츠진흥원이야? 창작을 지원하긴 뭘 지원해! 그걸로 약이라도 사 먹고 정신 차려. 이 꼰대 새끼야!"

당황해 어쩔 줄 모르는 놈을 뒤로하고 돌아섰다. 뒤에서 놈이 뭐라고 소리를 질렀다. 돌아보니 벌떡 일어선 놈이 도끼눈으로 날 노려보며 외쳤다.

"너 이 새끼. 니가 이러고도 이 바닥에서 벌어먹고 살 거 같아? 내가 너 가만둘 줄 알아? 두고 봐, 이 새끼야!!"

나는 가운뎃손가락을 올려 보이고 놈의 방을 나왔다. 어쩔 줄 몰라 하는 정 실장에게도 똑같이 해주고 사무실을 나섰다.

건물을 나와 걷는데 저녁 공기가 아주 상쾌했다. 그때 맞은편에서 성미은이 걸어오는 게 보였다. 그녀는 자기 몸만 한 트렁크를 끌고 오다 나를 보고 멈춰 섰다.

"안녕하세요? 사무실 다녀오시는 길이세요?"

"근데 웬 트렁크예요?"

"저 사무실에서 먹고 자며 글 쓰기로 했어요. 마감이 안 된다고 대표님이 이 참에……."

"저기요."

"예?"

"스스로 감옥에 걸어 들어갈 필요 있나요? 때려치세요."

"그게…… 무슨……."

나는 그녀에게 손만 들어 보이고 스쳐 지나갔다. 지금 그녀를 말려봐야 무슨 소용이 있겠는가. 자유의 기분이란 스스로 깨닫고 뛰쳐나오기 전엔 절대 알 수 없는 감정이 아닌가.

제멋대로 발걸음을 옮기며 홍대 거리로 향하는데 전화가 울렸다. 이카로스의 전화라면 못 다 한 욕을 해줘야겠군, 하고 보니 차유나였다. 나는 기분 좋은 미소를 지으며 전화를 받았다.

◆ ◆ ◆

미모의 여자 연예인과 저녁식사를 하는 것은 흔치 않은 꿈같은 일이다. 하지만 주변 테이블의 호기심 어린 시선을 받으며, 박 부장과 스미스들의 감시 아닌 감시를 받으며 자리한 저녁 테이블은 확실히 불편했다. 차유나는 나를 청담동의 고급 한우식당으로 불렀고, 나는 투뿔 한우가 입으로 들어가는지 코로 들어가는지 모르게 입에 넣기 바빴다.

그런 내가 안쓰러웠는지 차유나가 따라놓은 소주를 들어 보였다.

나는 건배를 하고 잔을 비웠다. 고기의 느끼한 기운이 소주의 시원함에 내려가자 숨통이 트인 듯했고, 차유나를 제대로 바라볼 수 있게 되었다.

"입금도 착착 되고, 건배도 하고…… 내가 쓴 대로 잘 됐나보지?"

내가 물었다. 차유나는 긍정도 부정도 하지 않은 채 남은 잔을 비웠다.

"당신, 제대로던데."

비운 잔을 내려놓으며 차유나가 말했다. 소주를 시원하게 마시는 그녀를 보니 한결 편한 기분이 들었다.

그때 옆 테이블에서 수군대는 소리가 들려왔다. 차유나는 빠르게 그쪽으로 시선을 돌려 쏘아보았다. 그러자 수군대던 사람들이 그녀의 시선을 견디지 못하고 잠잠해졌다.

차유나는 나를 돌아보고는 입꼬리를 올렸다.

"다 그쪽 덕이야."

"뭐, 뭐가?"

"이젠 여기도 와서 못 먹을 것 같네. 바빠지면 캐주얼하게 먹기도 쉽지 않단 말이지."

"뭐 내 덕이라니 다행이지만, 너무 앞서가는 거 아냐?"

애써 태연하게 내가 말했다.

"게임 끝났어. 너만 잘 하면 돼."

"나만 잘 하면…… 된다라……."

"다음 주에 캐스팅 기사 날 거야."

잔을 비우며 궁금한 것을 물어볼 때가 됐다고 생각했다. 나는 먹는 걸 멈추고 그녀가 먹는 걸 지켜보았다. 눈치 빠른 그녀가 젓가락을 멈추고 나를 바라보았다.

"왜?"

"잘 하려면 잘 알아야 하거든."

그녀는 곧 먹던 손길을 접고는 팔짱을 끼고, 내게 말해보라는 듯 턱짓을 했다.

"먼저, 내가 어떻게 너의 미래 자서전을 쓸 수 있다고 확신하게 된 거지? 그리고 실제로 이런 일이 벌어질 수 있다는 건 어떻게 알았으며, 이전에 나 같은 작가가 또 있었다던데 그것에 대해서도 좀 읊어봐."

"이야기가 긴데."

"설명 안 해주면 나 간다."

"2차 가서 이야기하자. 고기 마저 드시지 그래."

나와 차유나는 남은 고기를 마저 해치웠다.

이태원의 전망 좋은 이 바는 마치 외국인 전용 클럽 같다. 곳곳에서 들려오는, 내겐 다 똑같이 못 알아듣는 외국어들이 우리를 그들로부터 격리시켰다. 차유나와 나는 통창이 있는 테이블에 앉아 누군가 먼저 한국어를 발음해주길 바랐다. 나는 내가 쓴 대로 이루어진다는 사실을 여전히 믿을 수 없었다. 어쩌면 믿을 필요도 없고, 모르는 게 약일 수도 있다. 하지만 이 호기심이야말로 나를 쓰게 만드는 원동력이다. 나는 알아야 했다.

마티니로 입술을 적신 뒤 차유나가 입을 열었다.

"기억나? 치킨 체인점의 신화."

"그래, 당신 큰아버지."

"거기 내용 중에 막냇동생에 관한 이야기가 나오거든. 요절한 막냇동생을 통해 삶을 돌아보게 되고, 적십자에 기부도 하고 그랬다고 자랑하는 거."

"잘 기억이 안 난다."

"그 사람이 그 사람이야."

"처음으로 너의 미래를 써준 사람이라는 게…… 그러면 너한텐 삼촌?"

"삼촌이지만 여섯 살 차이밖에 안 났거든. 극작가였던 삼촌은 내 오디션 대본이니 면접 대본이니 그런 걸 가상으로 써서 날 미리 읽게 했어. 읽고 나가면 다 잘 된다면서……."

"그런데 실제로 그렇게 됐다?"

그녀가 고개를 끄덕이고는, 남은 마티니를 비웠다.

"삼촌의 죽음에 어떤 관련이라도 있는 거야?"

차유나는 답하지 않았다. 그녀를 바라보았다. 누군가를 떠올리는 듯한 그녀의 표정은 설득력이 있었다. 술잔을 비울 때 드러나는 슬픔의 각도도 절묘했다. 그런 모습이 연기일지도 모른다 생각했지만, 그 정도 연기라면 봐줄 만했다. 그녀는 맥주를 주문하고 다시 입을 열었다.

"복잡한 일들이 있었어. 그걸 여기서 다 말할 순 없고……. 결국은 다 나 때문이지. 하지만 나도 대가를 치렀거든. 알잖아, 한순간에 몰락하고, 인터넷 게시판 달구고……."

나도 마티니를 비우고 맥주를 주문했다. 그녀의 이야기가 점점 더 흥미로워지고 있었다.

"삼촌이 죽고, 나도 만신창이가 된 뒤로 일 년 동안 대한민국의 연극대본, 소설, 시나리오를 닥치는 대로 뒤졌어. 삼촌의 글과 비슷한 느낌의 글을 찾으려고."

"삼촌이 쓴 작품이 뭔데? 어떤 분야야?"

"삼촌이 쓴 건, 나야."

바 안의 어느 조명보다 그녀의 눈이 빛나고 있었다.

"그러면 글 스타일이 비슷하면, 그렇게 될 거라는 건 어떻게 확신 했지?"

"도저히 삼촌의 글과 비슷한 걸 찾기가 힘든 거야. 그러다가 한 달전 쯤 화장실에 처박아 둔 큰아버지 자서전을 뒤적이다 발견한 거지."

"내 글과 삼촌 글이 뭐가 그리 비슷하지?"

"나를 묘사한 부분. 큰아버지가 나에 대해 과장되게 설명한 부분이 있더군. 내용은 그래, 심하게 과장됐지. 하지만 그 글들은 전에 삼촌이 써준 것들과 일치하더라고. 나 정말 깜짝 놀랐다니까."

"그 자서전, 보름 만에 대충 휘갈긴 거라고 말했을 텐데."

"그것만이 아냐. 난 평소에 책을 읽지 않아. 특히 소설 같은 건 절대 안 읽지. 하지만 당신 소설 사서 읽어봤는데, 술술 읽히더라고. 마치 삼촌이 쓴 것처럼……. 그리고 내가 큰아버지 책 출판사에 전화 걸어 자서전 쓴 작가를 알려달라고 하니까, 거기서 그러더라고. '그 거 고스트라이터가 쓴 건데요'라고."

그녀의 입에서 나온 고스트라이터라는 단어가 귓가에 이명처럼 맴돌았다.

"삼촌은 종종 자신을 고스트라이터라고 말했거든."

생각을 정리했다. 그녀의 말을 어디까지 믿어야 할지는 확신이 서지 않았다. 분명한 건 그녀가 믿고 있다는 거였다. 내가 쓴 대로 그녀의 삶이 이뤄지는 게 요술인지 기술인지는 중요하지 않다. 그것은 그녀의 믿음이고, 나는 그녀의 믿음을 지켜줄 글을 쓰면 된다.

내가 침묵해 있자 그녀가 큰 눈으로 나를 돌아보았다. 나는 고개를 끄덕이며 말했다.

"오케이. 네 말이 진짜라면 앞으로도 내가 쓴 대로 되겠지."

그녀는 약속을 위해 새끼손가락 걸듯 맥주잔을 들어 올렸다.

"니가 쓰고, 내가 읽고. 그럼 그대로 되고, 넌 돈을 받고. 응?"

"간단해서 좋군."

"물론이지. 작가들은 복잡해서 탈이야. 간단하게 하라고. 알았지?"

나도 잔을 들어 그녀의 잔에 부딪혔다.

차유나와 스미스들과 이태원에서 헤어진 뒤 택시를 타고 홍대 정문으로 향했다. 밤은 어느새 짙어지고 있었지만 이곳은 금요일 밤 홍대 거리였다. 나는 여분의 시간을 얻은 사람이 된 기분으로 택시에서 내려, 정문 옆 은행 ATM 기계로 향했다. 그곳에서 백만 원을 인출해 기계 옆에 비치된 봉투에 담았다.

그녀는 술이 셌다. 충분히 더 마실 수 있는 상태였지만 그녀는 박 부장과 스미스들의 호위를 받으며 차로 갔고, 나는 아쉬움과 열망에 무작정 여기로 왔다. 무엇이? 술이? 따뜻한 눈빛들이? 답을 구하며 서교동 성당 쪽으로 접어들었다.

서교동 성당 옆 골목에 자리한 건물 반지하에 '몽콕'이라는 글자가 빛나고 있었다.

계단을 내려가니 어둠에 섞인 맥주 냄새가 코끝을 스쳤다. 텅 빈 반지하 술집은 사람들의 대화 소리 대신 올드팝 멜로디로 채워져 있었다.

나는 바의 맨 끝 스툴에 가 앉았다. 잠시 뒤 커다란 덩치의 우철이 맥주 박스를 들고 들어왔다. 그는 붙박이장 보듯 나를 보고는 냉장고 앞으로 갔다.

"술 뭐?"

"일단 맥주."

우철은 맥주를 꺼내주고 나갔다. 나는 라이터로 뚜껑을 따 병째 마셨다. 그래도 갈증과 알 수 없는 열망은 가시지 않았다. 한증막에 갇힌 채 구멍이 막힌 모래시계를 바라보는 기분이었다. 나는 다시 병바닥을 추켜세웠다. 흘러내리는 맥주는 차가운 모래 같았다.

데킬라로 술을 바꿨다. 스트레이트 잔에 데킬라를 채우고 원샷을 한다. 차가운 모래의 텁텁함보다는 뜨거운 용설란의 질척함이 그나마 나은 것 같다. 그때 연경이 두툼한 비닐봉투를 들고 술집으로 들어섰다. 그녀가 나를 발견하고 다가온다.

"술 끊을 거니까 다신 안 온다며. 기억 나?"

"안 나."

"아직도 아리 생각? 으이구."

맞다. 괜히 홍대로 와 어슬렁댄 것도, 여기에 와 친구들 앞에서 청승을 떠는 것도, 다 아리 때문이다. 여자들의 직관이란 대단하다. 연경은 우철의 오랜 여자 친구로, 낮에는 초등학교 독서지도사로 일하고, 밤에는 남자 친구의 가게로 출근한다. 도통 싸울 줄을 모르는 둘에게 내 순탄치 않은 연애생활이란, 걱정은 되나 대책은 없는 지구 온난화 같은 문제다.

나는 연경을 돌아보고 거짓말했다.

"지웠거든."

코웃음을 치며 연경이 주방으로 향했다. 선수 교체하듯 우철이 내 앞에 와 앉았다.

우철은 데킬라를 원샷 하고 레몬에 소금을 찍어 뜯어먹었다. 나는 텅 빈 가게를 둘러보고 말했다.

"장사가 이리 안 되서 어떻게 먹고 사냐?"

"첫 손님이 재수가 없어서 그래."

우철이 내게 소금을 뿌렸다. 입가에 튄 소금을 혀로 핥았다. 짜다는 감각이 좋게 느껴졌다.

"왜 또 힘드냐?"

"아니. 그냥…… 니네 잘 사나 보러 왔다."

"웃기고 있네."

"웃긴다니 됐다."

데킬라 잔에 술을 채웠다. 같이 비웠다. 우철이 스피커에서 나오는 팝송을 흥얼거리다 말했다.

"⟨4시 44분⟩ 잘 보고 있다."

"……그래?"

"웹소설 그게 돈이 되긴 되나 보더라. 너도 이것까지만 대필하고 본격적으로 써라."

"……그럴까?"

"이번엔 니 이름으로. 언제까지 고스트로 살 건 아니잖아."

"나는 출판사 계약한 거 해야지."

"그건 미루고, 아예 웹소설 해보라고. 나처럼 책 안 읽는 놈도 웹소설은 읽잖아."

"그러네. 근데 나 ⟨4시 44분⟩ 이제 안 써. 이카로스 그 새끼 엿 먹이고 오늘 나온 거야."

"뭐? 당장 어쩌려고?"

"어쩌긴 계속 써야지."

"그래. 이참에 너만의 웹소설을 쓰라고. ⟨4시 44분⟩ 너가 다 쓴 거라며. 아주 술술 넘어가는 게……."

"야."

"왜."

"웹소설 말고, 내 두 번째 소설은 기대가 안 돼?"

"그건…… 너가 4년째 갈팡질팡하고 있잖아. 그러니까 그럴 바에는 일단 돈도 벌 겸 웹소설을 쓰고……."

"아이 진짜! 됐어! 됐다고! 친구 놈까지 나보고 이거 써라 저거 써라 지겹다고!"

순간 정적이 흘렀다. 민망했다.

나는 봉투를 꺼내 우철에게 건넸다. 그가 봉투 안을 살피곤 뭐냐는 표정으로 나를 보았다. 주방에서 나온 연경이 나와 우철 사이에 놓인 봉투를 살폈다.

"어머, 이게 다 뭐야?"

나는 대답 대신 자리에서 일어났다. 연경은 반색을 했지만, 우철은 불편한 표정으로 나를 바라보았다. 손만 들어 보이고 가려는 내게 연경이 물었다.

"오빠, 작품 판 거야?"

"작품은 개뿔. 그냥 돈 벌자고 하는 짓이지."

가게를 나섰다. 뒤에서 나를 부르는 친구의 목소리가 뭉개져 들렸다. 나는 다시 한 번 돈을 벌어야겠다고, 아니 돈만 벌어야겠다고 다짐했다. 마음 단단히 먹고 충성과 열정을 바쳐 돈줄인 차유나를 단단히 붙잡아야겠다고 결심했다.

3장

디킨스는 사람들이 원하는 것을 쓴 것이 아니다.
디킨스는 사람들이 원하는 걸 원했다.
- G. K. 체스터튼

다시 찾은 차유나의 사무실은 좋은 향기로 가득했다. 사무실 한쪽에 딸린 욕실 문이 열려 있기 때문이었는데, 다가간 나는 실소를 금치 못했다. 넓은 욕실엔 결코 고급스럽다고 말할 수 없는 황금색 욕조 하나가 놓여 있었고, 차유나가 라벤더 향 목욕제를 풀어 넣은 물 안에 몸을 담그고 있었다. 자기 얼굴만 한 선글라스를 쓴 채 귀에는 이어폰을 꽂고 혼자서 흥얼대고 있는 그녀는, 특급 호텔 스위트룸을 사무실로 쓰는 어떤 영화의 여주인공을 연상시켰다.

　차유나가 나를 돌아봤다. 상체를 조금이라도 들면 그 풍만한 가슴이 욕조의 거품 위로 떠오를 듯했지만, 그녀는 내 시선 따윈 개의치 않았다.

　"아침부터 웬 일?"

　"일 좀 하려고."

　그녀는 옆에 놓인 오렌지주스를 마시고 나를 돌아보았다.

　"무슨 일인데 불쑥 찾아오셨을까?"

　"열심히 해야 먹고살지. 너도, 나도."

나는 소파에 앉아 노트북의 전원을 켰다.

"물장난 그만하고 나와봐."

"좀 귀찮네."

"이제부터 너의 일거수일투족을 연구해서 써줄 테니까."

차유나가 욕조에서 자신의 손과 발을 물 위로 뻗어 보였다.

"이게 내 일거수일투족인데."

나는 노트북의 한글 창을 열고 '말투 : 싸가지 없고 썰렁한 유머를 즐긴다'라고 적었다.

"말해봐? 반신욕은 언제부터 즐겼는지?"

그녀는 욕조 물에 뜬 향초로 담뱃불을 붙여 피웠다.

"어때, 영화 같지? 한없이 편해 보이지?"

나는 고개를 끄덕이며 노트북의 자판을 두드렸다. '행동 : 폼 잡길 즐김. 담배 즐김.'

나는 차유나의 일상을 취재하기로 했다. 싸가지는 없지만 내숭도 없는 그녀인지라 취재는 어렵지 않았다. 남 신경 따윈 쓰지 않고 내뱉는 말들과 난폭운전만 견딜 수 있다면 말이다.

반신욕을 마친 그녀는 신사동 가로수길로 차를 몰고 가 노천카페에서 혼자 브런치를 먹은 뒤, 로데오 거리의 회원제 피트니스 센터로 가서 필라테스 강습을 받았다. 뒤이어 각종 헬스 머신들을 오가며 맹렬히 운동했다. 나는 레그 크런치에 앉아 노트북을 켠 채 그녀의 운동하는 모습을 적어나갔다.

누군가 툭 쳐서 돌아보니 엄청난 근육돼지가 불퉁한 표정으로 서 있었다. 내가 레그 크런치에서 일어나자, 사내는 엄청난 무게의 추를 올린 채 다리로 발판을 밀어대기 시작했다. 사내는 차유나를 의식한 듯 자신의 근력을 과시하는 게 역력했지만 그녀는 눈길 한 번 안 준 채 버터플라이 운동에 집중했다.

잠시 뒤 나는 사내의 시선을 뒤로하고 차유나와 함께 피트니스 센터를 나섰다.

그녀의 렉서스 승용차 보조석에서도 나는 그녀를 적어 내려갔다. 차유나는 취재 따위 개의치 않고 거침없는 욕설의 향연을 펼치며 운전 중이었다. 마치 욕을 하고 싶어 운전을 한다는 듯 끊임없이 앞과 옆, 뒤의 차들을 향해 마구 욕을 내뱉었다.

"야 이 내비년아, 똑바로 안내 못 하냐. 썅! 확 갈아버릴라."

급기야 내비게이션에게까지 욕을 해대는 그녀였다.

차유나가 청담동에서 쇼핑을 하는 동안 나는 명품거리에 세워둔 차에서 졸고 있었다. 그녀의 외침에 잠에서 깼다. 차창에 의경이 딱지를 붙이고 있었고, 마침 차유나가 양손에 쇼핑백을 든 채 달려오며 소리친 것이었다.

"아저씨! 차 지금 빼거든요!"

의경이 그녀를 알아보고 표정이 돌변했다. 그가 자기가 붙였던 딱지를 떼기 시작했고 차유나는 의경에게 미소를 지어 보이곤 운전석으로 들어왔다.

"졸았어? 딱지 뗄 뻔했잖아."

"옷을 만들어 사세요? 쇼핑 좀 작작 하세요."

그때 뒷문이 열리면서 "안녀엉하세요?"라며 애교 가득한 목소리가 들렸다. 돌아보니 섹시 가수로 유명한 제니였다. 상체를 숙이며 들어오는 그녀의 민소매 티 아래로 볼링공 같은 가슴이 금방이라도 튀어나올 것 같았다.

"얘 때문에 쇼핑 길어졌지 뭐야."

"내 건 없어?"

"너한테 어울리는 건 여기가 아니지. 동대문?"

그때 제니의 얼굴이 차유나와 나 사이로 쑥 들어왔다. 강한 향수 냄새에 코끝이 아렸다.

"소설가시라고요?"

"예? 예."

"우와, 저 소설책 좋아하는데…… 뭐 쓰셨어요?"

"예? 그게…… 헉."

급히 출발한 차유나 때문에 나와 제니의 몸이 뒤로 젖혀졌다.

"언니야, 운전 살살 쫌 못하나?"

"제니 너 끼 부리지 마. 이분, 안 그래도 나 땜에 바쁘시거든."

"뭐라카나…… 작가님, 이 언니 억수 이상하죠?"

"이상하죠."

"이것들이…… 아주 쌍으로 난리를 치네."

그녀는 거칠게 렉서스를 몰아갔고, 경상도 사투리를 쓰는 미국 이름의 제니가 나에게 온갖 질문을 던지기 시작했다. 나는 그녀의 질문에 건성으로 답하며 노트북에 차유나의 행동을 계속 적어내려갔다.

어두운 방 안에서 노트북의 액정만이 형형히 빛나고 있었다. 화면에는 그동안 정리한 차유나에 관한 취재와 그에 대한 방안을 적어놓았으니 아래와 같았다.

- 늦잠으로 하루를 시작해 브런치에 익숙한 스타일.
  - → 아침형 인간으로 묘사할 것.
- 몸매관리는 필라테스와 헬스. 생각보다 뱃살이 좀 있다.
  - → 개인 PT와 맞춤 다이어트 실시하는 장면 넣을 것.
- 명품 쇼핑 중독증
  - → 체계적인 금전 사용 숙지하게 할 것.
- 예상대로 운전 시 입 거칠다.
  - → 운전 매너 필요. 평소에도 입조심 교육 필요.

뒤이어 나는 그녀의 렉서스 앞에 옆 차가 급하게 끼어드는 장면을 써내려갔다.

그녀의 시야에 깜빡이는 비상등이 보였다. 그녀는 차오르는 욕을 내지르려다 심호흡을 하며 참았다. 그녀는 자신의 렉서스 보닛에 확성기가 달려 있어 욕이라도 하면 그 소리가 차 밖 도로에 사이렌 소리처럼 울린다고 상상했다. 그러자 살짝 창피한 기분이 든 그녀는, 욕하는 대신 썩소를 한번 날려주는 것으로 스스로를 다독였다. 물론 그녀는 썩소였지만 상대 운전자들에겐 섹시한 미소였기에, 그녀의 이런 모습은 모두에게 호감을 주게 되었다.

텅 빈 공연장 관객석에서도 나는 일했다. 차유나는 공연장 플로어에서 머리를 질끈 동여맨 채 무릎이 나온 트레이닝 복 차림으로 형상춤에 몰두하고 있었다. 스타 연기자들의 연기 선생으로 유명한 중년 연극배우가 그녀를 살피다가 스톱시키고는 이런저런 디테일을 지도했다. 진지하게 고개를 끄덕이고는 그녀는 지도에 맞춰 다시 형상춤을 추기 시작했다. 긴 다리와 유연한 몸으로 다양한 신체 표현을하는 그녀의 모습이 꽤나 인상적이었다. 나는 그녀의 형상춤을 보며 손으로는 자동기술하듯 노트북을 두드렸다.

연기는 따로 연습할 필요가 없다고 늘 주장해오던 그녀였다. 자기 자신을 그대로 보여주는 것만으로도 충분히 대중에겐 통한다고 고집했다. 하지만 언제부터인가 그녀는 스스로를 미워하기 시작했고, 경멸스런 자신을 대중들에게 그대로 보여줄 수 없게 되었다. 어쩌면 자신감의 문제일지도 몰랐다. 그런 것들이 그녀를 짓누르기 시작했고, 그제야 그녀는 연기를 하는 법을 배우기로 결심했다. 오늘도 형상춤을 추며 그녀는 자신만의 표현력을 키웠고, 그 속에서 자신감이 붙기 시작했다.

동명인쇄소 내 사무실의 인조가죽 소파는 잠이 참 잘 온다. 덜덜대는 인쇄기 돌아가는 소리는 일정한 호흡을 불러내어, 자장가처럼 잠을 재촉했다. 편집장을 따라 몇 번 놀러 와서는 이 소파에서 실컷 낮잠을 자던 기억도 떠올랐다.

설핏 잠이 들려던 찰나, 편집장이 읽던 원고를 내려놓고 담배를 꺼내며 물었다.

"이거, 팬픽이니?"

"팬픽이라…… 그렇게 볼 수도 있겠네."

편집장은 아무 말 없이 담배를 빨고는, 한심하다는 투로 나를 바라보았다.

"어디서 의뢰한 건데? 차유나 팬클럽?"

"차유나가 직접 오더 준 거야."

"뭐?"

"직거래라고."

"대체 그게 뭔 소리야?"

편집장의 답답해하는 표정에 나는 싱긋 웃고 말았다. 그가 해보자는 듯 날 추궁하려던 찰나, 인쇄소 직원이 제본된 원고 한 권을 들고 들어왔다. 제본된 원고, 우리는 그것을 책이라고 부른다. 직원은 세상에서 단 한 권뿐인 그 책을 나에게 건넸다. 얼마를 드리면 될까요, 했더니 그는 편집장 봐서 그냥 해드린다고 했다. 나는 담뱃값이라도 하시라며 5만 원 지폐를 그에게 건네곤, 퀵을 불러달라고 했다.

책장을 넘기기 시작했다. 뒤이어 오후 햇살 못지않게 따가운 시선이 감지됐다. 올려다보니 편집장이 복어 같은 표정으로 나를 바라보고 있었다.

"그러니까 여태 그거 쓰느라 니 거는 접어둔 거고?"

"그렇다고 볼 수 있지."

"휴, 웹소설 그만뒀대서 한숨 돌렸더니, 더 이상한 걸 하고 있었던 거야? 너, 그거 써서 얼마 버는데? 얼마 동안 쓴 거야?"

"일주일밖에 안 걸렸어."

"음…… 그건 고무적이네. 글발 좀 오른 거니?"

"그래요. 이거 끝냈으니, 이제 내 거 할 겁니다. 출간 준비나 해요."

편집장의 얼굴이 금세 환하게 밝아졌다.

"니가 이제 슬럼프 털었구나. 자신감 충만한 모습 마음에 든다!"

"창작이란 게 별거요? 도박 같은 거 아니겠어요? 계속 동전 들이밀다 그러다 한 번 터지는 거지."

"그런데 말야, 이 팬픽처럼 쓰면 안 된다. 너 두 번째 소설, 돈 보고 쓰면 안 돼. 돈 못 벌어도 좋으니까 잘 써야 돼."

대답 대신 책갈피를 넘겼다. 막 제본되어서인지 아직 남은 온기가 갈피를 잡는 손끝에 전해졌다. 편집장은 다시 잔소리를 시작했다. 작가의 태도부터 소설의 사명, 한국 문학계의 현 상황 등 그의 계속된 이야기를 듣고 있자니 차라리 그걸 받아 적기만 해도 작법서가 나올 것 같았다.

편집장의 잔소리는 퀵서비스 기사가 오고 나서야 멈췄다. 나는 책을 집어 들었다. 책은 텅 빈 하얀 표지에 제목만이 적혀 있었다.

그녀는 그것을 가져야 해

She's Gotta Have It

제목은 스파이크 리 감독의 영화에서 빌려왔다. 지난 일주일간 그녀를 관찰하고 쓰면서 느낀 건, 그녀야말로 자신의 욕망을 정확히 알고 있고 또 그것에 충실한 사람이었다. 나는 그녀가 이루고자 하는 것들을 어떻게 획득해나갈 것인지 이 책을 통해 묘사했다. 물론 이 책은 결과가 아니라 과정이다. 이 책이 그녀의 진짜 미래 자서전이 될지 여부는, 이제 그녀에게 달려 있었다.

인쇄소 봉투에 책을 넣고 박 부장의 전화번호를 적은 뒤, 퀵서비스 기사에게 건네주었다. 기사는 사무실을 나가 강을 건너 학동역 사거리를 향해 달릴 것이다.

집에 돌아와 노트북 앞에 앉은 나는 전원을 켜고 숨을 골랐다. 파일을 열고 노트북 자판에 손을 올려놓았다.

자 쓰자.

하얀 모니터는 백지에 다름 아니다. 나는 눈싸움하듯 백지를 바라보며 어떻게든 손을 놀려 보려는데…… 수전증 환자의 손인 양 바르르 떨리기만 하고 좀처럼 자판을 누르지 못한다.

뭐라도 쓰자.

그 한 문장을, 헤밍웨이가 말했듯이, 진실한 한 문장으로 시작하자. 하지만 진실한 한 문장이 내 안에 들어 있기는 한 건가?

어느새 식은땀이 흐르고 손도 땀에 젖어 끈적끈적해졌다. 나는 손을 내리고 다리를 떨며 심호흡을 했다. 노트북 앞을 벗어나고 싶지만 애써 버티고만 있다. 갑자기 이카로스의 공식이 떠올랐다. 그가 말한 스토리텔링의 공식. 가볍게 생각하고 따라 쓴 대필 작업은 술술 써 내려갈 수 있었다. 하지만 지금 나는 어깨에 너무 힘이 들어가 있다. 그렇다고 놈의 공식대로 내 소설을 쓰기에는 자존심이 허락을 안 한다. 역시, 막힌 건가?

아무것도 안 먹었는데 불이 날 듯 속이 뜨거웠다. 실제로 고통이 느껴진 나머지 일어나 방 안을 돌고 또 돌았다. 이대로는 미칠 수도 있겠다 싶어 야전침대에 몸을 뉘인 채 숨을 크게 들이마시고 내쉬기를 반복했다. 씨발. 대체 왜! 속에서 욕이 올라왔다.

그때 전화가 울렸다. 모르는 번호였다. 구원의 신호라도 되는 양 나는 전화를 받았다.

"여보세요."

"김 작가님…… 저 성 작가예요. 성미은."

이건 또 뭐지?

미은은 정 실장 몰래 내 번호를 찾아 전화했다며, 긴히 할 말이 있다고 했다. 나는 그녀에게 회사 상황을 물었다. 그녀는 내가 나간 뒤부터 이카로스가 폭주 중이고 그녀에게 〈4시 44분〉을 맡겨서, 그걸 쓰느라 정신이 없다고 했다. 뭔가 뜨끔해진 내가 우물쭈물하자 그녀는 자세한 얘기를 나누고 싶다며 만나줄 것을 요청했다.

이카로스가 폭주한다니 그 꼴이 궁금했다. 게다가 글이 써지지 않아 숨이 막힐 지경이다. 한편으로 나 때문에 덤터기를 쓴 그녀에 대한 가책도 느꼈다. 나는 약속을 잡았다.

망원동의 양꼬치 집에서 미은을 만났다. 그녀가 사무실에서 멀리 갈 수 없다고 해서 잡은 장소였다. 미은은 사무실 쪽방에서 먹고 자며 작업을 한 지 스무 날째라고 했다. 내가 나가고 이틀간 온갖 신경질을 부리던 이카로스는, 대뜸 미은에게 〈4시 44분〉의 다음 연재분을 쓰라 했고, 그녀는 새 작품에 적응하느라 정신이 없다며 한숨을 내쉬었다. 아닌 게 아니라 통통하던 볼살이 쏙 들어간 게 확실히 혹사당한 티가 났다.

양꼬치와 칭따오가 나왔다. 그녀에게 술을 따라주었다. 그녀는 단숨에 술을 비우고 다시 자기 잔을 채웠다. 넉살이 좋은 건지 술이 좋은 건지, 그녀는 술 앞에서 용감무쌍했다. 나는 양꼬치를 구우며 그녀에게 물었다.

"이카로스가 나에 대해서 뭐라 안 해요?"

"딱히 그런 말은 없는데…… 아, 배신하면 안 된다 뭐 그런 말 요즘 입에 달고 살아요. 배신하면 어딜 가든 자기가 작가 짓 못하게 막아버린다면서……."

"나한테도 그랬어요."

"아무튼 우리한테 웹소설 바닥 좁다면서 계속 그래요……. 그래도 김 작가님은 원래 데뷔 작가시잖아요. 웹소설 쓸 거 아니니 상관없겠어요."

"그 자식한테 복수하는 셈 치고 웹소설이나 써볼까 봐요."

내 말에 미은이 크게 웃었다. 하지만 금세 우울한 표정으로 나를 바라보았다.

"〈4시 44분〉 김 작가님이 써놓은 거 따라가려니 저 지금 완전 가랑이 찢어지고 있어요."

"그 부분은 미안하게 됐어요. 불똥이 미은 씨에게 튈 줄은 몰랐습니다."

"……다 제가 못 써서 그렇죠."

"그나저나 오늘 보자고 한 건 무슨 일 때문이죠?"

"이게 정말 민망하고요, 조심스럽기도 한 일인데요……. 정말 이런 말은 전화로 하기가 그래서……."

"알았으니까, 말해봐요."

그녀가 칭따오를 마저 따라 잔을 비우고 나를 바라보았다.

"혹시 〈4시 44분〉 초고 쓰실 때 구성해놓은 소스들 좀 있으면…… 저한테 주실 수 있나 해서요. 시놉시스나 구성안 같은 거요. 아니면 자료라도 좋구요. 아, 만약 없으면 안 주셔도 되고요. 근데 있으면 진짜 정말 저한테 큰 도움이 되거든요. 사실 제가 아직도 이 작품 세계관을 잘 이해를 못해서…… 대표님한테 물어보면 자꾸 면박만 주고…… 사실 대표님도 잘 모르는 거 같기도 하고요. 아무래도 이런 부탁이 어려울 순 있는데…… 진짜 없으시면, 어쩔 수 없지만, 혹시라도 있으시면 좀……."

내가 답 없이 자신을 뚫어져라 쳐다보자, 미은이 하던 말을 멈추고 고개를 숙였다.

"아무래도 힘든 거죠? 제가 너무 주제넘은 부탁을 한 것 같네요."

"성미은 씨."

"예?"

"소주 하시죠?"

"예."

그녀의 술 먹는 속도를 보니 칭따오로는 안 되겠다 싶었다. 나는 소주를 주문했다. 새로 나온 소주를 따서 각각의 잔에 따랐다. 그녀는 양꼬치를 돌리고 마늘을 굽고 하며 내 눈치를 살폈다.

"하나만 물을게요. 그게 미은 씨 개인 의삽니까, 아니면 이카로스가 지시한 겁니까?"

미은이 입을 떡하니 벌리며 손을 내저었다.

"아녜요, 정말 아녜요. 그냥 저 혼자 너무 궁지에 몰려서…… 김 작가님 소스가 있으면 정말 큰 도움이 되겠다 그렇게 생각한 거지, 절대 회사나 대표님은 모르는 사실이에요. 정말이에요."

미은이 큰 소리로 호들갑을 떠는 바람에 주변의 시선이 우리에게 몰렸다.

"그럼 회사에 여긴 무슨 일로 나온다고 했나요?"

"그건…… 친구 와서 저녁 먹으러 다녀온다고 했어요. 정 실장도 남 선생님도 없어서 비파한테 얘기하고 나왔어요."

"남 선생은 누구고 비파는 또 뭐예요?"

"남 선생님은 저번에 저랑 술 마신 그분이요. 비파는 미스터리 쓰는 대학생 필명이에요. 아, 지금 두 사람도 회사에 출근해 거의 상주해 있거든요. 김 작가님 나가고 비상상황이라고 대표님이 다들 들어와 작업하라고 해서요……."

나 때문에 여럿이 고생한다는 기분이 들면서, 한편으론 다들 왜 거기 매여서 꼼짝 못하나 하는 생각이 들었다. 하지만 그 생각은 오래 가지 않았다. 나 역시 차유나를 만나지 않았으면 그렇게 이카로스를 깔 수 없었을 것이기 때문이었다.

"있잖아요, 미은 씨. 내가 소스가 있다 칩시다. 그걸 미은 씨에게 줘 〈4시 44분〉 작업에 도움이 된다 칩시다. 그럼 누가 좋은 거죠? 나 〈4시 44분〉 그만 쓰고 나온 거, 이카로스 엿 먹이려고 그런 겁니다. 그런데 미은 씨가 내 소스 받아 잘 쓰면, 그게 누구 좋으란 건가요?"

그녀가 고개를 숙이고 할 말을 찾지 못했다.

소주를 비웠다. 미은이 잔을 채워주었다. 잔을 비웠다. 다시 미은을 살폈다. 술기운에 발그레진 그녀의 얼굴이 더욱 붉어졌다. 그녀는 표정을 감출 수 있는 사람이 아니었다. 지금의 절박한 표정을 보니 방금 전 부탁은 이카로스가 사주한 건 아닌 듯했다.

글이 막히면 지푸라기라도 잡고 싶은 심정을 나도 알기에, 그녀의 부탁을 거절할 수만은 없었다. 내가 가진 소스를 건네면 결과적으로 이카로스를 돕는 게 되겠지만, 일단은 이 가련한 영혼을 챙기는 게 우선이라는 생각이 들었다.

"많진 않아요. 구성안은 이카로스도 있겠지만, 회당 시놉시스는 없을 거예요. 그거 보내줄게요."

"정말요! 아, 정말 감사합니다. 정말이지 너무 고마워요. 생각해 보니 이게 완전 어려운 부탁인 거더라고요⋯⋯. 그런데 해주신다니 정말 고마워요. 제가 진짜 열심히 써서, 아니 너무 열심히는 아니고⋯⋯ 그럼 대표가 너무 잘 되니까⋯⋯ 적당히 참고만 해 마감 잘할게요. 정말요."

대체 '정말'이란 말을 몇 번이나 하는 거야? 그녀의 호들갑이 짜증이 나는 한편, 슬쩍 우쭐해지는 것도 사실이었다.

방금 전 울상은 어디 가고, 환한 표정으로 미은이 소주잔을 내 앞에 들어 보였다. 우리는 건배했다. 그녀가 감사의 의미로 술값을 내겠다고 했다. 밝아진 그녀의 모습을 보니 기분이 좋았다. 호기로워진 나는 먼저 계산서를 들고 카운터로 향했다.

2차는 가지 말았어야 했다. 그러나 자기가 기어이 한잔 사야겠다며 미은이 콧김을 뿜는 코뿔소의 기세로 앞장 서 치킨집으로 들어갔다.

들어가자마자 미은이 양념 반 후라이드 반에 생맥주 두 잔을 시켰다. 역시 술집에서 자신감 넘치는 여자임이 분명했다. 그녀는 먼저 나온 생맥주를 벌컥벌컥 들이켜며 기본 안주인 강냉이를 순식간에 비워버렸다. 나는 강냉이 리필을 하는 그녀를 보면서 내가 왜 지금 여기서 이 여자와 독대하고 있는 거지? 라는 고민이 들기 시작했다.

"비파 걘 완전 까칠해요. 근데 미스터리 쪽으로 고등학생 때부터 날렸나봐요. 대학생인데도 대표가 대접해주는 거 보면요⋯⋯. 아무튼 대표는 이제 일상판타지 장르보다는 미스터리 쪽으로 집중한다고 하더라고요. 그래서 걔가 더 필요한 거고."

"그런 건 이카로스한테 들었습니까?"

"아뇨. 남 선생님요."

"아 그 머리 벗겨진 아저씨요? 그분 작가 맞아요? 꼭 부동산 업자 같던데."

"맞아! 와! 역시…… 저도 처음엔 그렇게 봤거든요. 근데 남 선생님이 진짜 꾼이래요. 물론 자기 입으로 말한 거긴 하지만……. 그때 술 마시며 저만 알라면서 말하더라고요. 사실 〈4시 44분〉도 저번에 히트 친 〈망각력〉도 다 자기가 손본 거라고요."

"응? 이카로스가 마무리한 게 아니라고요?"

"예. 남 선생님이 사실 대표님 선배래요. 처음 웹소설 쪽으로 대표님 데려온 사람도 자기고. 근데 자기가 지금 사정이 좀 있고 대표님이 하도 부탁을 해 도와주는 거라고요."

"그 사람 작가 맞네요. 개구라 엄청 잘 떠는 거 보니."

"엥? 거짓말한 건가요?"

"어느 정도 근거야 있겠죠. 하지만 자기 본위로 다 각색했구만. 요점은 사정이 있다는 건데, 그 사정이 바로 자기가 이카로스 밑에서 뒤치다꺼리하는 게 핵심이잖아요. 그건 쏙 빼놓고, 이카로스가 자기 후배입네, 자기가 데려왔네, 하는 거 다 우습지 않아요?"

"듣고 보니 그러네요. 정말 김 작가님은 통찰이 있으세요. 저는 어떻게 해야 하죠. 비파는 찬바람 쌩쌩 불고, 남 선생님은 못 믿을 사람이고, 정 실장은 대표 친인척이고…… 정말 무서워 죽겠어요."

"때려치세요. 안 늦었어요. 지금이라도."

"안 돼요. 저 반드시 〈4시 44분〉 완성해야 해요. 이거 끝나면 대표가 저 독립시켜준다 그랬거든요. 포털사이트 웹소설 란에 직접 추천도 해주고……."

"그걸 믿습니까? 미은 씨 없으면 자기가 써야 하는데, 그렇게 할 거 같아요?"

미은이 똥그래진 눈으로 날 바라보고는, 곧 이해가 됐는지 한숨을 내쉬었다. 주문한 닭이 나왔다.

"휴, 닭이나 뜯읍시다."

미은이 고개를 끄덕이고는 닭다리를 집어 야무지게 한 입 뜯었다. 우리는 한동안 말없이 닭과 맥주를 해치우는 데 집중했다. 순식간에 오백 빈 잔이 여섯 개로 늘어났고, 감자까지 모조리 해치우는 데 오랜 시간이 걸리지 않았다.

"미은 씨는 원래 무슨 글 쓰셨어요?"

물수건으로 손을 닦는 그녀에게 물었다.

"전 문창과 나와서 드라마 보조작가 일 했어요. 좀 오래."

"거기도 메인작가 되기가 힘들죠?"

"그렇죠 뭐. 제가 좋은 소재 내놔도 제 이름으론 편성 안 된다며, 작가님이 자기 이름으로 하자고 하고, 그런데 쓰긴 제가 다 쓰고……. 근데 나중에 편성 안 되니까 제 탓 하더라고요. 어차피 안 될 소재였다나. 오래 같이 일했는데, 그때 너무 억울했어요."

미은이 맥주잔을 비우고 내 눈치를 보다가 입을 열었다.

"그래서 다시 소설을 써볼까 했는데……. 사실 대학 땐 소설 쓰고 싶었거든요. 등단도 하고 내 이름으로 된 소설책도 갖고 싶고."

"이제라도 그렇게 하면 되죠."

"근데 지금은 웹소설 대필이라도 해서 벌어야 하니까요. 작년에 집에서 나왔는데, 그냥 부모님한테 얹혀 살 걸 그랬어요."

"혼자 사시는구나."

"예. 버지니아 울프가 그랬거든요. 여자가 소설을 쓰려면 두 가지가 필요하다고."

"뭔데요?"

"자기만의 방과 돈이요."

"그건 누가 뭘 하든 필요한 거 아닌가요?"

미은이 짧은 한숨을 내쉬고 다시 말했다.

"암튼…… 버지니아 울프가 그랬다고요. 제가 버지니아 울프를 좀 좋아하거든요. 그래서 독립을 했죠. 집에 있으면 부모님 간섭에 글 한 줄도 못 쓰잖아요. 뭐 좀 써보려고 하면 밥 먹어라, 개 산책 시켜라, 설거지해라, 아빠 등 좀 긁어봐라…… 절대 집중을 할 수가 없어요. 그때 드라마 보조작가 하며 모아둔 돈이 한 팔백 있어서 오백에 오십 하는 방을 구했죠. 드디어 자기만의 방과 돈 삼백만 원이 있는 거였죠. 근데 삼백만 원으로 등단까지 버티기 불가능하다는 걸 그 돈을 다 쓰고 나서야 깨닫게 된 거 있죠. 저 진짜 바보죠?"

"아뇨. 잘하셨네요. 적어도 하고 싶은 거 하려고 나선 거잖아요."

내 덕담에 그녀가 금방이라도 울 듯한 표정으로 나를 바라보았다.

"작가님이 그렇게 말해주시니까 진짜 힘나요. 저 정말 열심히 써서 언젠가 꼭 작가님처럼 등단할 거예요."

"등단이 별건가요. 글 쓰는 데 자격증 같은 게 무슨 필요가 있어요."

"그래도 알아주잖아요. 작품 청탁도 들어올 거고……."

"그런 거 없어요. 미은 씨 웹소설 쓰는 거 잘한 겁니다."

"정말요?"

"누가 그러더라고요. 예전에 잡지 만화가 데뷔 코스였는데 지금은 웹툰으로 누구나 만화가가 될 수 있고, 웹툰이 대세가 됐다고. 그런 것처럼 웹소설도 웹툰처럼 대세가 될 거라고."

"아, 그런 건가요? 근데 왜 김 작가님은 그럼…… 지금……."

"왜 웹소설 안 쓰고 일반 소설 쓰냐고요? 나도 모르겠어요. 아마도, 오기 때문에?"

"에이, 그것만은 아니겠죠."

"그래요. 그것만은 아닐테죠. 아까 그 말, 이카로스가 한 말이에요. 나한테."

"예? 아이고……."

"이카로스 말이 그럴듯하긴 해도, 꼭 그렇지는 않아요. 그거 알아요? 내 첫 소설 겨우 삼천 부 팔렸어요. 온라인 서점 리뷰글 다 모아봐야 한 삼십 개 되나? 그런데 내가 대필한 〈망각력〉이랑 〈4시 44분〉은 수십만 회 조회됐고, 댓글도 수천 개 되죠. 하지만 난 수많은 댓글보다 삼십 개 남짓한 리뷰글이 더 좋아요. 적어도 리뷰글은 공을 들여 쓰거든요. 그게 얼마나 힘이 되는지 경험해보지 않은 사람은 몰라요. 내 두 번째 소설을 얼마나 많은 사람들이 읽을지, 몇 개의 리뷰글이 달릴지 모르지만, 난 번거로운 방식이 되어버린 이 이야기 유통 방식을 선호합니다. 그리고 나처럼 그걸 선호하는 작가랑 독자들은 앞으로도 계속 있을 거고요."

술이 올랐는지 나도 모르게 열변을 토했다. 목이 말라 맥주를 비웠다. 미은이 그런 나를 경외감 어린 눈빛으로 바라보았다. 그녀가 나를 그렇게 바라봐주어서인가, 나 역시 미은의 눈동자를 바라보며 찡한 기운을 느꼈다. 그녀가 잔을 들었다.

"김 작가님의 두 번째 소설, 저도 응원할게요."

잔을 부딪쳤다. 감정의 저 밑 언저리에서도 무언가 부딪치는 게 느껴졌다. 미은을 물끄러미 바라보았다. 수줍은 표정으로 나를 바라보는 그녀의 눈빛이 따뜻하게 느껴졌다. 그때 미은이 테이블 한쪽에 있는 내 손에 살며시 자기 손을 가져갔다. 나는 꼼짝을 할 수 없었다.

"우리 어디 가서 한 잔 더 할래요?"

그제야 내 속 어딘가에서 알람이 작동했다. 나는 벌떡 일어나 화장실로 향했다.

'비어고글 효과'라는 것이 있다. 의역해서 '술안경 효과'라 할 수 있는 이것은, 술을 마시고 보니 상대방 이성이 엄청 매력적으로 보이는 현상이다. 혈중 알코올 농도가 올라갈수록 술안경의 도수도 올라가고, 그렇게 되면 무인도에 둘만 남아도 같이 자지 않을 거라 여기던 상대와도 잘 수 있을 것만 같은 용기가 생기는 것이다.

화장실에서 힘차게 세수를 했다. 술안경이 벗겨진 내 얼굴이 거울에 드러났다. 취기에 붉어져 더 튀어나와 보이는 광대뼈에 코털이 삐져나온 콧구멍, 그리고 그 아래 두툼한 입술까지…… 참으로 볼 만했다. 분명 미은도 술안경을 착용한 거다. 다시 세수를 하며 그녀에게도 화장실에 다녀올 것을 권해야겠다 마음먹었다.

자리에 돌아와 보니 그녀가 없었다. 혹시 술값을 안 내고 가버린건가? 2차까지 내가 살 수는 없다는 생각에 다급히 주변을 살폈다. 그때 그녀가 여자화장실에서 나와, 천천히 자리로 돌아왔다. 역시 그녀도 세수를 하고 정신을 차린 건…… 줄 알았는데! 가까이 온 그녀의 입술은 한층 붉어졌고 눈썹도 더 짙어 보였다. 화장이라니! 그녀가 수줍은 표정으로 빨간 입술을 열었다.

"김 작가님, 바쁘실 텐데 제가 오늘 시간을 너무 많이 뺐고 있죠?"

"예. 이제 정리하죠. 갈까요?"

"아……."

나는 서둘러 일어났다.

"잠깐만요!"

놀라 돌아보니 그녀가 나를 뒤따르며 말했다.

"계산 제가 할게요. 절대로 먼저 하시면 안 돼요."

그녀가 쿵쿵거리며 나를 앞질러 계산대로 향했다.

우리는 망원역에서 헤어졌다. 헤어지며 그녀는 연신 '정말'이란 말과 '고맙다'는 말을 반복했다. 나는 '힘내라'는 말을 반복했다.

돌아오는 지하철에서 여러 생각이 들었다. 그녀는 그녀의 마감과 싸워야 할 거고, 나는 나대로의 마감이 있다. 그래봐야 글품팔이들, 마감노동자들, 유령작가들이지. 썩 내켜 나간 자리는 아니었지만, 동병상련의 상대와 진솔한 대화를 나눠서인지 기분이 충만해졌다.

집으로 돌아온 나는 미은의 이메일로 《4시 44분》의 소스를 보내주었다. 그녀가 어서 그곳을 벗어나기를, 자기 글을 쓰기를 진심으로 기원했다. 그리고 지지부진한 내 글쓰기 역시 풀리기를 기원하며 잠에 빠져들었다.

휴대폰을 끄거나 진동으로 해놓고 자지 않는 한 자명종 따윈 필요 없다. 간밤에 취해 잠든 나는, 달콤한 늦잠을 문자 울리는 소리에 빼앗겨야 했다. 진즉에 털린 폰 번호 때문에 아침부터 날아온 수많은 스팸 문자들이 5분 간격으로 울어댔다. 이불을 박차고 일어나 액정을 열어보았다. 그리고 대리 운전 광고와 대출 상담으로 가득한 스팸 문자들 사이에서 차유나의 문자를 발견했다.

밤새 다 읽었다. 완전 감동이고 내가 꼭 이 책처럼 해서

최고의 배우가 되어주마. 조만간 선물 기대하셔 **^^*

뭐냐 이 뜬금없는 메시지는. 게다가 마지막에 남긴 귀여운 이모티콘은 까칠한 그녀와 도저히 매치가 안 돼 헛웃음이 터졌다. 나는 바로 답 문자를 보냈다.

계좌번호는 박 부장에게 물어봐라.

휴대폰을 끄고 야전침대로 돌진해 들어갔지만 수면의 욕구는 어느새 가셨다. 대신 내 글이 누군가에게 온전히 전달되었다는 것에 기분이 좋아지기 시작했다. 나는 몸을 일으켰다.

나만의 5평 공간에서 일이 안 될 때마다 찾는 카페가 있다. 을지로에서 충무로로 가는 골목에 조그맣게 자리한 이곳은, 장사가 안 돼서 좋은 곳이다(물론 내 입장이다).

장사가 잘 되면 일단 시끄럽고, 오래 자리를 차지하고 있는 나 같은 작업족은 눈치를 받을 수밖에 없다. 그런데 이곳은 언제나 손님이 뜸하고, 주인아줌마는 접객보다 독서와 뜨개질에 더 관심이 많다. 이런 곳은 드물다. 장사가 안 되면 얼마 안 돼 없어지기 때문이다. 하지만 이 가게는 주인아줌마가 건물주인지 2년째 현상유지 중이다. 장사가 안 되면서도 망하지는 않는 곳이고, 아메리카노가 덜 끓은 숭늉 같지만 그 덕에 손님이 없어 일하기 좋은 곳이다.

주인아줌마에게 눈인사를 하고 커피를 주문한 나는, 구석자리로 가 노트북을 세팅했다. 노트북 중앙에 뜬 두 번째 소설 파일을 바라본다. 파일의 제목은 '2'다. 아직 제목도 없고 내용도 없는 그 이야기는 4년째 내 주위를 유령처럼 맴돌고 있다.

나는 파일을 열었다. 결국 다시 이곳에 구둣발 같은 커서를 내려놓고 백지의 공간을 걸어 내려가야 한다. 저벅저벅 소리가 계단의 끝에 다다라 다시 내 귀에 들릴 때까지 텅 빈 모니터를 바라보아야 한다.

웅크리고 작은 기계 앞에서 수공업을 해야만 이야기는 이야기가 된다.

정확히 세 시간 반 동안 반 페이지를 썼다 지우고, 다시 다섯 줄을 썼다 두 줄만 남겼다. 그리고 지금 다시 그 두 줄을 읽어보니 엉망이었다. 지웠다.

나는 항복하듯 노트북을 닫고 카페에서 일어났다. 미치겠다.

친구가 홍대에 술집을 차린 것은 나 때문이었다. 대학 시절, 자취방에만 틀어박혀 있던 부산 청년을 데리고 홍대 구석구석을 다닌 것도 나였고, 여자 친구 연경을 만난 것도 나와 드나들던 홍대의 단골 술집에서였다. 졸업 후 방송국 카메라맨을 하던 그가 어느 날 홀홀 털고 홍대에 술집을 차리겠다고 했을 때 나는 20년간 호프집과 갈빗집을 경영하셨던 우리 어머니의 금언을 놈에게 말했다. '주변에 아는 사람들 보고 가게 차리는 거 아니다.' 우철이 내게 답했다. '너랑 개는 우리 가게 출입 금지다.'

4년이 지난 지금, 우철의 가게는 나와 개는 물론 술을 마실 줄 안다면 악어라도 받을 기세다. 몽콕. 이 홍콩 우범가의 이름을 단 술집은 후미진 골목의 풍광, 반지하의 꿉꿉함 그리고 트렌드와 상관없이 철저히 주인 취향으로 가득 차 있다. 아무리 홍대가 개성대로 사는 곳이라지만 돈 벌기는 그른 풍경이다. 그래. 기껏 일을 접고 온 곳이 친구 가게다. 어쨌거나 이곳은 팔아준다는 핑계라도 통하는 곳이니까.

어제 미은과 이야기 나누며 잔뜩 자신감도 충전했다. 오늘 차유나의 감사 문자를 받고 다시 한 번 기운이 충만했다. 집에서 쓰다 안 될 때 해결책처럼 사용하는 카페에서의 집중 집필도 소용없었다. 소포모어 징크스라고 하기도 민망한 게, 첫 번째 작품이 뜬 것도 아니었기 때문이다. 그럼 대체 왜 두 번째 소설의 진도는 매일 제자리를 맴도는 걸까?

결론이 나지 않는 이야기를 쓰는 술꾼의 결론은 뻔하다. 술이다. 술 한 잔 마시고 까무룩 잠들어야 이야기를 끝낼 수 있다. 그것은 한창 재생 중인 DVD 플레이어를 전원부터 끄는 것 같은 방법이다. 스톱버튼 따위 누를 것도 없이, 언젠가 고장은 나겠지만, 보기 싫은 이야기를 절차 없이 끝낼 수 있다는 것은 피하기 어려운 유혹이었다.

내 상태가 과히 좋아 보이지 않았는지, 우철과 연경은 나를 외면한 채 스마트폰으로 야구 중계를 보고 있었다. 롯데가 이기는지 두 사람의 대화는 흥겨웠다. 문득 아리와 함께 음악을 들으며 나누던 수많은 이야기들이 생각났다. 어쩌면 그런 이야기들을 쓰고 싶었던 게 아니었을까? 나는 상념을 멈추고, 데킬라 잔을 비웠다.

언제부터였을까? 낯선 사내 하나가 바 끝 스툴에 앉아 나와 보조를 맞춰 잔을 비우고 있었다. 그를 의식했을 때는 이미 술이 불콰하게 올라 있었고, 의식의 한구석에서 놈을 응징해야겠다는 생각이 들끓었다.

고개를 돌려 사내를 노려봤다. 사십 대 중반은 되어 보이는 나이에 비썩 마른 몸. 검은 피부와 허름한 옷가지에 다듬지 않은 머리. 거리에 앉아 있으면 당장이라도 노숙자로 분류될 그가, 나를 돌아보고 웃었다.

"나 알아요?"

사내는 데킬라를 털어 넣고 입가를 훔쳤다.

"잘 써져?"

순간 멈칫했지만 애써 평정심을 유지한 채 물었다.

"무슨 소릴 하는 겁니까?"

"가만, 잘 써지냐고 물으면 안 돼지. 어디 보자…… 쓰는 대로, 잘 돼가?"

"당신 누구야?"

"왜? 잘 안 돼?"

술이 확 깼다. 나는 다가가 사내의 멱살을 움켜쥐었다.

"내가 잘 되든 안 되든 당신이 무슨 상관이야?"

"아하, 잘 되나 보구나. 주먹질이란 거 돈 많아야 하는 거거든."

멱살을 잡힌 채로도 주도권은 사내가 잡고 있었다. 사내는 느긋한 표정이었다.

"왜? 차유나가 원고 넣어주는 대로 착착 입금해주냐?"

차유나의 이름을 듣는 순간 퓨즈가 끊긴 나는, 사내의 안면에 주먹을 날렸다. 그는 스툴과 함께 바닥으로 고꾸라졌다. 우철이 달려와 나를 막아 세웠다.

"당신 누구야? 누군데 남 뒷조사야?"

사내는 대답 없이 몸을 일으켰다. 그는 마른기침을 내뱉고는, 스툴을 세우고 앉아, 아무 일 없었다는 듯 데킬라를 잔에 따랐다.

그의 병과 내 병을 비우고, 세 병째 데킬라가 둘 사이에 놓여졌다. 나는 병을 따서 각각의 스트레이트 잔에 담황색 액체를 가득 채웠다.

"합의금 대신 마시는 술치고는 너무 싼 거 아냐?"

자신을 오진수라고 밝힌 사내가 부은 광대뼈를 들썩이며 웃었다.

"그러게 왜 말을 개떡같이 하세요?"

"친해지려면 그러는 게 좋을 것 같아서 말이지……. 그나저나 고스트 일은 할 만해?"

"고스트라이터 따위 이제 접었거든요."

"접긴 뭘 접어. 언제라도 차유나가 부탁하면 그년 고스트 할 거면서."

"오진수 씨. 대체 뭐하는 분입니까?"

"나? 나도 작가지."

"작가? 당신은 뭘 쓰죠?"

"이 상황을 썼지. 너를 도발해 한 대 맞고 나서, 술 한잔 하면서 화해한다."

순간 소름이 끼쳤다. 나는 마른침을 삼킨 뒤 입을 열었다.

"……웃기지 말아요. 난 당신이 쓴 것 따위 읽은 적 없거든."

"아핫, 아하하하하. 이히히히히……."

그가 미친 듯이 웃어댔다. 적잖이 불쾌했지만, 주먹보다 귀를 사용해야 할 때인 것만은 확실했다. 내가 잠자코 있자 오진수가 웃음을 멈추고 돌아보았다.

"그러니까 차유나 그년이 나쁜 년인 거야. 그년 말은 하나도 믿을

게 없다는 것만 믿어라."

"……."

"니가 안 읽었어도 이렇게 상황은 내가 쓴 대로 재현됐잖아."

선언하듯 말하며 그가 술을 따랐다. 나는 데킬라를 따르는 그의 손을 살폈다. 심하게 떨리는 그의 손은 술을 잔에 붓기보다 흘리기에 급급했다.

"그런 손으로 자판이나 제대로 두드리겠어요? 아예 노숙자가 서울역을 설계한다고 하시죠?"

"풋, 내가 좀 노숙자 같아 보이긴 하지."

"아까부터 하고 싶은 말이었거든요."

"그래, 내가 썼다는 말은 개뻥이다. 하지만 사실이 그래. 니가 차유나의 고스트가 맞다면, 니가 쓴 대로 그냥 되는 거야. 차유나가 그걸 읽고 자시고 할 것도 없단 말이지."

"혹시 차유나의 이전 고스트라이터였다는 사람이…… 당신인가요?"

"땡."

"그럼 대체, 왜?"

"그걸 알려고 노력해봐. 그래야 깨달을 수 있을 테니."

"이봐요. 당신이 차유나와 무슨 관계든, 무슨 소리를 하든 난 상관 안 해요. 난 그냥 쓰고 싶은 글을 쓸 거고, 그러기 위해 차유나를 이용해 돈만 벌면 됩니다."

나는 자리에서 일어나 문으로 향했다. 오진수의 칼칼한 음성이 나를 붙잡았다.

"그게 글 쓴다는 놈이 할 말이냐?"

나는 그를 돌아보았다. 그가 기분 나쁘게 웃기 시작했다.

"큭큭, 발끈하는 거 보니, 글 쓴다는 자존심은 남아 있군. 그러니 돈을 못 벌었던 게고. 그동안 가난했던 게 죄야. 늘 배고픈 작가였으니, 그년 운명을 바꿔주고 있는데도 기껏 몇 푼 받고 좋아하는 거지."

나는 돌아와 담배를 빼물었다. 그동안 담배를 안 핀 걸 만회라도 하듯 힘껏 한 모금 빨고 그를 노려보았다.

"내가 오형이 이렇게 날 찾아온 이유를 맞춰봐?"

"오형? 그거 좋네. 그래, 앞으로 오형이라 불러."

"당신 차유나한테 불만이 있는 것 같은데, 날 이용해 차유나 엿먹이고 싶은 거지?"

"그년에게 해코지하는 건 일도 아니지. 요점은!"

오진수가 나를 노려봤다. 나도 눈초리에 힘을 더했다.

"너가 나를 선배로 인정하고, 고스트라이터즈에 합류하는 거다."

"고스트…… 라이터즈? 대체 누가?"

"아직까지는 너랑 나다."

내가 아무 반응이 없자 오진수가 다시 입을 열었다.

"미리 말해주지. 고스트로 사는 동안 넌, 너 자신의 글을 쓸 수 없어. 그리고 언젠가 재능 역시 고갈되겠지. 고스트라이팅 능력은 쓸수록 느는 게 아니라 소모되는 거거든. 그럼 넌 그 즉시 차유나에게 버림받는 거야."

내가 대답이 없자 오진수가 고개를 까딱이며 말을 이었다.

"내가 어떻게 널 발견했고, 왜 찾아온 줄 알아?"

"아무래도 외로워서인 것 같은데."

"네 수상작이라는 첫 소설, 읽어봤거든.『기억의 집』. 훌륭하더라고. 그런 재능으로 차유나 뒤치다꺼리나 해주는 걸 견딜 수 있겠어? 난 절대 못 견딜 것 같은데."

"견딜 수 없다면…… 당신 같은 꼴이라도 되나?"

오진수가 다시 데킬라를 들이켰다. 그리고 싸늘한 표정으로 나를 돌아보았다.

"난 차유나의 고스트였던 적 없어. 그러니까 노숙자처럼이라도 사는 거야. 차유나의 고스트는 말야…… 아마 진짜 고스트가 됐을걸."

오진수는 손으로 자신의 목을 그어 보였다. 나는 담배를 비벼 끄고 일어섰다.

"당신 헛소리 관심 없거든. 그리고 내 첫 소설은 '기억의 집'이 아니라 '기록의 집'이고."

나는 무슨 말인가 지껄이는 오진수를 뒤로하고 몽콕을 나섰다.

◆ ◆ ◆

프라자호텔 커피숍에서 차유나를 만났다. 흰색 바지 정장을 차려

입은 차유나는 천박함은 온데간데없고 한껏 우아해 보이는 자태였다. 그녀는 다시 불어난 유명세를 만끽하며 도도한 표정으로 앉아 있었고, 다가온 사람들의 사인 공세에 미소로 응대했다. 지금 내 앞에 있는 차유나가 바로 한 달 전에 거친 입담으로 난폭운전을 하던 그녀가 맞나 싶을 정도로 완벽한 변신이었다.

"사인 다 했으면 이제 말 좀 듣지?"

"잠깐요."

차유나가 부드러운 미소로 답하며 내게 책을 건넸다. 『그녀는 그것을 가져야 해』. 책을 받아든 나는 깜짝 놀랐다. 아이보리색 표지는 손때와 구김으로 너덜너덜해져 있었고, 페이지 곳곳에 남겨진 메모와 밑줄은 수험생의 참고서를 연상케 했다.

"김 작가님, 정말 고마워요."

"왜 그래? 존댓말 이상하거든."

"김 작가님이 써주신 대로 살다 보니까 이렇게 되더라고요."

그녀가 표정 하나 변하지 않고 존대하자 어색해진 나도 존댓말이 나왔다.

"다행이네요. 그럼 입금은 언제쯤?"

"내일이요. 섭섭지 않게 책정해드릴 거니까 만족하실 거예요. 그리고 작가님, 여자 친구 없으시죠?"

"그건 왜?"

"어째 늘 외로워 보이더라고요. 그래서 이 책에 대한 보답으로 소개팅 하나 시켜드리려고 하는데 괜찮으시죠?"

"……."

"일전에 저랑 같이 본 친구 기억나세요? 그 경상도 사투리 쓰는 섹시한 친구."

"됐습니다."

"그 친구가 작가님 얘기를 계속 하더라고요. 연예인이라고 너무 부담 가지실 필요 없으니까 편하게 만나보세요."

"됐고요. 저 여자 친구 있습니다."

불쑥 그런 말이 튀어나왔다. 누굴 만날 생각도 없을뿐더러, 차유나의 의도도 의심스러웠다.

"여자 친구 있어도 괜찮아요. 잠깐 만나보는 건데 어때요."

"거참, 됐다니까!"

내 일갈에 차유나의 얼굴이 금세 굳어졌다.

"아, 뭐…… 그럼 그러시든지."

그녀가 미간을 찌푸렸다. 그제야 좀 자연스러웠다. 지금이야말로 내가 그녀를 부른 이유에 대해 말할 때였다.

"오진수."

그녀의 표정이 순식간에 일그러졌다.

"오진수 그 사람, 뭐하는 사람인데 내게 당신 이야기를 하는 거지?"

"그 인간…… 어딨는지 알아?"

"몰라. 그 사람, 우리 사정을 다 꿰고 있던데."

"그 인간 말 믿을 거 없고, 연락 오면 나한테 무조건 알려!"

"내가 왜 당신에게 보고를 해야 하지?"

"아이 씨, 하라면 해. 쫌!"

카랑카랑한 차유나의 목소리에 사람들이 수군대기 시작했다. 나는 소파 뒤로 몸을 기대며 여유를 부렸다.

"그건 니가 얼마나 솔직하게 고스트라이터에 대해 이야기하느냐에 달렸지."

"거지꼴 하고 사는 거 재능 키워주고 돈 주고 했더니, 이제 이곳저곳 찔러보고 다니겠다는 거야?"

"그런 건 아니고, 니가 나한테 거짓말한 거 같아 실망인 거지. 이제라도 내게 솔직하면 나도 너에게 솔직해질 수 있다는 것뿐이야."

"내가 말했지. 작가들은 복잡해서 문제라고. 이봐, 세상엔 솔직하지 않은 게 서로에게 좋은 경우도 있는 거거든."

"솔직하게 말하기 싫다면 나도 어쩔 수 없지. 앞으로 너에 대해서 내 맘대로 쓰도록 할게. 물론 너가 읽을 필요도 없을 테고."

그녀가 독기 어린 눈초리로 나를 노려보았다. 아까 전의 우아한 모습과는 완전 딴판이었는데, 그게 오히려 자연스러워 마음이 편해졌다.

나는 자리에서 일어나 뒤도 안 돌아보고 그곳을 나왔다.

4장

작가란 무엇인가? 글 쓰는 사람이다. 글쓰기를 계획하는 것은 글쓰기가 아니다. 책을 요약하는 것은 글쓰기가 아니다. 자료를 조사하는 것도 글쓰기가 아니다. 사람들에게 당신이 무엇을 하는지에 대해 얘기하는 것들도 모두 글쓰기가 아니다.

글쓰기는 실제로 글을 쓰는 것이다.

― E. L. 독터로

스티브 블래스라는 야구 선수가 있었다. 메이저리그 피츠버그 파이어리츠에서 활동한 우완투수로, 1971년 월드시리즈에서 2경기 완투승으로 팀의 우승을 견인했다. 1972년에는 한 시즌 19승으로 생애 최다승을 작성하며 올스타로 선정되는 영광을 누렸다. 그렇게 투수로서 최고점을 찍고 있던 그는 1973년 갑자기 이유도 모른 채 컨트롤 난조를 보이기 시작했다. 스트라이크를 던질 수 없었다. 전 해 19승을 거둔 블래스는 1973년 시즌 스트라이크가 실종되면서 88이닝 동안 84개의 볼넷을 내주며 3승에 그쳤다.

스트라이크를 던지지 못하게 된 블래스는 수차례 정밀 검사를 받고, 카운슬러를 찾아 다녔고, 묵상에도 빠졌다. 투구 폼도 고쳤다. 그러나 아무 소용이 없었다. 그는 1974년 어느 경기에서 5이닝 동안 무려 7개의 볼넷을 허용하고 홈런 두 방에 8실점을 한 뒤 유니폼을 벗었다. 이후 야구 전문가들은 투수들이 갑자기 스트라이크를 던지지 못할 때 '스티브 블래스 증후군'이라는 이름을 붙였다.

이카로스의 일을 때려친 뒤 한 달여를 허송세월로 보냈다.

나는 소설 판의 스티브 블래스가 된 기분이었다. 스트라이크를 못 던지는 투수처럼, 글 한 줄 못 쓰는 작가로 전락해버렸다. 책상 앞에 앉아 노트북을 켜는 순간부터 식은땀이 나고 숨이 갑갑해왔다. 새로 산 노트북에 적응이 안 되어서라 여기고 옛 노트북을 켜봤으나 사정은 똑같았다. 아예 노트북 켜는 게 겁이 나는 상태에 빠져버렸다.

스티브 블래스가 검진도 받고 묵상도 했듯이, 나도 원인을 찾아보기로 했다. 생각나는 게 있었다. 얼마 전 만난 오진수라는 이상한 남자의 발언, 남의 고스트로 살면 자기 걸 못 쓴다는 말도 떠올랐다. 차유나에 대한 찜찜함이 내 글쓰기를 방해하는 건 아닌가도 생각해봤다. 한편으로는 아리에 대한 생각이 떠나지 않았다.

담배를 끊기로 한 사람이 매 순간 흡연 욕구와 싸우듯, 나는 그녀에 대한 생각을 끊지 못하고 있었다. 아리에 대한 강박이 내 작업을 방해하는 거라는 확신이 서서히 들기 시작했다.

그래, 어떻게든 아리를 만나서 내 감정을 정리해야 했다.

홍대 음악 클럽 '리슨'. 그녀는 이곳에서 음향과 조명, 서빙과 음료 제공 등 거의 모든 일을 도맡아 했다. 그러면서 기타 개인교습 알바도 하며 남는 시간에는 자기 곡을 썼다.

사실 나는 여기 오는 걸 그리 즐기지 않았다. 애인 주변의 남자들이 다 탐탁지 않아 보이듯이, 느끼한 클럽 주인장도 마음에 안 들었고, 그녀의 팬을 자처하고 와 술을 시키고 시답잖은 말을 건네는 손님 놈들도 짜증났다.

다짜고짜 클럽 일을 그만두라고 한 적도 있었다. 그때 그녀는 철없는 자식 보듯 나를 바라보았다. 우리는 가난한 프리랜서 예술가였다. 국민연금도 건강보험도 없었다. 나는 내 생계도 어려울 정도로 살고 있었고, 그녀는 그녀대로 학자금 대출을 갚으며 집에도 돈을 부치고 있었다. 지금 생각해보면 그런 대책 없는 말을 듣는 것 자체가 그녀에게 얼마나 짜증이었을까, 하는 생각이 든다. 둘 중 하나라도 돈을 잘 벌면 한 명은 자기 일을 재미있게 할 수 있었을 텐데, 그녀가 보기에 나는 노력은커녕 투정만 부리는 엉터리였을지 모르겠다.

가는 날이 장날이라고, 마침 그녀의 공연이 있는 날이었다. 일주일에 한 번 그녀는 무대에 섰다. 입구의 알바에게 표 대신 구입한 음료 쿠폰을 들고, 클럽 안으로 들어갔다. 그녀의 기타 소리가 들려오고 있었다. 이십여 명의 사람이 선 채로 그녀의 노래를 들으며 맥주를 마시고 있었다.

아리는 머리에 작은 털모자를 쓴 채 일부러 스크래치를 낸 검정 타이즈 차림으로 다리를 꼬고 앉아, 기타를 치며 노래하고 있었다. 마음을 편안하게 해주는 어쿠스틱 사운드에 그녀의 생활 친화적인 가사가 사람들의 공감을 불러일으키고 있었다. 사놓고 듣지도 않은 새 앨범의 노래인 듯 신곡이었지만, 내게는 너무도 익숙한 느낌이었다. 헤어졌지만 늘 익숙하기만 한 그녀의 느낌과도 같아서 더 쓸쓸해졌다.

노래가 끝나고 박수가 터져 나왔다. 얼마 안 되는 관객들에게 눈인사를 하던 아리가 내 쪽으로 시선이 오더니, 빠르게 고개를 돌렸다.

"다들 옷차림이 두툼하신 게 가을 잽싸게 가고 겨울 올 기세네요."

사람들이 호응했다. 아리는 라디오 디제이라도 되는 것처럼 이야기했다. 키우는 고양이 '폴'(나와는 사이가 안 좋았다)이 수컷이라 가을 남자처럼 가을을 탄다는 이야기로 사람들을 미소 짓게 하더니, 최근에 본 영화에 대한 감상을 이야기하고 요즘엔 혼자 영화 보는 거에 푹 빠졌다는 말도 덧붙였다.

아리가 마지막 노래는 뭐 할까요, 라고 관객들에게 물었다. 그들이 이구동성으로 '당신의 공복을 사랑해'를 연호했다. 그녀가 콧등을 한번 찡그리고는, 요청에 응했다. 식습관이 다른 연인이 서로에게 익숙해져 가는 과정을 통통 튀는 가사와 흥겨운 멜로디에 담은 그 노래로, 아리는 반짝 인기를 끈 적이 있었다. 2년 전이었고, 당연하게도 나와 그녀의 에피소드였다.

그래서일까? 관객들의 콜이 마뜩잖았을 것이고, 나까지 와 있는 상황에서는 더 부르고 싶지 않았을 것이다. 하지만 지금 그녀는 생글생글 웃으며, 완벽하게 노래를 소화 중이다. 그녀야말로 프로였다.

공연이 끝나고 사람들이 삼삼오오 빠져나가기 시작했다.

구석자리에 앉아 맥주를 마시는 나를 향해 아리가 걸어왔다. 나는 어쩔 줄 모르는 표정으로 자리에서 일어섰다. 그녀는 아무 일도 없던 것처럼 내 앞에 와 앉고는 낮은 목소리로 입을 열었다.

"여기 오는 건 반칙이야."

"미안. 올 수밖에 없었어."

"있잖아. 우리가 원수처럼 헤어진 건 아니야. 하지만 불쑥 찾아올 만한 사이가 된 것도 아니거든. 무슨 이유인지는 모르지만 갑자기 이러는 거 아닌 것 같아."

"미안하다. 난 그냥……."

"빨리 말해. 공연장 정리해야 해."

"그게…… 너한테 묻고 싶은 게 있어서……."

아리가 윗니로 아랫입술을 물어뜯었다. 난감할 때 자주 하는 그녀의 버릇이었다. 나는 진지한 눈빛으로 그녀에게 호소했다. 그녀가 잠시 숨을 고른 뒤 내게 말했다.

"첫째, 왜 헤어졌냐고 묻지 마. 그건 네가 조금만 생각하면 알 수 있는 거니까. 둘째, 새로 만나는 사람 있냐고 묻지 마. 그건 너 알 바 아니니까. 셋째, 나한테 돈 꿀 수 있냐고 묻지 마. 더 이상 꿔줄 돈 없으니까."

"질문은 그 세 개 모두 아냐. 그건 그렇고…… 이건 받아줬으면 좋겠다."

나는 품안에서 봉투를 꺼내 그녀에게 건넸다. 그녀가 봉투를 열어보고 놀랐다. 그녀에게 꾼 돈 이백만 원이었다. 그녀가 놀라 나를 살펴보았다.

"김시영…… 너……."

"진짜 잘 썼어. 헤어지기 전에 정리했어야 했는데, 늦었다."

"나 이거 안 받을래."

아리가 봉투를 든 채 고개를 저었다.

"받아. 이자까지 내면 안 받을 거 같아서, 원금만 넣은 거야. 그거 원래 네 돈이라고."

"……"

"그리고 내 질문은…… 내가 요새 통 글이 안 써지는데, 대체 왜 그런 걸까?"

"뭐?"

"한 줄도 안 써져. 한 줄도."

"너 두 번째 소설?"

"그래. 이제 유령작가 짓도 다 접고 여기만 집중하는데 절대 안 써진다. 미칠 것 같아. 미칠 것 같고, 그럴수록 네 생각만 나고 해서 이렇게 찾아온 거야. 네가 보기엔 왜 그런 거 같니?"

아리가 허탈한 웃음을 터트렸다. 그러고 나서 매서운 눈빛으로 나를 노려보며 말했다.

"야, 김시영. 그 질문은 지난 3년간 매일 내가 너한테 한 질문이야. 왜 안 써지냐고 맨날 내가!!"

"그, 그랬나."

"그때마다 넌 핑계 또 핑계였지. 알바 해야 해서, 남의 글 써야 해서, 심지어 내가 짜증나게 굴어서 마음이 불안정해 못 쓴다고 했잖아."

"……"

"난 그 질문에 지쳐 널 떠난 사람이야. 그런데 나한테 와서 지금 그걸 물어?"

"……"

"넌 네 소설 쓸 시간만 생기면, 마음만 먹으면, 언제든지 해치울 수 있다고 했어. 물론 난 그걸 믿지 않았지만. 생각해보니 그게 답이겠네. 네가 네 자신에게 했던 말, 너의 그 허세 가득한 말이 내가 해줄 답인 거 같은데."

"……"

"내 돈 돌려준 거라며. 꾼 돈 갚고 엄청난 조언이나 따뜻한 위로 같은 거 들을 거라 생각한 건 아니겠지?"

"……그래."

"나 마무리해야 해. 그럼 이만."

아리는 말릴 새도 없이 일어나 무대 뒤로 향했다. 바 쪽에 서서 맥주를 들이켜고 있는 주인장은 혹여 내가 깽판이라도 칠까 감시하고 있었다.

자리에서 일어난 나는 패잔병처럼 고개를 숙이고 클럽을 나섰다. 홍대의 네온 불빛이 대낮처럼 환히 비춰주는 거리를 걸으며 그녀의 말을 곱씹었다. 쓸쓸한 기분에 침이 마르고 가슴이 시렸다. 갈증을 느끼며 나는 거리의 수많은 술집 중 가장 가까운 곳의 문을 열고 들어갔다.

◆ ◆ ◆

깨어나보니 집이었다. 야전침대에 이불도 없이 웅크리고 잠들어 있었다.

오줌이 마려워 침대에서 내려오던 나는 기겁을 하며 발을 들어올렸다. 침대 바로 아래 방바닥에 러닝셔츠에 트렁크 팬티만 입고 누군가 잠들어 있었다! 곧 그 사람의 정체를 알아버렸고, 오줌이라도 갈기고 싶은 심정으로 그의 얼굴을 내려다보았다.

오진수 이 사람은 대체? 왜? 어떻게? 우리 집까지 와서, 가뜩이나 좁은 이 공간을 점유하고 있는 것일까?

화장실로 들어가 오줌을 누며 나는 어제의 동선을 떠올려보았다. 아리의 클럽에서 나온 나는 대략 서너 곳의 술집을 돌며 닥치는 대로 술잔을 비웠다. 마지막 기억나는 술집은 작은 이자카야였고 불붙은 히레사케 한 잔을 털어 넣던 것만 기억이 났다.

결국 어디선가 저 인간을 마주치고 또 술을 마시다 들어왔을 게 뻔하다. 나는 어제의 일은 묻지도 따지지도 말고 조용히 쫓아내야겠다고 생각했다.

내 오줌발 소리에 방 안에서 기척이 들렸다. 화장실을 나와 보니 오진수가 천천히 몸을 일으킴과 동시에 구렁이처럼 야전침대로 기어올라가 누워버렸다! 이런 젠장. 나는 다가가 그를 흔들어 깨웠다.

"이봐요! 대체 뭡니까? 어떻게 된 거예요!!"

"끄응."

"일어나요!!"

"거참…… 누가 보약 같은 아침잠을 방해하나."

시계를 보았다. 오후 1시가 지나가고 있었다. 안 되겠다 싶어 얼굴에 물이라도 뿌리게 냉장고로 갔다. 문을 여니 커다란 비닐 봉투가 들어 있었고, 그 안에 캔맥주와 주전부리가 들어 있었다. 젠장, 이것도 어제 짓이로군. 그런데 맥주를 본 순간 숙취는커녕 갈증이 올라왔고, 나는 자동적으로 녹색으로 빛나는 하이네켄을 꺼냈다. 따서 한잔 마시니 속이 다 시원했다.

다른 캔맥주를 꺼내 오진수의 얼굴로 가져가 마구 문댔다. 그러자 기성을 지르며 그가 꿈틀대다가 나를 노려보았다. 나는 맥주캔을 따서 오진수에게 건넸다. 짜증과 갈증이 섞인 눈빛으로 그가 상체를 일으키고는 꿀럭꿀럭 맥주를 마셨다. 오케이. 술꾼은 술로 깨워야 한다.

우리는 비닐봉투와 돗자리를 들고 옥상으로 올라갔다.

옥상에 앉아 맥주에 육포를 먹으며 오진수로부터 어제의 이야기를 들었다. 그는 우철에게 내 번호를 얻어냈고, 전화를 했더니 혀가 비틀어진 음성으로 내가 그에게 당장 와서 같이 한잔 하자고 했단다. 나는 짐짓 기억을 하는 척했다. 그는 이자카야에 도착해 취한 나와 술을 마시는데, 이번에도 내가 옥탑방에 가서 한잔 더 하자고 했단다. 나는 그건 기억나지 않으니 당신 말을 믿을 수 없다고 했다. 그러자 오진수가 음흉한 미소를 지으며 말했다.

"그럼 송아린지 송아진지 얘기도 기억 안 나냐?"

"뭐라고요?"

"내가 실연 전문 아니겠어. 조언 좀 해줬더니 아주 눈물을 줄줄 흘리더만."

"아냐. 절대 안 그랬어. 당신 지금 개뻥 치는 거야."

"괜찮아. 울 수도 있지. 다만 이제 잊으라고. 너무 질척여도 멋없는 거야."

"아이 씨, 내가 지금 오형한테 그런 충고 들게 생겼어?"

"쯧. 어제 그렇게 고맙다고 해놓고는……. 아무튼 술 먹고 필름 끊기는 놈들은 대가리 위에다 블랙박스 달고 다니게 해야 한다니까."

스스로가 한심해진 나는 세 번째 맥주캔을 비웠다. 우위를 점했다는 듯 오진수가 느긋한 표정으로 육포를 씹으며 나를 향해 웃음을 흘렸다. 어쩌다가 내가 저 인간과 지금 또 이러고 있는 거지? 성미은 때도 그랬고 지금도 그렇고…… 요새 계속 엄한 사람들과 술자리에서 엮여 멘탈이 들락날락거리고 있었다.

"그리고 지금 여자가 문제가 아니더만. 자기는."

"자기라고 부르지 마시죠."

"그럼, 김 작가? 그래. 김 작가 지금 뭔가 큰 착각을 하고 있더라고."

"뜸 들이지 말고 말해요. 예?"

"어제 김 작가가 한 백 번은 물은 것 같네……. 대체 어떻게 하냐고."

"뭘. 대체 뭘?"

"대체 어떻게 이 슬럼프를 넘길 수 있냐고? 글이 한 줄도 안 써진다며? 노트북 모니터만 보면 호흡 곤란이 오고 땀이 줄줄 흐르고…… 그래서 뭐 어떤 야구선수가 영영 공을 못 던졌듯이 자기도 이대로 작가 짓 접게 생겼다며. 흐흐."

털어놨구나. 이 인간에게까지 다.

"그래요. 그래서…… 그 답을 주려고 여기까지 쫓아오셨다?"

"빙고. 그런데 이렇게 귀한 손님이 꿀잠 자는 걸 막 깨우고 그래서야 되겠냐?"

"실없는 소리 그만하고! 말해봐요. 내 두 번째 소설 어떻게 하면 쓸 수 있는 겁니까? 어떻게 다시 감각을 찾을 수 있냐고요?"

그가 육포를 내려놓고 자세를 고쳐 앉았다.

"김 작가. 너는 천재가 아냐. 고스트는 자기 거 못 해!"

"그러니까, 내가 차유나 고스트 일을 해가지고 이제 내 건 못 쓴다는 겁니까? 맞아요?"

오진수가 선언이라도 하듯 고개를 끄덕이고는 말을 이었다.

"그리고 천재는 차유나지. 자기 고스트를 발견했으니까."

"발견?"

"그래, 발견. 천재는 그런 거라고. 너 로렌초 메디치 알아?"

"메디치 가문? 피렌체?"

"그래. 세계사 좀 했구만. 사람들은 말야. 미켈란젤로가 천재인 줄 알지만, 그를 발탁해 자신의 가문을 위한 예술을 만들게 한 로렌초 메디치야말로 천재라고. 그래서 메디치 가가 잘나간 거라고. 그거 알아? 미켈란젤로 작품들 보면 다 어딘가에 메디치 가의 문양이 숨겨져 있다고."

"아이고 아저씨. 나보고 그걸 지금 믿으라고요?"

"그리고 아인슈타인. 이 유태계 독일인은 가스실을 피해 망명한 게 아냐. 당시에 연구 환경은 독일이 훨씬 좋았지. 그 작자는 피아니스트를 따라 간 거야. 자신에게 영감을 주는 피아니스트 때문에 미국으로 망명한 거지."

"……"

"이제 좀 감이 잡히냐? 너랑 비교하자면…… 알 파치노와 무명 화가 정도 되겠네."

"더 얘기해봐요."

나는 새로 캔맥주를 땄다. 그가 말을 이어나갔다.

"알 파치노의 저택 은밀한 곳에는 아직도 이름 모를 무명 화가의 그림 연작이 가득 걸려 있거든. 모두 알 파치노의 초상화야. 잘 보면 하나하나 알 파치노의 영화 속 주인공들과 닮아 있지."

"지금 〈서프라이즈〉에 나온 거 털고 있는 거예요?"

"아니거든. 믿어. 믿음에는 증거가 필요 없고, 그렇게 믿어야 가치가 있는 거다. 생각해 봐라. 어떻게 영화 두 편 출연한 게 전부인 무명 배우가 〈대부〉의 마이클 꼴레오네가 될 수 있었겠어?"

"알 파치노 원래부터 유망주였다고 들었는데."

"어허! 토 달지 말고!"

"알았어요. 그렇다 치고, 그럼 그 무명 화가는 아직도 알 파치노와 거래를 한다?"

"그렇지, 그 무명 화가가 고스트지. 고스트는 그런 거야. 하지만 차유나는 알 파치노가 아냐. 자기의 고스트를 찾은 것도 더럽게 운이 좋았을 뿐이고. 말하자면 무대포지. 그냥 출판사에서 널 고스트라이터라고 하니까 그거에 꽂힌 거야. 그러니 개가 과연 알 파치노처럼 승승장구할 수 있을까?"

"가뜩이나 컨디션 안 좋은데, 머리 복잡하게 하지 마세요."

"복잡할 게 뭐 있나? 지금 말한 게 모두 고스트라이터즈의 훌륭한 전통이라고. 하지만 차유나는 이런 전통을 더럽힌 년이야. 결정해. 그년이야? 나야?"

"당신도 고스트였다며. 나한테 이러지 말고 당신 물주나 끌어들이세요."

오진수는 잘 알지 않느냐는 표정으로 손사래를 쳐 보였다. 그런데 자세히 보니 손사래 치는 동안에도 그의 손은 덜덜 떨리고 있었다.

"수전증이면 누구 시켜서 타자 치게 하세요."

"난 너랑 장르가 달라."

오진수가 메고 온 배낭 속에서 책들을 꺼내 부렸다. 그것은 조잡한 대본소 시리즈 만화들이었다. 책장을 넘기면 당장이라도 먼지가 풀풀 피어오를 것 같은 그 책들은 『캠퍼스 정복자』『도시의 정복자』『그라운드의 정복자』 따위였다. 기억났다. 고교시절 만화방에서 즐겨 읽던 황룡의 정복자 시리즈. 나는 표지에 선연한 '황룡 글/그림'이란 문구와 오형을 번갈아 바라보았다.

"황룡, 참 유치한 필명이었지. 아무튼 만화가로 고스트는 내가 세계 최초일걸."

"그럼 이게 다 당신을 고스트로 둔 천재를 위해 그린 거?"

그가 고개를 끄덕였다.

"그럼 나를 위해서도 좀 그려주시죠?"

나는 『도시의 정복자』를 집어 들고, 보풀이 이는 누런 책장을 넘겨 보았다. 그런 내 모습을 살피던 오진수가 입을 열었다.

"읽어보니 찌릿찌릿 뭐가 오는 게 있냐?"

"아뇨, 엄청 유치한데?"

그럴 줄 알았다는 듯 오진수가 고개를 끄덕였다. 그는 이게 단순히 작품을 좋아하고 말고의 문제가 아니라고 말했다. 소울메이트를 만나듯 자신의 온 감각과 맞아떨어지는 작품을 만나야 그 작품과 작품의 작가로부터 도움을 받을 수 있다고 했다. 그리고 그걸 발견하는 능력이야말로 천재의 몫이라고 단언했다. 그럼 고스트는? 고스트는 그것만으로도 행복한 거라고 그가 우기고는 네 번째 캔맥주를 비웠다.

도저히 동의할 수가 없다. 나를 발견했다는 이유로, 천재의 인생과 꿈에 대해 써주는 게 작가라고? 고스트라고? 누가 평생 남의 고스트로 살고 싶을까?

"어때? 이참에 마음을 정해. 나랑 힘을 합쳐서……."

"아니, 잠깐. 오형은 생각 안 해봤어? 당신만의 고스트를 찾을 생각?"

오진수가 코웃음을 쳤다.

"혹은 당신 자신이 스스로의 고스트가 될 생각은?"

그의 표정에서 웃음기가 가셨다. 그가 타이르듯 말했다.

"마, 그건 천재의 영역이 아냐."

"당신은 시도해보지도 않았군."

오진수가 일어났다. 나를 노려봤다. 그의 노기 띤 모습을 보고 있자니 마음이 편해졌다. 연신 그에게 휘둘리다 처음으로 그를 도발한 것이다.

"자기가 자신의 미래를 쓸 수 있다는 게 무슨 뜻인지나 알아?"

"……."

"그런 건 신만이 할 수 있는 거다."

천천히 오형의 입꼬리가 올라갔다. 그는 내게 노숙자였다가, 고스트였다가, 이젠 미친놈이 되어가고 있었다. 그렇지만 나는 그가 고마웠다. 내 글을 쓸 수 없는 이 난국을 타개할 방법을 그가 알려준 셈이었기 때문이다. 내가 차유나를 도왔듯 나를 도와줄 고스트를 찾기로 나는 결심했다.

나를 위해, 내가 두 번째 소설을 완성하는 것을 도와줄 고스트를 찾는다. 처음 차유나가 내게 고스트라이팅을 부탁했을 때 나는 그걸 믿지 않았다. 하지만 지금의 나는 목격자다. 차유나가 나로 인해 재기했듯이, 나도 고스트를 찾으면 재기할 수 있을 것이다. 반드시.

◆ ◆ ◆

도서관 서고는 한 인간의 거대한 뇌와 같다. 수천만 가지 지식과 상식, 이야기가 책장 가득 담겨 있지 않은가. 말하자면 대학 시절 서강대 도서관의 책을 다 읽었다는 풍문의 안정효 작가나, 7개 국어를 하는 움베르트 에코, 도서관장까지 지내며 도서관을 자신의 분신으로 만든 보르헤스 같은 분들의 뇌 말이다.

나로 말할 것 같으면 도서관은 가방 보관소와 같은 곳이다. 대학 시절에는 시험 기간이면 어김없이 가방을 도서관에 둔 채 술집을 전전했다. 내일 시험은 어떡하고 이러느냐고 묻는 친구들에게 '공부는 가방이 하고 있지. 나 대신 도서관에서'라고 대답하곤 했다. 어쨌거나 가방은 나와 함께 대학을 졸업했고, 지금 생애 처음으로 남산도서관을 방문하고는 감격에 겨워했다. 생각해보면 지금 내가 찾는 건, 그때의 내 가방처럼 대신 무언가를 해줄 사람이 아닌가?

문학 코너의 '가' 앞에 섰다. 가 씨 성을 가진 소설가 몇이 존재하고 있었다. 세상은 넓고 성씨는 많고, 작가도 많고 작품은 더 많다. 나는 그때부터 소설 코너를 뒤지며 마음에 드는 제목의 책들을 꺼내 살펴보기 시작했다. 중간 중간 안면이 있는 소설가의 책들도 보였다. 몇 권씩 블록으로 꽂혀 있는 소설가의 책들을 볼 때는 경외심마저 들었다. 나는 당장 두 번째 책을 못 써 이런데, 그들은 어떻게 이렇게 다섯 권, 일곱 권 연달아 책을 내는 걸까?

그러다가 'ㅅ' 지점에서 '손병건'의 소설집을 발견했다. 나도 모르게 책을 꺼내들고 책날개를 살폈다. 손 선배는 빨간 등대가 있는 바다를 배경으로 먼 곳을 응시하며 뽐폼을 잡고 있었다. 나를 만났을 때보다 한참은 젊어 보이는 사진이었다.

살펴보니 이 책이 그의 유일한 책이었다. 그 역시 두 번째 소설을 내지 못한 채 고스트라이터 생활을 하다 사라졌다. 잠깐. 그 역시 고스트라이터였고, 어쨌거나 나와는 죽이 맞아 함께 다니지 않았는가. 나는 혹시나 하는 마음에 그의 책 속 첫 작품을 읽어보았다.

채 다섯 페이지를 넘기지 못하고 책을 접었다. 역시 이 인간과 나는 아니었어. 나는 손 선배의 책을 책꽂이에 꽂고는, 낭비된 시간이 아까워 맹렬한 속도로 다른 책을 뒤져나갔다. 그런 행동들이 요란스러웠는지 주위 사람들의 시선이 느껴졌지만 개의치 않았다. 천재가 되는 게 쉬운 일은 아닐 테니까.

휴대폰 벨이 울렸다. 사람들이 기다렸다는 듯 나를 노려봤고, 나는 급히 전화를 받았다.

"김 작가, 나야."

낭창낭창한 차유나의 목소리였다. 마치 자신이 전화한 것을 고마워하라는 듯한 투였다. 나는 전화를 끊어버렸다. 도서관 안이어서만은 아니었다.

곧 다시 전화벨이 울렸다. 도서관 직원이 다가왔다. 다시 받자마자 앙칼진 목소리가 터져 나왔다.

"야! 너 지금 어디서 함부로 전화를 끊……."

나는 급히 전원을 껐다.

도서관은 뇌가 아니다. 산이다. 뒤져야 할 책은 산더미다. 나는 내 천재성을 발견하기 위해 불도저처럼 진입했다.

그날 저녁, 도서관에서 찾아낸 세 권의 책과 대여점에서 빌린 DVD 여섯 편, 만화책 이십 권을 가방과 쇼핑백에 바리바리 싸든 채 집으로 돌아왔다. 오진수는 야전침대의 일부가 되어 잠들어 있었다. 이 사람은 대체……

소설책 몇 권을 읽어보았다. 그중 전부터 좋아하던 중견 소설가의 작품이 있었고, 내용도 내가 좋아하는 진지한 사회파 드라마여서 정신없이 빠져들었다. 하지만 이분의 소설이 늘 그렇듯 끝이 약했고, 아쉬움 속에 독서를 마쳤다. 오케이. 이분은 내 고스트가 아니야.

그런데 만약 이분이 내 고스트여도 나보다 한참 선배에, 대학교 교수이신 분이 내 제의를 들어줄 리 만무했다. 나는 대여해 온 다른 중견 소설가의 소설책도 제쳤다. 그리고 노트북으로 DVD를 재생해보기 시작했다.

얼마나 지났을까? 세 번째 영화를 보고 있는 중에 오진수가 뒤척이며 상체를 일으켰다. 그는 밤이 깊었다며 잠 좀 자자고 애원했지만, 당장 쫓아낸다는 말에 이불을 뒤집어쓰고 다시 잠을 청했다.

나는 보호색인 양 이불을 덮은 채 매미처럼 잠든 중년 사내를 바라보았다. 그의 행동거지는 겉보기엔 순 엉망이나 나름의 질서가 있다. 언제부터 그는 자기 작업을 하지 못하게 된 것일까? 재능은 퇴화되고, 몸에는 흔적만이 남았지만 어찌할 줄 모르는 상태. 나도 이대로라면 저 사람처럼 되겠지. 은퇴 불가의 작가 신세. 어쩌면 작가는 평생 무언가를 씀으로서 자기 내면을 치유하며 생을 견뎌야 하는 불치병 환자일지 모르겠다.

나는 영화의 볼륨을 낮추고 한동안 본편을 더 감상하다가 멈췄다. 서플먼트의 감독 코멘트를 들을 것도 없었다. 빤한 감동 정도였지 기대만큼의 영감을 주지는 못했다.

꼬박 18시간이 지나 오진수가 깨어났다. 아침 5시 기상. 아침형 인간인가? 그는 일어나 상쾌하다는 듯 좁은 방 안을 서성이며 휘파람을 불어대다가, 담배를 빼물고 나갔다. 나는 어제 가져온 것들 중 가장 몰입도 높은 작품을 읽고 있는 중이었다. 마지막으로 집어든 그 만화책은 한 젊은 여자의 연애담을 우울한 터치로, 아니 거의 자폐적 수준으로 그려내고 있었다. 하지만 상황이 상황인지라 책장을 넘길 때마다 얼어붙은 호수 중앙으로 한 발 한 발 내딛는 기분이었다. 조마조마한 발걸음이 갈피를 타넘다 쩌어억 갈라지는 순간이 오는 게 느껴졌다.

오진수가 부술 듯 문을 열고 들어왔다. 손에는 편의점 비닐봉투가 들려 있었다. 나는 인상을 찡그리고 다시 만화책에 몰두했다. 옆에 앉아 캔맥주를 비우며 커다란 트림을 해대는 그의 추태에, 책을 덮고 그를 노려봤다. 그는 캔맥주를 내게 던졌다. 맥주 달라는 뜻이 아니었지만, 받아든 맥주를 보자 연쇄반응처럼 캔 꼭지부터 눌렀다.

한 모금 마신 뒤 오진수를 향해 만화책을 들어 보였다.

"이 만화 괜찮은데, 전아미? 이 사람 누구죠?"

오진수는 내가 들어 보인 만화책을 채가더니 슥 살피곤, 피식 웃었다.

"순미구만."

"순미요?"

"아미는 필명. 순미가 본명이고. 왜 좀 꽂혀?"

"밤새 본 것 중엔 그나마. 이 사람 연락처 알아요?"

"알았었지."

"어떻게 된 게 다 과거형이에요?"

"얘, 남편 따라 뉴질랜드로 이민 갔어."

김이 팍 샌 나는 다른 만화책을 뒤져 그중 하나를 들어 보였다. 전 아미의 작품보다는 못했지만 나름대로 울림이 있던 책이었다.

"이 사람은?"

"코드가 맞아?"

"음…… 그럭저럭."

"아니지, 감이 팍팍 와야 되는 거야. 그리고 걔는 성질 드러워. 고스트라이터 해달라고 하면 미친놈 취급 당해 화실에서 쫓겨날걸."

"오진수 씨 소개로 왔다고 하면?"

"그럼 몇 대 맞고 쫓겨날걸."

"이건 뭐…… 도움이 안 되네. 근데 집에 안 가요? 이제 좀 가시지!"

"괜히 노숙자 같은 줄 아냐? 그리고 나랑 같이 일하는 거 수락할 때까진 못 가지."

대꾸 없이 일어나 외출 준비를 했다. 오진수가 조급한 표정을 짓더니 급기야 나가려는 나를 붙잡았다. 나는 그를 뿌리치고 말했다.

"아무래도 난 알 파치노 과인가봐. 미술관 순례나 할래요."

오진수의 궁시렁거리는 소리를 뒤로하고 집을 나섰다.

뭐든지 관심을 가져야 알 수 있는 법. 태어나서 서울 시내에 미술관이 그렇게 많은지 처음으로 알게 되었다. 인사동의 갤러리와 시청과 광화문 부근의 대형 미술관 등을 전전하며 어렵게 생긴 그림들을 살피고 또 살폈다. 감상의 경지에 이르지 못해서일까? 도무지 느낌 안 오는 그림들 사이에서 거의 선 채로 졸았다. 나는 미술관 로비로 가 벤치에 앉아 본격적으로 졸았다.

꿈에서 나는 아리와 미술관을 거닐고 있었다. 아리와 함께 미술관에 간 적은 〈오르세 미술관 전〉이 전부였다. 아리는 늘 입는 펑키한 옷차림과는 다르게 긴 치마에 단정하게 머리를 내리고 마치 발이 없는 사람처럼 미술관을 부유하고 있었다. 나는 그녀를 따라다니기 급급했다.

그녀를 따라 미술관 복도를 돌아가니 어느새 그녀는 없고, 잔뜩 덧칠되어 있는 인상파 화가의 커다란 그림만이 벽을 채우고 있었다. 그리고 그 그림 안에 아리가 있었다. 거기서 그녀는 평소의 장난스러운 표정과는 달리 이빨 하나 보이지 않는 미소를 지어 보였다. 나는 그림 앞에 선 채 그림 속 아리를 바라보았다. 아무 소리도 들리지 않았다. 그림 속으로 들어가려고 눈을 부릅뜨고 그림 앞으로 다가갔지만, 더 이상 꿈쩍도 할 수 없었다. 마치 가위에 눌린 것처럼. 그림 속의 그녀를 향해 다가갈수록 자석의 같은 극처럼 밀리기만 하고 있었다.

호주머니의 휴대폰 진동에 놀라 잠에서 깨어났다. 액정을 살피니 성미은이었다.

인사동 스타벅스에서 그녀를 다시 만났다.

미은은 불난 집에서 도망쳐 나온 것 같은 몰골로 트렁크를 끌고 안으로 들어왔고, 나는 대략의 상황을 짐작할 수 있었다. 팔 토시를 착용한 채 헝클어진 머리를 흔들며 그녀가 내 테이블에 와서 앉았다.

"와줘서 고마워요."

"때려친 거죠? 잘했어요. 내가 진즉에……."

"아뇨."

그녀가 입술을 달싹이다가 금방이라도 울 듯한 표정으로 나를 바라보았다.

"쫓겨났어요."

"예?"

"참, 그때 보내준 〈4시 44분〉 시놉시스 정말 고마웠어요. 그걸로 감 잡아서 원고 나름 잘 뽑았거든요. 제가 쓴 것만 40화가 넘으니까 제가 5분의 1은 쓴 거잖아요. 그래서인지 대표도 이것만 끝나면 제 이름으로 데뷔할 기회 만들어준다고 자꾸 당근을 던지더라고요. 그때 속는 게 아니었는데……."

"그래서 마감은 한 거예요?"

"엊그제요. 다음 주에 최종 업데이트될 거예요."

"고생하셨네요. 남이 쓰던 거 맞춰 쓰는 게 어려운 건데, 미은 씨 진짜 잘 쓰나보다."

나는 덕담이라고 했는데, 순간 그녀가 감정이 복받치는지 하려던 말을 멈췄고 잠시 숨을 고르고 나서 입을 열었다.

"정말 고마워요. 그렇게 고생해 마감했는데, 이카로스도 정 실장도 아무도 고생했다느니 잘 썼다느니 그런 말 한 마디 없었거든요……."

그녀가 다시 울컥했는지 말을 멈추고 주문대로 향했다.

축 처진 어깨로 주문을 하고 있는 그녀의 초식동물 같은 뒷모습을 보고 있자니, 내 속에서 무언가 치밀어 올라오는 게 느껴졌다. 그녀가 돌아와 다시 말을 이어나갔다.

"엊그제 마감하고 사무실 쪽방에서 나오니까 저녁 같이하자 그러더라고요. 저는 그동안 고생했으니 제 마감 축하 자린 줄 알았어요. 근데 식당에 가보니까 낯선 얼굴 두 명이 있는 거예요. 여자 하나랑 남자 하나…… 새로 뽑은 거예요. 어디서 온 애들인지 모르겠지만 둘 다 아직 이십 대에 싹싹하더라고요. 걔들은 자기들이 이카로스 팬이라면서 꼭 밑에서 배워보고 싶었다고 그러더라고요. 당연히 걔들한테 관심이 쏠렸고, 저는 혼자 구석에서 술잔만 비우게 된 거예요. 마감은 내가 했는데, 참내."

"……."

"한참을 그러다가 대표가 저한테 그러더라고요. 그동안 원고 쓰느라 고생했는데 역시 저 혼자 그쪽 장르 맡아 하는 건 문제가 있는 거 같다면서, 새로 온 애들 데리고 다음 작품 짜보라는 거예요. 어휴, 진짜 이게 말이에요 망아지예요. 그래서 제가 술도 한잔 했겠다 한마디 했죠. 그럼 다음 작품은 셋 중에 누구 이름으로 나가는 거죠? 그러니까 대표가 말을 씹더라고요. 제가 그래서 소리를 질렀어요. 사실 술을 좀 먹었거든요. 근데 남 선생님이랑 정 실장이 절 붙잡아 말리더니 짐짝 끌 듯 끌고 밖으로 나가더라고요. 제가 진짜 쪽팔려서 이런 얘기를…… 김 작가님 앞에서 다 하고 있네요. 휴."

미은이 한숨을 내쉬고 구겨진 냅킨을 만지작거리기 시작했다.

"아뇨. 난 괜찮아요. 근데 어디 가 이런 얘기 하지 마세요. 오히려 미은 씨가 바보라는 소리 들을 거니까."

"알겠어요."

"그래서, 쫓겨났다?"

"예. 다음 날부터 사무실 전 식구가 왕따를 놓는데……. 그래도 제가 절대 누가 그만두라기 전에 먼저 그만하고 그런 성격이 아니에요. 연애도 늘 차여봤지, 먼저 찬 적은 없어요. 왜냐하면 제가 실력이 없으니까 끈기라도 있어야 한다는 주의거든요. 그래서 절대 먼저 포기하지 않아요. 그런데 정 실장이 절 부르더니 새로 온 여자 작가애가 집이 지방이라 여기서 지내야 된다고 제 방을 비워달라 그러더라고요. 그때 확 올라오더라고요. 아무래도 새로 온 그 여우 같은 년이 제 방을 노리고 그런 거 같아요. 제가 따졌죠. 그럼 난 어떡하나? 그러니까 미은 씨는 서울에 집 있으니까, 집에서 출근하던지 아님 나오지 말던지 알아서 하라는 거예요. 그래서…… 방금 전에 다 챙겨 나온 거예요. 근데 집에 갈 마음이 통 생기지 않고, 속은 허전하고, 어디 하소연할 데도 없고 해서……."

마침 벨이 울렸고, 웅얼거리던 미은이 커피를 가지러 갔다.

그녀는 과음을 하고 실수를 했을 것이다. 어쩌면 그건 이카로스가 노린 걸지도 모른다. 그런데도 미련하게 붙어 있을 생각을 했다니, 어떤 면에서 미은도 대단한 여자였다. 〈4시 44분〉을 어떻게든 끝낸 걸 보면 그녀가 실력이 없는 건 절대 아닐 것이다. 그럼에도 자긴 실력이 부족해 끈기라도 있어야 한다는 자세도 대단하다. 미은은 여러모로 독특한 친구임이 분명했고, 그래서일까 차유나의 연락도 씹는 내가 그녀의 연락은 좀처럼 씹지 못하는 걸지도 모르겠다.

그녀가 커피를 들고 와 한 모금 마시며 나를 올려다보았다.

"아무튼 고생하셨네요. 역시 먼저 질러야 해요. 전 돈으로 따귀까지 때리고 나왔잖아요."

"그러니까…… 제가 너무 미련해서…… 그런 거 같아요."

"아니 그렇다는 뜻은 아니고, 차라리 잘됐다고 생각하세요. 더 있어봐야 몸도 정신도 축났을 겁니다. 참, 고료는 받았어요?"

"다음 달에 보내준다고 하는데, 맞아! 안 보내주면 어쩌죠?"

"어쩌긴. 받아내야죠."

그녀가 자신 없다는 표정으로 한숨을 푹푹 내쉬었다. 구겨진 냅킨은 어느새 갈기갈기 찢겨 있었다.

"정말 속상해요. 고생은 고생대로 하고, 완전 무시당하고, 돈도 못 받을지 모르고……. 이놈의 고스트라이터 짓도 이제 그만해야 할까 봐요."

커피를 술처럼 들이켜고는 미은이 지친 표정으로 창밖을 바라보았다. 덩치만 컸지 그녀는 소심하고 여렸고, 끈기는 있었지만 강단은 없었다. 그리고 작가답게 예민한지라 그들의 악질 행동 하나하나가 가슴에 콕콕 박혔을 것이다.

나는 남은 커피를 비우고 미은을 똑똑히 바라보았다.

"미은 씨. 잘 들어요. 내가 하나만 얘기할게요."

"⋯⋯예. 말씀하세요."

"사람이 너무 착하면 좋은 소설가가 되기 힘들어요. 소설이란 게 뭐예요? 이야기란 게 뭐예요? 다 주인공에게 일이 터지고 문제가 생기고 그런 거잖아요. 그래서 갈등이 벌어지고, 그걸 해결하고 그러는 게 이야기의 본질이잖아요."

"그죠. 대표가 말하던 스토리텔링 공식도 1장에서 사건이 터지고⋯⋯."

"아, 진짜! 여기서 이카로스 얘기가 왜 나와요!"

"어머, 미안해요."

"핵심은, 이야기란 결국 주인공에게 문제가 일어나고, 그 문제를 해결하는 건데, 작가가 너무 착하면 주인공에게 문제를 만들어내기가 무지무지 어렵거든요. 그죠?"

"그, 그런가요."

"지금 미은 씨 상황을 보세요. 갈등이 생기니까 꾹 참고 버티기만 했잖아요. 그나마 술의 힘을 빌린 거고, 나가라니까 고분고분 쫓겨나고. 그리고 고료 받으려면 놈들이랑 싸워야 하는데, 벌써부터 싸울 거 두려워 안절부절 못하잖아요."

"……맞아요."

"이야기는 결국 갈등에 관한 거고, 소설가라면 자기 글에서나 현실에서나 갈등 상황을 두려워하면 안 돼요. 그래서 난 미은 씨가 너무 착하려고 하면 안 된다고 봐요."

미은이 내 말을 곱씹듯 입술을 꼭 깨물었다. 뭔가 좋은 충고를 한 거 같아 괜히 우쭐해졌다. 하지만 곧 싸우기 싫어 오진수 하나 내쫓지 못하는 내 처지가 떠올랐고, 우울해졌다.

"저…… 김 작가님."

"예."

"오늘 정말 정말 고마워요. 늘 신세만 지는데, 염치없게 하나만 더 부탁하면…… 저 술 한잔 사주시면 안 돼요?"

안 된다, 절대 안 된다, 마음의 소리가 메아리처럼 귓가를 때렸다.

"안 됩니다. 제가 지금 마감이라서."

"그러시구나. 죄송해요. 너무 제가 귀찮게 해서……."

우울한 표정으로 고개를 숙이는 그녀의 모습을 보자니 마음이 짠해졌다. 나 역시 좋은 소설가가 되긴 그른 모양이다.

"마감 끝나고 한잔 해요. 그때까지 마음 잘 추스르시고."

"예. 고마워요. 근데 혹시 마감 끝나고 나시면, 제 소설 읽어주실 수 있나요?"

"소설요?"

"예. 제가 예전에 장편소설 공모전 넣으려고 썼던 건데, 아직 초고 상태예요. 작가님은 등단도 하셨고, 경험도 많으시니까 혹시 읽어봐주시고 조언 좀 해주시면, 제가 그걸 바탕으로 잘 고칠 수 있을 거 같아서요."

"그러니까 제가 그쪽 장편소설을 모니터해 줬으면 좋겠다?"

"앗, 또 이런 부탁을 드려서 죄송하네요. 아 정말 저는 구제불능인가봐요. 회사에서도 잘렸고, 웹소설 쪽에서는 대표가 저 가만 안 둔다고 했으니…… 다다음 달에 있는 장편소설 공모전에라도 도전해볼게요."

내가 대답이 없자 그녀가 최대한 불쌍한 표정으로 나를 올려다보았다. 미안하다 그러면서도 결코 부탁을 멈추지 않는 모습이, 정말 끈기 하나는 확실한 여자였다. 그래, 모니터를 해주고 술자리는 거절하자. 그게 그녀에게도 나에게도 해피하다.

"알았어요. 보내봐요."

"예? 정말요! 와아아, 정말 고마워요. 저 정말이지……."

"그놈의 '정말' 좀 정말 하지 말아줄래요?"

"아, 미안해요. 정말…… 앗, 진짜 미안해요."

미은은 참 재미있는 여자였다. 재미있어서 아주 복장이 터질 지경이었다.

집으로 돌아와 보니 오진수가 사라지고 없었다. 안 착한 소설가로 성장하기 위해 한바탕 하려 했더니, 역시 수련의 길은 수월치 않았다. 아무튼 앓던 이 빠진 것처럼 야전침대가 비어 있는 걸 보니 졸음이 몰려왔다. 나는 침대로 들어가 잠을 청했다.

깨어나 보니 밤이었다.

방에 어지럽게 널려 있는 DVD며 만화책, 소설책들을 보고 있자니, 실패한 '나만의 고스트라이터 찾기' 미션이 떠올라 속이 쓰려왔고, 배도 고팠다.

라면을 끓여 먹으며 인터넷을 열었는데, 메일이 와 있었다. 뭐지? 성미은이었다. 이 여자, 마감 치고 읽는다고 했는데 벌써 보냈네. 짜증이 난 나는 라면을 대충 해치우고 메일을 클릭했다. 어디 보자, 내 잘근잘근 씹어줄 테니. 그런 마음으로 미은의 소설 파일을 열었다.

제목은 미정. 이것부터 문제다.

제목은 작품이란 배의 돛대 같은 건데, 가제로라도 뭐든 잡았어야지. 게다가 이름은 '송은서(필명. 본명 성미은)'이라 적혀 있었다. 뭐야? 가을동화야?

제목이랑 필명이랑, 아주 네이밍에서부터 싹수가 노랬다. 나는 기대를 접고 첫 문장을 읽어나가기 시작했다. 문장은 웹소설 작가로 활동해서인지 간단명료해 술술 읽혔다. 오타가 좀 있었지만, 오타야 잡초와 같아서 뽑아도 뽑아도 계속 나는 거라 크게 문제 될 건 없었다.

소설은 섹스 토이의 주인공 시점으로 진행되고 있었다. 주인으로부터 '미나'라고 불리는 그녀는 자신을 실제 살아 있는 여자라고 여기고 있었다. 그녀는 자신을 너무 사랑한 주인이 그녀를 납치해 가둬둔 채 혼자서만 그녀를 사랑하고 있다고 여긴다. 어느 날 주인은 그녀를 거실 소파에 둔 채 TV를 켜놓고 출근한다. 그녀는 생전 처음

본 TV로 세상을 실제라고 경험하게 된다. 상상으로 TV 안을 돌아다니는 그녀. 거기서 그녀는 가수도 되고, 아나운서도 되고, 두 아이의 엄마도 된다. 이야기는 섹스 토이인 그녀가 진짜 여자로 변화하는 과정을 환상과 꿈을 섞어 묘사하고 있었다.

드라마 작가 출신이라더니, 장면 묘사가 뛰어났고, 그녀 혼잣말로 이뤄지는 대사들도 신선한 표현이나 발상이 넘치고 있었다. 어느새 나는 잔뜩 씹으려 읽기 시작한 그녀의 작품에 빠진 나머지, A4 백여 장에 달하는 분량을 순식간에 다 읽고 말았다.

훌륭했다. 초고라는 게 믿겨지지 않을 정도로 완성도가 있었다. 공들여 몇 번만 이 작품을 고치면, 공모전에 당선될 가능성이 충분하다고 생각되었다.

그런데 정작 중요한 건 그게 아니었다. 미은의 소설은 지난 이틀간 내가 섭렵한 어떤 이야기보다 나를 잡아끌었다. 그녀의 이야기는 전압이 높았고 중독적이었다.

그녀였다. 미은이야말로 내 고스트라이터가 될 사람이었다. 게다가 그녀는 이미 고스트라이터가 아니었던가? 마치 데자뷰가 찾아올 때처럼 정신이 혼곤해졌다. 나를 발견했을 때 차유나가 바로 이런 기분이었을까?

곧바로 미은에게 전화를 걸었다. 졸린 목소리로 그녀가 전화를 받았다.

"여보세요."

"미은 씨. 보내준 소설 재미있게 읽었습니다."

"예? 벌써요? 마감 중이시라면서요."

"아니. 마감도 잊고 단숨에 읽었어요. 미은 씨 잘 들어요. 우리 지금 만납시다. 같이 긴히 할 얘기가 있어요."

"아…… 지금 밤 열 시가 넘었는데, 어디서요?"

"종로로 오실래요? 내가 술 사겠습니다. 어때요?"

"그런데 정말 제 소설 재미있게 읽으신 거 맞아요? 시원찮은데 괜히 그렇게 말씀하시는 거……."

"아닙니다. 정말 훌륭한 작품이에요. 낮에 만난 인사동 스타벅스 앞에서 봐요. 거기서 어디든 갑시다."

"예. 그래도 모니터 해주셨으니 술은 제가 살게요."

그녀와 약속을 잡고 서둘러 외출 준비를 했다. 나만의 고스트를 벌써 발견하다니, 오진수의 말대로 나는 정말 천재인가 보다.

"어디 가?"

놀라서 돌아보니 오진수가 비닐봉투를 들고 방으로 들어와 있었다.

"놀래라. 근데 왜 자꾸 여기로 기어 들어오는 거예요?"

"나랑 같이 일하기 전까진 안 갈 거야. 누누이 얘기하지만 너 지금 슬럼프 오래 갈 거야. 이럴 때일수록 고스트끼리 뭉쳐야……."

"됐고요. 천재는 이만 갑니다."

"뭐? 뭔 호랑이 개풀 뜯는 소리야?"

오진수의 불퉁한 표정을 뒤로하고 나는 집을 나섰다.

집을 나와 청계천 방향으로 향했다. 걸어가기에 충분한 시간이었다. 선선한 가을 공기를 만끽하며, 술집들이 빛나기 시작하는 도심의 골목을 걸어갔다.

걸어가며 생각했다. 최근 미은은 계속 내게 의지해왔고, 분명 호감을 가지고 있다. 그녀에게 나는 고스트라이팅 능력에 대해 털어놓을 생각이다. 그리고 내가 두 번째 소설을 완성하는 것에 대한 글을 써주길 부탁할 것이다. 대신 나는 그녀의 장편소설 작업을 도와주자. 만약 그녀가 쓴 글대로 내 두 번째 소설이 잘 되면, 그녀에게 충분한 보상을 해줄 수도 있을 것이다.

그렇게 마음을 먹고 청계천을 건너려고 하는데, 내 앞으로 커다란 밴이 멈춰 섰다. 연예인들이 주로 타고 다닌다는 차였다. 궁금한 마음에 누가 나오나 살펴보는데 문이 열리고 험상궂은 사내들이 우르르 내려 내게 다가왔다. 그들은 기겁하는 나를 다짜고짜 차로 밀어 넣었다. 나는 비명 지를 새도 없이 차에 실려 어디론가 끌려갔다.

5장

나는 집필의 신이 나를 펜트하우스 스위트룸으로 초대해 책상 위에
있는 쓰레기를 전부 쓸어버리고 내게 자리를 권하길 기대하기라도
한 것일까?

— 사이 새프런스키

한 번쯤 타보고 싶던 차였지만 이렇게는 아니었다. 차가 출발하자 그들은 양 옆에서 나를 단단히 붙잡았다. 바위틈에 낀 것처럼 꿈쩍할 수 없었기에 놈들에게 닥치는 대로 소리를 질러댔다. 하지만 그들은 바위가 맞는지 꿈쩍도 안 했고, 결국 나는 체념한 채 생각에 잠겼다.

차유나는 아니다. 차유나라면 박 부장과 스미스들이 왔을 것이다. 오진수? 그는 방금 전 내 집에서 마주쳤다. 차는 어느새 동호대교를 건너고 있었고, 약속 장소에서 나를 기다릴 미은이 떠올랐다. 지금 으로선 연락할 방법도 없기에 자포자기하고 눈을 감았다.

차가 멈춘 곳은 강남의 한 주상복합 건물 지하주차장이었다. 입구 기둥에 새겨진 건물의 이름을 보고 깜짝 놀랐다. 끌려온 곳은 내 겐 존재 자체가 가상인 곳이었다. 사람들은 이곳이 한국에서 제일 비싼 집값의 건물이라고 했다. 나도 얘기만 들었지 그곳이 진짜 강남 어디에 존재한다는 건 실감하지 못했다. 이곳이 진짜 피자 배달부에게 5만 원짜리 지폐를 주며 잔돈은 가지라고 하는 어린이들이 사는 곳 이고, 관리비만 한 달에 이백만 원 넘게 나와 나 같은 사람은 공짜로

줘도 못 들어간다는 곳인가? 강북 도심의 낡아빠진 건물에 서식하듯 사는 나로서는 상상도 할 수 없는 공간이었고, 그래서인지 불안감은 배로 증폭되었다.

문이 열리고 놈들이 나에게 내릴 것을 요구했다. 처음보단 확실히 태도가 정중하다. 차에서 내리자 팔짱을 끼려는 놈들에게 내 발로 가겠다고 말했다. 아까와는 달리 순순히 그렇게 한다. 한 명이 앞장서고, 양 옆과 뒤에서 한 명씩 총 네 놈이 나를 둘러싼 채 지하 엘리베이터로 향했다. 마치 보디가드가 요인을 호위하듯 그렇게 주차장을 가로질러 엘리베이터로 향했다.

엘리베이터는 놀이기구처럼 빠르게 33층으로 올라갔다.

3346호의 거실은 넓고 화려하고 웅장했다. 말 그대로 궁전. 소파는 잘 구워진 크림빵의 속살 같았고, 맞은편 벽 한쪽을 장식한 홈시어터 시스템은 극장에 갈 필요조차 없어 보였다. 통창 옆으로는 엔틱 풍의 커다란 마호가니 책상이 자리하고 있었고 그 위로 날렵해 보이는 블랙 LCD가 놓여 있었다.

나는 크림색 소파 위에 몸을 부렸다. 네 놈 중 리더 격인 뱀눈의 사내가 내게 '잠시만 기다려주십시오'라고 한 뒤 나갔고, 남은 세 명은 문 앞에 섰다. 통창으로 밖을 바라보니 어느새 노을이 지고 있었다. 나는 궁전의 주인인 양 도시를 붉게 물들이는 노을을 내려다보며 긴장을 풀었다. 직감적으로 내가 이곳에 머무르게 될 거라 느끼고 있었다. 이 공간을 마음대로 빠져 나가기란 쉽지 않을 것이다. 말하자면 이곳은 럭셔리한 감옥인 셈이다.

얼마나 시간이 흘렀을까? 문이 열리고 흰색 트레이닝 복을 입은 사내가 놈들의 인사를 받으며 들어섰다. 막 헬스장에라도 다녀온 것 같은 그는 듬직한 체구에 포마드를 바른 세련된 헤어스타일을 하고 있었다. 또렷한 이목구비의 호남 형이고, 머리가 좀 커 보였으나, 그게 더욱 그에게 존재감을 부여해주고 있었다. 여자들에게 충분히 인기를 끌 만한 풍채고, 반대로 남자들에게는 호전적인 인상을 풍기는 사내였다.

그가 내 맞은편 소파에 털썩 앉고는 주위를 살피며 물었다.

"어때요? 쓸 만하지 않습니까?"

나는 대답 대신 사내를 바라보았다. 사내는 대수롭지 않다는 표정으로 일관했다. 홈그라운드의 여유를 지닌 채 상대가 먼저 주먹을 내길 기다리는 노련한 복서 같았다. 나는 잽을 날렸다.

"뭘 어쩌자는 건지 모르겠군요."

"이 집필실이 쓸 만하시냐는 말씀입니다. 작가에게 작업 공간만큼 중요한 것도 없지요. 우리처럼 필드에서 일하는 사람들과 달리 작가는 작업실에 틀어박혀 쓰는 게 제일 중요하지 않습니까? 그러려면 24시간 머무는 작업실만큼은 최고의 공간을 제공해야……."

"여보세요."

사내가 슬쩍 미소를 지었다. 표정을 감추지 않은 자연스런 미소였다. 그는 한 손으로 내 쪽을 가리켰다. 할 말이 있으면 해보라는 것이었다. 이 자의 여유는 나를 더욱 초조하게 만들었다. 나는 정공법으로 맞서기로 했다.

"댁이 누구진 모르겠지만 난 이제 고스트라이터 안 합니다. 작가라면 자기 글을 써야지, 남의 인생이나 대필해주면 쓰나요."

나는 애써 평정심을 유지하며 말했고, 사내는 흥미롭다는 표정으로 내 이야기를 들었다.

"물론, 차유나의 인생을 잠깐 써주긴 했죠. 하지만 그건 그냥 호기심이었고 이제 더 이상 흥미 없거든요. 당신이 또 무슨 부탁을 하던 혹은 협박을 하던 내 생각은 변함이 없습니다."

사내가 짐짓 고개를 두어 번 끄덕였다. 그러자 부하 하나가 커다란 트레이를 가지고 다가와 소파 앞 테이블에 물건들을 내려놓았다. 유리그릇에 담긴 색색의 아이스크림과, 묵직한 원목 담배 케이스와 재떨이, 미니어처 양주 몇 병, 그리고 과자류였다.

사내가 고르라는 듯 손으로 테이블을 가리켰다. 나는 담배 케이스를 열고 담배 한 대를 꺼내 불을 붙였다. 연기를 내뿜는데 아이스크림을 들어 한 입 수저로 떠먹는 사내가 보였다. 그 모습은 덩치 큰 초등학생 같았지만, 고개를 들자 날카로운 눈빛이 내게 돌아왔다.

"김 작가님 생각은 조금 전에 오진수 씨에게 들었습니다."

"오진수?"

"김 작가님 방을 어지럽힌 채 취해 잠들어 있더군요. 제가 깨워서 내보냈습니다."

"그 사람 지금 어디 있죠?"

"댁같이 유능한 작가를 망가트릴 생각을 가진 사람입니다. 다시는 작가님에게 접근하지 못하게 경고를 해두었고요."

씨익 웃는 사내의 표정에 서늘함이 감돌았다. 어느 새인가 나는 다리를 떨고 있었다.

'이 자가 혹시 차유나의 고스트라이터였던 건 아닐까?' 하는 생각이 떠올랐지만 금세 아니란 생각이 들었다. 이 자에게선 창작자의 감성과 품새가 전혀 느껴지지 않았다. 처음 오진수를 봤을 때는 반감이 들었지만 곧 공감대를 형성할 수 있었다. 그런 작가들만의 분위기가 이 자에겐 느껴지지 않았다. 그럼 이 사내는 누구지? 어쨌거나 나를 이용하기 위해 수단과 방법을 가리지 않을 놈이란 건 분명해 보였고, 흐트러진 내 평정심은 쉽게 돌아오지 않았다.

"데자뷰!"

사내가 아이스크림 수저를 들어 올리며 말했다.

"데자뷰 아시나요? 김 작가님?"

나는 가만히 고개만 끄덕였다.

"오진수 씨가 김 작가님에게 고스트라이터에 대해 그다지 바람직한 설명을 하진 않았을 겁니다. 유나 그년은 설명할 능력이 모자랄 테고요."

동의를 구하는 듯 사내는 나를 바라보았다. 나는 긴장을 풀기 위해 로얄 살루트 미니어처를 따서 한 모금 들이켰다. 부드럽고 홧홧한 기운이 식도를 넘나들자 몸이 좀 이완되었다. 그러자 생각이 돌기 시작했다. 여기는 보기만 궁전이지 호랑이굴이다. 죽거나 살아 나가거나다.

"난 그들이 찾아오기 전부터 고스트라이터였습니다. 내가 쓴 자서전만 열 권이 넘고, 꽤 유명한 웹소설도 몇 편이나 썼어요. 오진수나 차유나의 조언 따위 신경 안 씁니다. 그런데 뭐라고 했죠? 데자뷰? 기시감이라고 하죠. 근데 그게 어쨌다는 겁니까?"

사내는 대꾸 없이 빙긋 웃기만 했다.

나는 다른 공격거리를 찾기 위해 미니어처 로얄 살루트를 마저 들이켠 뒤 테이블을 돌아보았다.

"과자 부스러기밖에 없나요? 양주엔 육포나 치즈 뭐 그런 게 있어야지."

사내가 눈썹을 한번 치켜 올리자 뒤에 서 있던 놈들이 분주해지기 시작했다. 확실히 폭력조직 계통의 위계질서였다. 사내는 자신도 미니어처 양주를 하나 집어 들어 병아리 목 비틀 듯 뚜껑을 땄다.

"하하, 술을 좋아하시는 건 알았지만, 자리가 과해질까 해서 구색만 맞췄던 겁니다. 제가 술을 잘 안 하기도 하고요……. 하지만 이 정도는 같이 할 수 있겠죠."

"잘 안 하면 놔두시죠. 제가 다 먹기에도 모자랄 텐데."

"그럴 리가요. 이 작업실에서 작가님이 원하시는데 모자라는 건 아무것도 없을 겁니다."

사내의 말이 끝나자마자 거실 옆 주방에서 육포와 치즈, 땅콩 등이 담긴 안주 접시가 날려져왔다. 뒤이어 다양한 종류의 과일들이 잔뜩 담긴 접시도 들어왔다. 나는 바나나를 하나 집어 들었다. 껍질을 벗기고 한 입 베어 물고는 사내를 바라보았다. 그가 기다렸다는 듣이 말을 이었다.

"기시감이라고요? 잘 알았습니다. 하지만 전 왠지 데자뷰라는 말이 느낌이 좋아요. 데— 자— 뷰—."

그가 과장되게 혀를 굴리며 발음했다. 그건 차유나와는 다른 느낌의 천박함이었다. 굳이 말하자면 천박함에 느끼함이 가미된 것이었다.

"오진수가 만화가 황룡이었단 건 아시죠?"

나는 고개만 끄덕였다.

"말하자면 나는 황룡의 팬이었단 겁니다. 무명 땐 대본소에서 죽치고 살았죠. 황룡은 대본소 만화의 황제랄까요? 한 달에 이십 권씩 나오는 분량도 마음에 들었지만 무엇보다 황룡의 만화는 스토리가 좋았어요. 스토리, 그게 중요하거든."

사내는 어느새 술자리에서 무용담을 늘어놓는 아저씨가 되어 있었다.

"근데 황룡의 만화에 빠져 살던 어느 날부터 내가 데자뷰를 하루에 하나씩 겪는 겁니다. 그때는 드라마에 얼굴을 조금씩 비칠 때였는데, 아무튼 자꾸 어디서 본 것 같은 일들이 막 일어나는 거야……. 그러다가 깨달았지."

그가 자신의 이야기가 궁금하지 않느냐는 듯 말을 멈추고 나를 바라보았다.

"깨닫다뇨, 뭘?"

"데자뷰! 그 데자뷰가 황룡의 만화 속에 있더라고. 전에 읽었던 만화의 한 장면과 똑같은 일들이 내게 일어나는 겁니다. 몇 달 전에 읽었던 『추억의 그라운드』에서 주인공이 골 넣고 기뻐하는 모습은 바로 내가 드라마 찍다 스탭들이랑 축구 한 판 뛸 때 골 넣었던 거랑 똑같고. 도산 사거리에서 어떤 재수 없는 아줌마가 내 차 받고 악다구니 부리던 거, 그건 며칠 전 읽은 황룡의 신간 『아스팔트 흑장미』에 나오더란 말입니다."

처음으로 사내의 스토리가 흥미진진하기 시작했다.

"그래서 당신은 황룡 아니 오진수 씨를 찾아간 거로군요."

"빙고!"

사내는 오진수를 찾아가 당신 만화의 팬인데, 자신의 삶에 순간순간 당신 만화의 한 장면이 들어온다. 그러니 아예 자신을 주인공으로 만화를 그려달라고 요청했다. 그는 오진수에게 접대와 향응을 아끼지 않은 뒤 결국 황룡의 야심작 '정복자' 시리즈물의 주인공으로 자기를 등장시켜 줄 것을 확답 받았다. 그래서 나온 것이 『충무로 정복자』. 방송계의 조연 배우가 영화계로 가 한순간에 흥행 영화의 주인공이 되어 충무로를 정복한다는 이야기였다. 놀라운 것은 주인공의 얼굴까지 사내를 본 따 그린 그 만화의 내용처럼, 사내도 첫 출연한 영화가 흥행하며 단숨에 주목을 받게 되었다는 것이었다.

그제야 나는 사내의 얼굴을 기억해냈다. 한국영화가 '방화'라고 불리던 시절, 꽤 흥행한 청춘 영화에서 그는 두 여자 사이에서 방황하는 미대생으로 출연했었다. 당시는 느끼한 미남이 통하던 시절이었다.

그의 말을 어디까지 믿어야 할지 가늠이 서지 않았다. 분명한 것은 이 사람은 마치 다단계 사업 성공 신화의 주인공처럼 자신의 성공 사연을 말하고 있었다. 말하자면 피라미드 맨 위에 선 '정복자'였고, 자신의 신화를 구축한 것이다.

"그러니까 당신이 그 정복자로군요."

"감 잡으셨구만. 정복자 시리즈는 이후로 쭉 계속됐죠. 『정복자 밴드』『로맨틱 정복자』『비즈니스 정복자』『압구정 정복자』『분노의 정복자』 등등 아시겠습니까? 나는 그 이후로 밴드 보컬로도 활동을 했고, 여자깨나 후렸고, 사업도 여러 개 벌렸습니다. 압구정에 8층 빌딩을 샀을 때가 아마 98년이었을 겁니다. 남들은 아이엠에프다 뭐다 힘들었지만 그럴수록 승승장구였지. 대본소 만화가 서서히 한물 가기 시작할 때였지만, 오히려 오진수는 내가 주는 고료로 잔뜩 벌었고. 물론 나는 더 많이 벌었고. 이거야말로 훌륭한 파트너십 아니었겠습니까? 하핫."

사내는 존대를 하고 있었지만 말투는 하대와 다름이 없었다. 어쨌거나 만화책과 기시감 사이에서 불쑥 자신의 고스트라이터를 발견한 그가 대단하다는 생각이 들었고 내 호기심도 증폭되었다.

"그런데 지금 오진수 씨는 왜 그리 망가졌고, 당신은 이런 거죠?"

"절제. 김 작가님은 절제에 대해 아십니까?"

고개는 끄덕였지만 속이 쓰려왔다. 절제와 성실을 겸비했다면 지금쯤 나는 몇 권의 소설을 완성했을까?

"역시 김 작가님은 기대가 됩니다. 그러니까 오진수는 절제란 걸 몰랐고 난 알았던 덕택이죠. 그 인간은 번 돈으로 술과 마약에 절어 살지 않았겠습니까? 결국 내가 요양소까지 보내줬지만 재활은커녕 날 모함이나 하고 다니더군요. 하지만 난 수전증으로 더 이상 만화도 그리지 못하게 된 그 인간이 구걸하듯 나를 찾아올 때마다 용돈을 주곤 했습니다. 그게 인간에 대한 예의라는 거지요. 그 인간이 비록 나에게 못되게 굴지라도, 힘과 관용이 있다면 그 정도는 해줄 수 있는 겁니다."

몽콕에서 떨리는 손으로 데킬라를 따르던 오진수의 모습이 떠올랐다. 그가 알코올중독이라면, 만만치 않게 대작한 나 역시 알코올중독이다. 나는 조니 워커 블루 미니어처를 집어 들었다. 뚜껑을 따고 블루라는 이름만큼 차가운 느낌의 액체를 목 안으로 넘겼다. 동시에 따뜻한 기운이 심지를 세우며 뱃속에서부터 올라왔고, 나는 사내를 똑똑히 바라보며 물었다.

"그래서, 뭘 어떻게 해달라고 날 이리로 끌고 온 거죠?"

◆ ◆ ◆

이야기가 먼저 있었다. 그리고 글쓰기였다.

더 읽을 이야기가 없어지자 직접 이야기를 쓰기로 한 게 내 글쓰기의 시작이었다. 맞벌이 부부의 독자로 태어난 나와 비슷한 처지의 아이들을 '열쇠 아동'이라 불렀다. 말 그대로 열쇠를 지니고 다니며, 하교 후 텅 빈 집에 열쇠로 문을 열고 들어가는 아이들을 일컫는 말이었다.

　게다가 나는 아이들이 태권도 학원이나 주산 학원으로 가는 동안에도 운동과 산수를 싫어했기에 죽어도 학원에 가기 싫다고 떼를 썼다. 부모님은 내가 혼자 집에서 잘 있기를 바라며 동화책 전집과 세계 명작 전집 등을 잔뜩 들여놓으셨고, 나는 방과 후 집에 오도카니 앉아 그 책들을 읽으며 부모님이 오기만을 기다렸다.

　부모님이 사주신 책들을 두세 번씩 읽고 또 읽기도 지쳐버릴 즈음, 나는 새로운 놀이를 발견했다. 그동안 읽은 이야기들을 이것저것 섞어서 스케치북에 써내려가기 시작한 것이다. 가령 콩나무에 오른 잭이 나중에 커서 보물섬의 애꾸눈 잭이 된다거나 하는 식으로, 작은 유사성을 발견하면, 어떻게든 그것을 엮어 두 가지 혹은 세 가지 동화를 하나의 이야기로 짬뽕시켰다.

　그 놀이는 꽤나 만족스러웠고, 한동안 그런 글을 쓰는 재미에 빠져서 스케치북 가득히 촘촘한 글씨로 나만의 동화를 채워나갔다.

　얼마 뒤 그림이 아닌 이야기로 가득 찬 내 스케치북을 발견한 어머니가 새 스케치북과 함께 두툼한 노트 다섯 권을 사주셨다.

　"시영아, 이제 여기에다 일기를 쓰면 돼."

　"엄마, 그건 일기가 아니고 동화예요."

　"뭐든 좋으니까 여기에 네 이야기를 써보렴."

　나는 어머니가 주신 두툼한 노트를 만져보았다. 고급스러운 질감이 어머니의 기대를 느낄 수 있게 해주었다.

　이후로 나는 어머니를 위해 '이야기'를 쓰기 시작했다. 노트가 이야기로 한 권 꽉 찰 때마다 어머니는 프라모델 장난감이나 게임기를 사주셨고, 보상이 더해짐에 따라 글쓰기에 박차가 가해져 금세 다섯 권을 다 썼고 새 노트를 사야 했다.

이런 놀이는 학교에서도 여전해서, 초등학교 시절에도 선생님과 같은 반 학생들이 등장하는 이야기를 써서 모두에게 읽히곤 했다. 남자애들보다 여자애들에게 더 인기가 있어서 더욱 열심히 썼던 기억이 난다.

중학교에 들어가서도 글쓰기만큼은 자신이 있었다. 1학년 봄에 문예반 2, 3학년 선배들을 제치고 백일장에서 대상을 수상했다. 이후로 나는 선생님들과 학생들 사이에서 '공부는 못해도 글 솜씨 하나는 끝내주는 자식'으로 통하게 되었다. 그런 이력은 나를 우쭐하게 만들었다. 노력이 분명한 재주였음에도 흡사 타고난 천재인 것처럼 굴었다.

대학생이 되고는 여자 친구의 독후감 리포트 대필을, 군대에서는 선임병의 펜팔을 대신 써주는 것으로 글쓰기는 여전히 진행 중이었다. 나 자신을 위한 일기나 습작 심지어 그 흔한 블로그 글도 쓰기 귀찮아했지만, 보여줘야 할 누군가가 있는, 혹은 누군가의 부탁으로 써줘야 하는 일에는 거침없이 자판을 두드려댔다.

애당초 어머니에게 자랑하고 싶어 쓴 글들이었다. 친구들에게 인기를 얻기 위해 쓴 글들이었다. 생각해보면 온전한 나만의 이야기 따윈 없었다. 주변의 것들을 모아다 대충 섞어 닥치는 대로 써내려간다. 다만 부탁한 이가 만족할 만한 이야기로 꾸미는 것만 잊지 않으면 된다. 재주는 부릴수록 느는 것이다. 돌고래가 정어리를 먹으려고 재주를 부리듯이.

그런 식으로 쓰던 글을 나 자신을 위해 써야겠다고 생각하게 된 일이 있었다. 대학교 졸업반 시절, 제대 후 복학생과 신입생으로 만나 2년을 사귄 여자 친구와의 끔찍한 이별이 그것이었다.

처음 사귈 때도 매일같이 이메일로 러브레터를 보내 그녀를 사로잡았던 것처럼, 매달리기 위해서도 매일같이 이메일을 썼다. 하지만 이메일은 수신확인조차 되어 있지 않았다. 요즘으로 치면 카톡 옆 숫자가 없어지지 않는 것처럼, 그녀는 내가 보낸 메일을 일부러 클릭하지 않았다.

결국 완전히 그녀가 떠났음이 확인되고 나서 남은 것은 A4 용지 80장 분량의 이메일뿐이었다. 그것은 그녀의 마음을 얻기 위해 그리고 그녀를 붙잡기 위해 보냈던, 나와 그녀 사이의 수많은 이야기들이었다.

나는 그것들을 읽고 또 읽었다. 그러던 중 '이걸 책으로 내면 분명 그녀가 이 이야기를 보게 될 거야'라는 확신이 들었다. 책이 나온다. 그 사실이 학교에 알려지면 그녀도 관심이 생길 것이다. 그때 그녀에게 책을 보낸다. 그녀는 도착한 책에 자신의 얘기가 있을지 궁금할 것이다. 결국 어쩔 수 없이 책장을 열 수밖에 없을 것이다. 좋아. 책을 내는 거야. 그런 결심을 했을 때 나는 막 대졸 백수가 되어 있었다.

먼저 출판사에 다니던 선배를 찾아가 물었다. 그는 내게 책을 내는 과정은 세 가지라고 말해주었다. 첫 번째는 출판사에 투고해 원고를 인정받아 출판사가 책을 내주는 것, 두 번째는 자기가 직접 출판사에 돈을 내 자비 출판하는 것(하지만 이건 폼이 안 난다고 했다), 마지막으로는 문학상에 투고해 당선되어 당선작이 출판되는 것, 이 세 가지 방법밖엔 없다고 했다.

선배는 자기 출판사에서는 내 연애편지 따위는 책으로 낼 생각이 없다고 잘라 말했고, 천만 원 정도 든다는 자비출판은 언감생심이었다.

나는 유일한 방법인 문학상 투고를 준비하기로 했다. 먼저 A4 용지 80장을 200자 원고지로 환산하니, 원고지 600매 정도가 나왔다. 나는 가장 가까운 장편 소설 공모 요강을 살펴보았다. 투고 분량이 원고지 1000매 전후라고 되어 있었다. 분량도 부족했지만, 연애편지만으로 소설이 될 수 있겠냐던 선배의 일침이 떠올랐다. 고민 끝에 나는 내 편지를 받아보았을 그녀의 일상을 떠올려가며 일기를 썼다. 말하자면 내 상상 속 그녀의 일기였다.

그렇게 나는 내 편지와 상상 속 그녀의 일기가 교차하는 형식의 작품을 완성해냈다. 원고지 1031매. 보름간의 작업이었고, 이틀 남은 마감이었다. 원고를 읽어본 출판사 선배는 제법이라는 듯 가능성이 있겠다며 격려와 함께 원고 모니터를 해주었다. 무엇보다 폼 나는 제목이 필요하다며 초고 제목이었던 '그의 편지, 그녀의 일기'를 '기록의 집'이라고 바꿔주었다.

나는 선배의 모니터를 바탕으로 작품을 마저 퇴고한 뒤 공모전에 응모했다. 이후 한 달간 낮에는 공무원 수험생으로 밤에는 편의점 알

바로 살았다. 그때 당시부터였다. 공무원이 안정된 직업으로 인기를 얻어 경쟁률이 이만저만 아니게 오르기 시작했을 때가. 나는 편의점에서 밤새 알바를 하고 낮에는 공무원 시험 준비를 했다. 사실 낮에는 피곤한 나머지 졸기 일쑤였다. 여러모로 답 없고 힘든 시절이었다.

어느덧 그녀를 위해 책을 내겠다는 목적은 희미해지고, 책이 나오면 소설가 직함을 얻을 수 있을 거란 생각에 빠져들었다. 책이 나오면 등단을 하게 되고, 그러면 공무원이고 편의점이고 다 때려치고 소설가로 살 수 있을 거란 희망을 갖게 되었다.

그날도 편의점에서 밤새 일하고 자취방에 돌아와 유통기한 지난 삼각김밥에 라면을 먹고 잠들었다. 휴대폰 소리에 깨어나 보니 모르는 번호였다. 잠결에 아무 생각 없이 전화를 받자, 중년 사내의 목소리가 들려왔다. 그는 자신이 문학상을 주관한 출판사의 편집장이고, 내 소설이 이번 공모전에 당선됐음을 알려주었다. 나는 감사하다고 말하고 제반 사항을 들은 뒤 전화를 끊었다. 아, 됐구나, 라는 생각에 마음이 편해지며 다시 잠이 몰려왔다.

깨어나 보니 꿈이 아니었다. 그렇게 나는 소설가가 되었다.

막상 소설가가 되고 책이 출간되니 이전에 품었던 목적은 오간 데 없어지고 말았다. 나는 그녀에게 소설을 부치려는 시도조차 하지 않았다. 그녀가 내 소설을 확인했는지 안 했는지도 전혀 관심이 없었다. 소설을 쓰면서 나는 치유되었고 그녀를 행간 어딘가에 이미 묻어버렸던 것이다.

책이 나옴으로써 그녀를 잊고 이별에서 벗어나는 데에는 완벽한 성공을 했다.

그러나 직업으로서 소설가가 된다는 것은 어려운 일이었다. 그것은 성공이나 실패 같은 걸로 나눌 수 있는 일이 아니었다. 『기록의 집』은 삼천 부가 겨우 나가 상금으로 지급된 선인세에 비하면 엄청난 적자를 출판사에 안겨주었고, 당연히 다음 작품에 대한 제안도 유야무야되었다.

장편으로 데뷔를 했으니 단편 중심의 문예지에서도 원고 청탁이 전무했다. 딱히 비빌 언덕이 없는 현실이었다. 내게 소설을 써달라는 곳을 찾아볼 수가 없었다. 한마디로 거래처가 없는 프리랜서 신세였다. 결국 직업으로서 소설가는 실패한 것으로 보였으나, 나는 생각을 고쳐먹었다. 그래, 소설가는 소설 잘 쓰면 되는 거다. 팔아서 돈을 많이 벌지 못하더라도 소설을 완성하는 일, 그게 소설가의 일이다. 적어도 나 혼자 먹고살 돈은 벌지 않겠냐. 나는 상금으로 버티며 새 소설을 쓰기로 마음먹었다.

그로부터 2년, 상금을 다 쓸 때까지 한 줄도 쓰지 못하며 소설가인지 백수인지 모를 삶을 살아야 했다. 그때 내게 손을 내민 사람이 지금의 편집장이었다. 그는 내게 책을 내는 방법을 알려주기도 했고, 『기록의 집』의 제목을 정해주기도 했던 바로 그 선배였다.

편집장은 오백만 원의 선인세를 책정해주며 두 번째 소설을 반드시 완성하자고 나를 독려해주었다. 망한 소설가에게 오백만 원의 선인세는 적지 않은 돈이었다. 선배의 배려로 내게 다시 찾아온 기회였다.

그 후로 2년 역시 허송세월이었다.

아니 허송세월은 아니었다. 파란만장이라고 하는 게 맞을 듯하다. 아리와 헤어졌고, 이카로스와 싸웠고, 차유나를 만나 그녀 인생의 고스트라이터가 되었고, 오진수와 성미은이란 이상한 사람들과 엮였고, 이제 거의 끝판왕 급의 괴물에게 잡혀 '글감옥'에 갇혀 있다.

이제 나는 무엇을 써야 하는 것일까? 나는 과연 이곳에서 탈옥할 수 있는 것일까? 인터넷도 전화도 되지 않는다. 오직 텅 빈 모니터와 독대해야 하는 시공간이 내게 주어졌다. 마치 그동안 모니터를 외면하고 술독에 빠져 지낸 날들에 대해 내리는 형벌처럼 느껴졌다.

물론 인터넷과 전화가 안 되는 것과 밖에 나갈 수 없다는 걸 빼고는 대부분을 마음껏 누릴 수 있었다. 모든 요리는 종류별로 주문해 먹을 수 있고, 하나같이 맛있고 비싼 것들이었다. 냉장고에는 술과 유제품, 과일이 가득했고 곳곳에 과자나 초콜릿이 쌓여 있다. 화장실에는 커다란 월풀 욕조가 있고, 옆방에는 러닝머신과 간단한 웨이트 트레이닝 도구도 놓여 있다. 이곳에서는 먹고 자고 쓰기만 하면 된다. 분명 을지로 낡은 건물 쪽방보다 백 배는 좋은 환경이다. 하지만 나는 벌써 이곳이 갑갑해졌다.

글감옥. 어쨌거나 책상 앞에 앉아 무언가 써내지 않으면 출소일을 맞이할 수 없다. 이곳에 나를 가둔 녀석은 작가라는 생물에 대해 잘 알고 있다. 나는 뽕잎을 먹고 비단을 짜내야 하는 잠사에 갇힌 누에다.

"전 헝그리 정신 그런 거 절대 안 믿습니다. 김 작가님 마음껏 드시며 편안히 작업하십시오. 당장 성과를 보여주실 필요도 없고요. 천천히 워밍업하시면 됩니다. 책이나 CD도 말만 하면 다 사다 드릴 거고, 영화도 위성 TV로 다 나옵니다. 아, 그리고 룸서비스에는 새끈한 애들도 포함되어 있으니 언제라도 저기 이 팀장에게 이야기하시고."

사내의 이름은 강태한. 무명 배우에서 시작해 이제는 연예기획사이자 매니지먼트 회사인 TH 엔터테인먼트의 대표. 분명 오진수에게 고스트라이팅을 시키며 그를 빨아먹었을 것이다. 그리고 차유나와 차유나의 삼촌이라는 사람과도 엮여 있을 게 분명했다.

차유나는 돈을 주고 자신의 인생을 써줄 것을 내게 부탁했다. 오진수는 고스트라이터의 규칙을 알려주고 자기와 함께할 것을 요청했다. 강태한은 풍족한 생활을 제공하고 자신이 원하는 무언가를 써줄 것을 요구하고 있었다. 분명한 건 그들이 원하는 스케일은 점점 커지고 있었고, 내가 감당해야 할 몫도 덩달아 커진다는 것이었다. 하지만 나는 내 고스트라이팅 능력이 강태한이 원하는 걸 충족시킬 수 있는지조차 의문이었다.

컴퓨터를 켜고 전임자의 파일들을 둘러봤다. 강태한은 그 안에 모든 것이 있으니 찬찬히 살펴보라고 했다. 놈이 서두르지 않자 나는 조바심이 났다. 바탕화면에 달랑 놓여 있는 work라는 제목의 폴더 안에 담긴 또 다른 10여 개 폴더 이름을 살펴보았다. 각각의 폴더에는 사람의 이름이 붙어 있었다. 김조운, 정명철, 이치성, 박세권 등등.

그들은 영화감독, 국회의원, 재벌 2세 등 모두 이름만 대면 알 만한 유명 인사였다. 나는 최근 유명 여자 탤런트와 재혼한 재벌 2세 정명철의 폴더를 클릭했다. 그 안에는 다시 business, woman, gossip, history, hobby, style, place, health 등의 파일이 그득했다. 나는 파일들을 훑다가 DTD라는 제목의 파일을 발견하고는 클릭했다. 그러자 아래와 같은 텍스트가 등장했다.

Deserve To Die : 정명철

1. 1988년 4월 18일. 정명철은 당시 옆 학교 여고생이던 김희연과 이수진을 양평의 별장으로 데려갔다. 거기서 그는 친구들과 그녀들을 집단 성폭행했다. 이후로 그녀들의 삶은 피폐해졌고, 김희연은 현재 군산의 집창촌에서 살고, 이수진은 2008년 이후로 행불자로 되어 있다. 사실상 두 여자의 삶을 망친 것이다. 하지만 당시 사건은 어른들 선에서 조용히 무마되었다.

2. 1989년 9월 14일. 정명철은 친구들의 힘을 빌려 평소 마음에 안 들어하던 급우 김우섭을 무차별 폭행했다. 이로 인해 김우섭은 전치 6개월의 중상을 입었으나, 이번에도 재벌인 부모님의 합의로 별 문제 없이 넘어가게 되었다. 현재 남대문시장에서 안경점을 운영하는 김우섭은 이에 대해 이렇게 말했다.

"그 새끼 이름이 가끔 어디 나올 때마다 내가 치를 떱니다. 그놈한테 맞아서 아직도 왼쪽 귀는 잘 들리지도 않고, 이빨 이렇게 망가진 것도 볼 때마다 분해 죽겠죠. 힘없고 빽 없으니 복수 같은 건 못하지만, 그놈 생각날 때마다 저주를 해요. 저주를."

두꺼운 안경 너머 분노 어린 시선으로 말하는 김우섭의 모습에서 정명철에 대한 사무치는 원한이 느껴졌다.

3. 1990년 11월. 정명철은 별다른 사유 없이 군 면제 통보 받음. 비슷한 시기에 여자 친구 서주현에게 두 번째 낙태를 강요함. 서주현은 낙태 후 그에게 버림받음.

4. 1992년 5월 4일. 정명철은 아버지의 사업체 중 하나인 유신 건설을 불법 증여로 물려받음. 이후 자신을 탐탁지 않게 여기는 유신 건설의 중역급 임원 김성민, 조태수, 장상명을 정리해고함. 이들은 이로 인해 각각 가정 파탄과 개인 파산을 겪음. 유신 건설은 모회사인 신성 그룹과 정치권의 후원을 입어 편법을 통해 입찰과 수주를 따냄. 이로 인해 경쟁업체인 신안 건설과 세진 기공 등이 잇달아 도산함.

5. 1994년 6월 10일. 정명철은 역삼동 나이트클럽 임페리얼에서 여자 문제로 탤런트 강태한과 다투다 그에게 폭행당함. 이후 1994년 6월 18일. 그는 보복 삼아 깡패를 동원, 강태한을 린치함. 이로 인해 당시 주가를 올리던 강태한은 전치 3개월의 입원을 하게 되고 재기에만 1년의 시간이 걸림.

정명철의 '죄목'은 이후로도 줄줄이 나열되었다. 하지만 강태한과의 악연을 확인하고는 더 이상 읽어 내려갈 필요가 없었다. 강태한은 정명철에게 복수하고 싶은 것이다. 마치 염라대왕의 명부를 작성하듯 내가 이것을 정리해주길 바라는 것이다.

처음엔 코웃음이 났다. 이런 걸 적는다고 누가 죽거나 다친다는 게 말이 되는가? 소설가의 상상력을 뛰어넘는 이런 현실이야말로 소설가를 무력하게 만든다. 실제로 정명철은 죽기는커녕 올해 초 신성그룹의 후계자가 되었고, 누구나 부러워할 만한 탑 여배우와 재혼하지 않았는가?

나는 파일을 닫으려다 순간 멈칫했다. 다시 생각해보니 정명철은 2년 전에 내연녀와의 마약 파티가 밝혀져 불구속 입건까지 되었고, 이에 아내와도 이혼하고 후계자 구도에서도 밀리는 등 거의 파국으로 치닫던 인간이었다. 나는 서둘러 파일의 마지막 부분까지 스크롤을 내렸다. 파일의 마지막 부분에 적힌 '죄목'은 2년 전인 2014년 7월의 일이었는데, 아내에게 폭력을 행사하여 이혼을 겪게 되고 위자료 문제로 법정 공방이 시작된다고 적혀 있다. 이건 분명 디테일이 다르다!

나는 황급히 다른 파일 폴더를 살폈다. 그중 강정만이란 이름을 발견하고는 폴더를 열고 그 안의 DTD 파일을 클릭했다. 그는 3년 전에 죽은 유명 연예기획사 대표였다. 거기에는 어김없이 죽어야 할 열가지 이상의 '죄목'이 있었고, 그중 두 건에서 강태한의 이름이 등장했다. 그리고 로드매니저가 그를 살해했다는 내용 역시 정확했다.

나는 잠시 모니터에서 시선을 돌린 채 담배를 집어 들었다. 담배를 한 모금 피우고 나서 다시 모니터의 파일들을 돌아보았다. 아무리 생각해도 이런 걸 쓴다고 사람을 해칠 수 있다는 게 믿겨지지 않았다. 하지만 돌이켜 생각해보면, 차유나 역시 내가 쓴 대로 인생이 잘 풀리고 있는 것 아닌가? 쓴 대로 좋아진다면, 쓴 대로 나빠질 수도 있는 것이다.

나는 얼마 피우지 않은 담배를 재떨이에 비벼 껐다.

그로부터 이틀간 나는 '감옥' 안의 술과 음식을 닥치는 대로 먹어치웠다. '차라리 돼지가 되자. 쓸모없는 놈이라는 것을 알게 되면 이따위 황당하고 끔찍한 음모에 나를 써먹을 생각은 접게 될 거다'라는 속셈이었다.

숙취에 몸서리치며 잠에서 깬 저녁. 뒤틀리는 속과 부서지는 머리를 부여잡고 한바탕 토악질을 해댔다. 뒤이어 대리석 마룻바닥에 누워 멍하니 천장의 샹들리에를 바라보고 있자니, 형광등 하나가 나가 있는 누추한 내 다섯 평 작업실이 그리워졌다. 여기는 완벽한 '창작의 감옥'이다. 창작을 위한 감옥이 아니라 창작 그 자체를 가두는 곳. 이런 곳에서 스스로를 가두고 창작에 매진하는 것은 불가능하다. 절제를 아냐고? 니가 창작을 알아? 강태한 이 개새끼…….

놈을 떠올리자 욕지기와 함께 다시 구토가 솟아올랐다. 나는 거실 바닥에 그대로 토했다. 곧 감시하는 놈들이 들어와 내 상태를 살피고 청소 아줌마를 불렀다. 청소 아줌마는 이런 일에 익숙한지 재빨리 청소를 마치고 사내들 사이로 나가버렸다. 뒤이어 사내들도 나가기 시작했다.

"야 이 자식들아! 거기 서."

곧바로 사내들이 험악한 표정으로 돌아보았다. 나는 소파에 기댄 채 될 대로 되라는 듯 뇌까렸다.

"니네, 내가 여기서 나가려면 어떻게 해야 하는지 좀 말해봐."

사내들은 싱겁다는 듯이 나를 바라본 후, 대꾸 없이 출구를 향해 몸을 돌렸다.

"그렇지, 니들이 알 리가 없지. 졸개들이."

그러자 이 팀장으로 불리던 뱀눈의 사내가 나를 돌아보았다.

"아마 죽기 전엔 못 나갈걸."

"왜? 전에 여기 살던 사람도 죽어 나갔냐?"

그는 슬쩍 비웃음을 머금고는 부하들과 함께 나가버렸다. 정보를 얻는 데 성공했다. 그래서 명쾌해졌다. 역시 죽거나 죽이거나다.

그렇게 또 며칠을 먹고 마시며 허송세월했다. 이곳의 시스템을 깨는 법을 찾아야 하는데 교훈은 오직 전임자에게서 찾아야 했다. 왠지 이곳의 전임자가 차유나의 삼촌이 아닐까 하는 생각이 들었다. 그는 어떻게 죽은 것일까? 고층에서 바라본 강남의 야경은 별 감흥이 없었다. 뛰어내릴 수도 없지만 뛰어내리고 싶지도 않아 보인다. 그는 아마 폐쇄회로가 방심한 틈을 타 단숨에 목을 매달았는지도 모르겠다. 아니면 볼펜이나 젓가락을 날카롭게 갈은 후 자신의 복부를 마구 찔러댔거나.

차유나의 말대로라면 그는 그녀를 돕다가 고스트라이팅 능력자가 됐을 것이고, 그것을 눈치 챈 강태한이 차유나로부터 그를 빼앗았을 것이다. 그때쯤 이미 강태한의 고스트라이터인 오진수는 폐인 지경이었으니 차유나의 삼촌은 훌륭한 대안이었으리라.

그는 강태한의 제안을 받고 환멸을 느꼈을 것이다. 어쩌면 쓰기도 전에 몸서리를 치고 있는 나와는 달리, 그 작업을 즐겼을지도 모르겠다. 그는 고스트라이터 선배이니 그와 대화할 수만 있다면 좋겠다. 아니면 오진수나 차유나라도 만나고 싶었다. 그들이 그리울 줄은 생각도 못한 일이었다.

컴퓨터를 켰다. work 폴더를 다시 한 번 돌며 들여다보았다. 이미 죽거나 죽을 예정이었던 사람들의 이름들만 보인다. 모두 강태한과의 악연으로 여기에 리스트업되었다. 마치 마감이 다가오는 것처럼 죽음의 기운이 눈앞에서 어른거렸다. 어떻게든 여기서 단서를 찾아야 한다.

'내 컴퓨터'를 뒤져보았다. 하드의 각종 프로그램 파일을 살펴보았다. 이 컴퓨터엔 별다른 프로그램도 깔려 있지 않았다. 게다가 2년 전에는 최신형이었을지 모르지만 지금은 단종된 기종이다. LCD 모니터는 최신형인데 반해 컴퓨터 사양이나 저장 파일은 빈약하기 그지없었다.

거의 포기하는 심정으로 프로그램 폴더를 일일이 열어보던 중 'temp' 폴더 안의 제목 하나가 눈에 들어왔다. 'Paperback Writer' 폴더를 더블클릭했다.

그 안엔 비틀즈의 Paperback Writer 뮤직비디오 동영상과, 같은 제목의 파일이 들어 있었다. 비틀즈 시대에 뮤직비디오가 있기야 했겠는가? 비틀즈는 엄청난 스케줄을 절약하고자 이런 프로모 필름을 찍어 미리 새 노래를 홍보했다고 한다. 말하자면 현재의 뮤직비디오의 시초인 것이다.

나는 동영상을 클릭했다. 약간 째지는 디스토션과 함께 경쾌한 폴의 베이스 멜로디가 울린다. 화면에서는 청명한 날씨의 야외 정원에서 존, 조지, 링고, 폴의 무표정한 얼굴이 차례로 나타난다. 이어서 기타를 무기처럼 든 사내들이 안정적으로 멜로디를 흘려보내며 외친다. 삼류 작가가 되고 싶다고!

페이퍼백은 종이 커버의 책을 말한다. 즉 가지고 다니기 쉬운 싼 책을 의미한다. 하드 커버가 비싸고 품위 있는 양장본이라면, 페이퍼백은 싸구려 문고본이다. 고로 페이퍼백 라이터는 무명 작가 혹은 삼류 작가라고 할 수 있다.

비틀즈가 사랑 타령이 아닌 노래로 처음 빌보드 차트 1위를 차지한 곡이 바로 이 Paperback Writer이다. 폴이 친척에게 너무 사랑 타령만 불러대는 것이 아니냐는 지적을 듣고 절치부심해 이 노래를 만들었다는 설도 있고, 동시대의 밥 딜런에게 영향을 받아 만들었다는 주장도 있으며, 단지 링고 스타의 책 읽는 모습을 보고 폴이 영감을 받아 만들었다는 말도 있다.

Paperback Writer의 구구절절한 사연을 떠올리며 이 노래를 반복해 들었다. 비틀즈 마니아도 아닌 내가 왜 이 노래에 대해 해박할까?

그거야 당연히 브릿팝을 숭배하는 아리가 알려주었기 때문이다. 그녀
는 빈둥대는 내 옆에서 종종 '페이퍼백 라이터'를 흥얼거리곤 했다.

Paperback writer, paperback writer.

(페이퍼백 라이터, 페이퍼백 라이터)

Dear Sir or Madam will you read my book.

(여러분들, 제 책 좀 읽어 보실래요)

It took me years to write will you take a look.

(쓰는 데 몇 년이나 걸렸거든요. 그러니 한번 읽어봐줘요)

노래를 들으며 같은 제목의 한글 파일로 마우스를 가져갔다. 그
가, 여기, 있을, 것이다. 내 전임자. 고스트라이터 선배. 나를 둘러싼
꿍꿍이 가득한 사람들에게 많은 것을 저당 잡힌 채 사라진 사람. 마
른침을 삼키고 나는 파일을 더블클릭했다.

한글 창이 열리자, 곧 그의 이야기가 쏟아져나왔다.

삼류 작가가 어찌 세상을 바꾸겠는가?

처음부터 삼류 작가를 꿈꿨던 것은 비틀즈 때문이었다. 그들은 페
이퍼백 라이터도 유명해질 수 있다고 착각하게 만들었다. 한때 내
가 쓴 것을 누구라도 좀 읽어보라고 외치고 다닌 적도 있다. 한때
누구도 읽지 않길 바라고 쓴 적도 있다. 이제 나는 휴식이 필요할

뿐. 이제 삼류 작가는 유령 작가가 된다.

한 번도 남을 위해 무언가를 썼다고 생각하지 않는다. 결국은 나를 위한 축제祝祭였고, 축재蓄財였다. 누군가를 묘사하는 글을 씀으로써 돈을 쓸어 모았고, 여자를 취했으며, 타인을 조종했다. 그리고 누군가를 유명하게도 만들고 누군가를 죽음으로도 몰았다.

모두가 나를 이용해 자신들의 욕망을 이루려 했지만, 사실 나 자신이 그들을 이용했다고 해도 과언이 아니다. 알을 밴 독개구리는 일부러 뱀에게 잡아먹힌다. 독개구리의 새끼들은 죽은 뱀을 숙주로 무럭무럭 자라날 것이다.

분명한 것은 나의 글쓰기가 당신을 움직이게 하기 위해서 당신에 대한 내 강력한 엔진이 필요하다는 것. 그러나 이제 당신을 위한 엔진이란 엔진은 몽땅 고장이 났으니, 더 이상 움직이지 않는 것은 당신. 이곳에 갇힌 것은 나. 결국 나는 쓰지 않고도 타인의 마음을 움직일 수 있는 보통의 사람들이 부러워졌다. 그들은 말함으로, 표정으로, 분노로, 손을 맞잡음으로 타인의 마음을 사로잡는다.

이제 나는 마지막 남은 내가 조종할 수 있는 사람의 마음을 움직이기로 했다. 물론 그는 충분히 죽을 만한 짓을 저질렀다. 레스트 인 피스.

1. 최한철은 2006년 4월에 아내와 아이들을 버리고 집을 나왔다. 그 후로 다시는 그들을 찾지 않았다.

2. 최한철은 2008년 6월에 선배 오진수를 알콜 및 마약 중독자로 만들고, 그의 자리를 뺏었다.

3. 최한철은 2010년 1월에 차유나의 꼬임에 빠져 자신의 의형제 강태한을 배신했다.

4. 최한철은 2012년 9월에 차유나에 대한 저주 어린 글을 써서 그녀를 몰락의 길로 안내했다.

5. 최한철은 2008년 10월부터 2014년 8월까지 강태한을 위해 총 7명의 사람들을 저주하는 글을 써서 그들의 죽음을 재촉하였다.

6. 최한철은 2014년 9월 15일. 자신의 목숨을 끊음으로 하나님과 부모님과 비틀즈와 강태한에게 커다란 실망을 안겨주었다.

2014. 9. 15.

나는 홀린 듯 모니터를 멍하니 바라보았다.

그때 문이 열리며 고급 정장 차림의 강태한이 부하 둘과 함께 들어섰다. 나는 서둘러 최한철의 폴더를 닫으며 자리에서 일어났다.

"피가 아주 많이 흘렀지. 욕실 바닥이 온통 시뻘겠으니 말야."

내가 최한철의 죽음에 대해 묻기도 전에 강태한은 별 일 아니라는 듯 떠벌리기 시작했다.

"물론 그놈을 감시하지 않은 건 아냐. 자네 역시 잘 감시하고 있지 않나. 저기 CCTV뿐 아니라 컴퓨터 모니터에 써지는 내용도 24시간 내내 감시되지. 하지만 녀석의 모니터를 감시한 건 혹시라도 나를 해코지할까봐 그런 거였어. 녀석 자신에 대해 쓸 줄은 몰랐단 말이지. 저 머저리 놈들이 파일에 내 이름이 뜨나만 감시했거든. 문맥 같은 걸 알 턱이 있나. 그리고 CCTV 감시하던 녀석은 감기약 먹고 졸고 있었고…… 이게 다 그놈이 획책한 거지. 아무튼 그놈이 천재는 천재야. 쓰는 족족 이루어졌고, 곧잘 죽여버렸으니까. 심지어 자기 자신까지 말야. 어때, 멋지지 않아?"

"당신이 직접 죽인 건 아니고?"

"그럴 리가 있나. 난 내 손으로 사람 안 죽여. 알잖아. 그래서 데스 노트를 만든 거 아니겠어?"

"데스 노트?"

"그래, 그 만화 안 봤나?"

"그러고 보니, 정말 데스 노트로군."

"말 그대로 죽이는 만화지. 아주 통쾌해. 세상엔 쥐도 새도 모르게 죽여버려야 할 놈들이 많거든. 죽일 놈은 많은데 막상 내 손에 피를 묻힐 수는 없고. 그래도 죽이긴 죽여야 하겠고, 언제? 자네도 그런 사람 있지 않나?"

"그래서 당신은 최한철이 당신의 희망을 써주길 바란 게 아니라 남의 죽음을 완성해주길 바란 거야?"

"그게 그거지. 캬핫."

만족스럽게 웃는 강태한의 얼굴을 마주하고 있자니, 표정 관리가 쉽지 않았다. 같이 웃을 수도 없고 경멸의 눈빛을 보낼 수도 없다. 나는 스스로를 다독였다. 지금 이놈으로부터 캐내야 할 게 많으니 참아야 한다고 연신 되뇌었다.

"나 더 필요한 거 없어. 잘 알잖아. 우리 TH야. 상장사고, 한류스타 세 놈이나 있고, 연 매출 사백억이니 돈 걱정 없다고. 정치권이고 검찰이고 다 줄 대났고, 여자야 내가 호출만 하면 달려올, 알 만한 연예인이 널렸지. 자네도 언제 필요하면 말해. 대충 다 훑을 수 있으니까."

"TH가 그 정도였나…… 몰랐네."

내 말이 마음에 들었는지 그가 웃고는 잔을 들었다. 나도 잔을 들었다. 그가 따라준 술은 향만으로도 최고급임을 느낄 수 있는 꼬냑이었다. 잔을 비우고 강태한이 다시 입을 열었다.

"조용한 권력. 그게 내 모토지. 난 이제 아쉬운 게 없어졌어. 다만 지난 시절 내 피를 거꾸로 돌게 했던 놈들이 아직도 날 물로 보는 거. 그런 놈들을 더 이상 두고 볼 수가 없는 거거든. 그래서 최 작가에게 내 분노를 털어놨지. 최 작가는 내 마음을 잘 이해하고, 놈들의 일거수일투족을 조사해 그럴듯한 데스 노트를 작성한 거야."

"그리고 그게 실제로 이루어졌다?"

"일곱 놈 끝내고 여덟 놈째 보내려는데, 최 작가가 자폭을 해버렸단 말이야. 그 친구 너무 몰입을 했던 거지."

"잘 모르겠거든. 그 사람들이 당신이 죽인 것도 모르고 죽는데, 당신은 복수한 기분이 든단 말야? 복수란 모름지기 눈앞에서 해치워야 만족스러운 거 아닌가?"

"그런 건 다 쓸데없는 혈기지. 그리고 이게 단순한 복수로만 보이나? 이건 훌륭한 사업 모델이야. 사람은 자기 목숨 달린 일에서 자유로울 수가 없거든."

"……."

"그 재수 없는 새끼들을 죽이는 것은 일종의 포트폴리오라고. 이 포트폴리오를 가지고 내가 공중파 편성국장한테 간단 말야. '우리 애들 편성 좀 제대로 해주쇼'라고 하려고. 그럼 공중파 편성국장이 '개소리 하네' 하면서 내 부탁을 묵살할 거 같은가?"

"만약에 묵살하고 신고한다면?"

"그렇다면 더 좋은 포트폴리오가 생기는 거지. 쥐도 새도 모르게 죽어가면 누구나 두려워할 수밖에 없고, 그게 바로 데스 노트잖아. '찍히면 죽는다' 말 그대로지, 하핫. 난 소문을 이용하는 법을 잘 알지. 그리고 사업에만 이용할 것 같은가? 마음만 먹으면 대한민국을 쥐락펴락 할 수 있게 된다고."

나는 말문이 막힌 채 물 마시듯 꼬냑을 비웠다. 강태한은 만족스런 표정으로 나를 바라보았다. 이 자는 악인이다. 오로지 자기가 이루고자 하는 걸 위해 모든 걸 파괴할 준비가 돼 있다. 남의 꿈을 적어주는 능력이 악인에게 들어가면 이렇게 살벌한 일을 획책할 수도 있는 것이다.

"김 작가."

미처 대꾸하지 못한 채 멍하니 그를 바라보았다.

"차유나 띄워주는 실력을 난 봤다고. 책까지 엮었더구만. 아주 확실해."

"확실하긴 뭐가 확실하단 거지?"

"일단 자신이 쓴 게 현실이 되고 나면 당신은 고스트라이팅이 되는 거라고. 대상에 대한 애정이나 분노를 가지고 써나간다면 다 그대로 되게 되어 있어. 그런 위대한 능력을 언제까지 차유나 같은 애들 뒤치다꺼리나 해주며 낭비할거야?"

"난…… 돈이 좀 필요했을 뿐이었어."

"이제 나랑 큰일 한번 해야지. 잘난 놈들 모르게 우리끼리 세상을 쥐락펴락 하는 거야. 어때?"

"하지만 난 당신의 이 리스트에 아무런 원한이 없거든."

"곧 생길 거야. 이 자들 때문에 당신이 지금 여기 있는 거니까."

"과연 그럴까?"

순간 강태한이 코웃음을 쳤다.

"이봐, 김 작가. 당신은 성선설이야 성악설이야?"

"그딴 거 안 믿는다."

"난 말야, 성악설을 믿지. 사람이란 나쁜 걸 더 갈망하기 마련이거든. 증오의 감정이 앞서는 거야. 안 그래? 누구나 남 잘 되는 꼴을 못 보잖아!"

득의양양 자신의 사악한 이론을 설파하는 그의 모습을 보고 있자니 성악설을 믿을 수밖에 없을 것 같았다.

"남 잘되게 하는 글이야 감정이입이 쉽지 않지. 하지만 이건 금방이라니까! 두고 봐. 당신 곧 저놈들 데스 노트 한 바닥 채울 수 있을 거라고."

"……."

"믿어. 무조건 믿고 쓰는 게 중요해."

강태한은 다단계 강사처럼 힘주어 말하고 건배를 제안했다. 마지못해 든 내 술잔에 그가 세게 자신의 잔을 부딪쳤다. 잔을 비우고 흡족한 듯 강태한은 내 어깨를 툭툭 두드리고는 일어났다.

강태한이 자리를 뜨고 나는 혼자 술을 비웠다. 취하지 않으면 도저히 잠들 수 없었다.

◆ ◆ ◆

더 이상 술에 취해 있을 때가 아니었다. 최한철의 폴더를 발견하고 불쑥 찾아온 강태한의 이야기를 듣고 나니 머릿속 어딘가에 불이 난 심정이었다.

나는 고스트라이팅이라는 이 재능을 정확히 알지 못한다. 분명한 건 내가 쓴 대로 그들의 삶이 움직였고, 이후로 내가 누군가의 미래를 글로 쓸 수 있게 되었다는 것이다. '대상에 애정이나 분노를 가지고 써나간다면'이라고 강태한은 말했다. 차유나를 위해 쓸 때는 애착이 있었다. 그때는 그녀가 잘되기를 바랐다. 그리고 누군가를 위해 무언가를 쓸 때의 감정이입은 내 전공이다.

그러나 분노의 감정으로 누군가를 해코지하는 글을 내가 쓸 수 있을까? 미치지 않고서야 내가 그런 짓을 할 리 없다. 문제는 여기 계속 갇혀 있으면 분명 미칠 것이란 점이다. 그리고 놈은 무슨 수를 써서라도 나를 쓰게 만들 것이다.

젠장. 두 주먹으로 머리를 마구 쥐어박았다. 머릿속까지 얼얼했지만 분은 풀리지 않았다. 이대로 미쳐버릴 것 같아 두려워졌다. 답답해진 나는 소파에 몸을 누인 후 계속 심호흡을 해야 했다.

차근차근 생각을 짚어나갔다. 최한철의 파일에 담긴 그 죽어야 할 이유들. 그는 차유나의 삼촌이 아니었다. 그는 오진수를 배반했다. 그는 오히려 강태한과 친했다. 차유나와 오진수는 지금 어디 있을까? 그들이야말로 나를 도와줄, 이 세계를 아는 유일한 사람들이다. 하지만 강태한이 그걸 가만 놔둘 리가 없다.

나는 아무 대책도 없이 이틀간 누워 있었다. 감시하는 놈들은 물론 죽을 가지고 오는 아줌마까지 한심하다는 투로 나를 대했다. 나는 아무것도 안 하고 거듭 술만 마셔 몸 상태를 악화시켰다. 미열이 온몸을 감돌고 혓바늘이 생기고 편두통이 일었다. 나는 정신이 몽롱

한 상태에서 강태한이 찾아오기만을 기다렸다.

그날 저녁, 강태한이 트레이닝 복 차림으로 부하들과 나를 찾아왔다. 혀를 차며 나를 내려다보던 놈은 소파에 누워 게슴츠레한 표정으로 자신을 바라보는 내 앞에 다가와 상체를 굽혔다.

"어이, 일어나야지. 정신줄을 놓으면 쓰나?"

강태한은 내 뺨을 두어 번 툭툭 두드렸다. 순간 치밀어올랐다. 나는 눈을 부릅뜨고 강태한을 올려다보았다.

"그렇지, 눈에 힘주고 악에 받쳐 뭐라도 좀 써보라고."

나는 소파에서 힘겹게 일어나는 척하며, 순간 오른 주먹에 힘을 실어 강태한의 턱을 향해 휘둘렀다. 하지만 그는 상체를 슬쩍 뒤로 젖히는 걸로 간단히 내 주먹을 피했다. 동시에 킥복싱 선수가 로우킥을 차듯 내 허벅지를 강하게 차버렸다. 묵직한 통증이 하체를 잠식했고 나는 외마디 비명과 함께 털썩 주저앉았다.

다가온 부하들을 제지하며 강태한은 몸을 숙이곤, 주저앉은 내 얼굴에 펀치 연타를 날렸다. 눈앞에 불이 번쩍 했다. 축 쳐진 채 꿈쩍도 할 수 없었고, 입에선 피와 침이 줄줄 흘러내렸다.

강태한이 내 턱을 잡고 들어 올려 까딱까딱 돌려댔다. 놈의 잔인한 표정이 눈에 들어왔다.

"왜? 쓰기 싫으냐?"

나는 굴욕감과 두려움에 아무 말도 못했다. 고개조차 끄덕일 수 없었다.

"어이, 쓰고 싶은 것만 써서 어떻게 살아? 원래 하기 싫은 일도 하다보면 할 만해지는 거고, 그러다보면 그걸 잘하게 되고, 그럼 그 일이 하고 싶어지는 거란다."

이 순간이 끔찍하게 싫다. 꼼짝 못한 채 권력을 획득한 자의 충고를 귀담아들어야 하는 순간 말이다.

"내가 다년간 작가들과 생활해봐서 아는 건데 대부분의 작가들이 왜 가난하냐 하면 말야. 그건 지들이 쓰고 싶은 걸 쓰고 싶을 때만 쓸라고 해서 그래요. 이봐, 노가다꾼이 건축 마니아여서 벽돌을 나르냐? 아니잖아. 자기 일이니까 그냥 나르는 거야. 니들도 벽돌 나르듯이 그렇게 써야 하는 거라고. 마, 내가 너를 잘 쓰는 작가로 만들어주겠다는 거야. 일거리도 확실한 거고. 그러니 내가 하라는 대로 닥치고 쓰기만 하라고."

놈이 내 눈을 노려보며 확인했다. 나는 이럴 때 내가 할 수 있는 최선의 대답을 해주었다. 바로 웃는 것. 얼굴 가득 하회탈이라도 쓴 듯 미소를 지어 보였다. 맞아서 부은 광대뼈가 시큰했지만 피 묻은 입꼬리를 더욱 치켜 올렸다. 놈과 나 모두에게 건네는 비웃음이었다.

강태한이 코웃음을 치며 일어섰다.

"아이고, 사람은 말이 아닌데 왜 당근도 주고 채찍질도 해야 하는지 몰라. 데려가 정신 좀 쏙 들게 해라."

강태한이 방을 나가자마자 먹잇감을 기다렸다는 듯 부하들이 몰려와 나를 잡아 일으켰다.

이후 무성극처럼 진행되는 구타 의식이 시작됐다. 차라리 이렇게 맞다 죽었으면 했지만, 놈들은 때리는 법을 잘 알고 있었다. 부러질 만한 곳이나 치명적인 곳은 피한 채 둔중한 충격만을 가했다.

내게서 열심히 하겠다는 다짐을 백 번은 받은 뒤에야 뱀눈은 구타를 멈추게 했다. 그들은 나를 병원으로 데려가 간단한 응급처치를 받게 한 뒤 1인실에 입원시켰다. 나는 병원 1인실에서 나를 때린 놈들의 감시를 받으며 누워 있게 되었다.

며칠 뒤 돌아온 글감옥에는 강태한이 먼저 와 나를 기다리고 있었다. 테이블 위에는 각종 자료들이 쌓여 있었고 그것은 예상대로 한 사람에 관한 것이었다.

양정택. 52세. 여당의 3선 국회의원. 부인과 대학생 딸, 고교생 아들은 모두 미국에서 생활 중인 기러기 아빠. 그래서 많이 외로우셨는지 TH의 여자 연기자 지망생 셋을 차례로 상납 받았다고 한다. 문제는 그 후로 입을 싹 씻고 강태한을 소 닭 보듯 한다는 것. 강태한은 괘씸한 마음도 있지만 그를 이용해야 할 일도 있기에 겸사겸사 나에게 그를 맡겼다.

'말 안 들으면 콱 죽여버리는 거지. 그래야 우리 애들에게 체면이 서지 않겠어?' 강태한은 특유의 웃음을 지으며 재미있다는 표정으로 나를 돌아보았다. 어색하게 웃어주자 그는 '그럼 건필하시라고!'라는 말과 함께 자리를 떴다.

어처구니가 없었다. 건강하게 죽음을 기원하는 글을 쓰라니. 나는 자료들을 살피다 고개를 들어 뱀눈과 부하들을 돌아보았다. 그들이 그제야 인사를 하고 자리를 떴다.

자료를 다 살펴보았다. 양정택은 당장 죽여버려도 시원치 않은 개자식이었다. 그래서일까, 나는 그를 죽일 수도 있을 것 같았다.

양정택은 전형적인 철새 정치인에 수많은 범법 행위가 있음에도 지역구에서는 백전백승인 파렴치한 인간이었다(대체 그 지역 사람들은 왜 맨날 이런 새끼를 뽑아주는 걸까?). 그는 2008년에 음주 운전으로 장애인 하나를 치어 죽이고도 법망을 피해 무혐의 처분을 받았다. 게다가 두 건의 알려진 성추행 혐의가 있었고, 지역 이권과 관련한 비리 제보도 수차례 있었다. 보이는 비리와 범법이 이 정도라면 보이지 않는 악행은 말할 것도 없다.

강태한은 내 집필에 도움이 되라며 양정택에게 성상납을 했던 여자들을 보냈다. 나는 9개월 동안 '첩'으로 지낸 S양과, 1년 동안 시도 때도 없이 불려갔다는 J양. 뉴질랜드 골프 여행에 파트너로 불려 갔다가 놈에게 변태 성행위를 강요받고 구타당한 L양을 차례로 면담했다.

처음에는 자존심 때문인지 담담하게 이야기하던 그녀들은 차차 감정이 격해졌고, L양은 눈물까지 글썽이며 양정택이 범한 짓들을 고해바쳤다. 차마 듣기 힘든 내용들을 받아 적으며 나는 치밀어오르는 분노를 느꼈다. 그녀들은 양정택이 더러운 범죄자에 탐욕스런 색마이며 죽어 마땅한 사회악임을 확인시켜주는 산증인이었다.

그녀들은 짐작한 바가 있는지 모두 나에게 양정택을 최대한 고통스럽게 죽여달라고 부탁했다. 나는 묵묵히 고개를 끄덕였다. S양은 내 손을 꼭 잡고 부탁했고 J양은 크게 고개 숙여 인사를 했다. L양은 그를 잔인하게 죽여줄 것을 내게 확답 받고 나서야 겨우 미소를 지어 보였다. 자신들의 복수를 해주기를 간절히 원하는 그녀들의 모습에 나는 동화되었다. 강태한이 아니라 이 여자들을 위해서라도 아니 앞으로 생길 또 다른 희생자를 위해서라도 그 탐욕스런 쓰레기는 당장 죽어 마땅하다고 생각했다.

나는 양정택의 DTD를 적어 내려가기 시작했다. 그러는 한편 시간을 벌기로 했다. 자료와 인터뷰를 정리하고 새로운 자료를 요청하는 행동만으로 놈들의 태도가 180도 달라졌다. 마치 내게 찍히면 자기들 목숨도 위태로울지 모른다고 생각하는 걸까? 한 번도 써보지 않은 능력으로 사람들의 존경 혹은 두려움을 얻는 느낌은, 마치 감당할 수 없는 골드카드를 지급받은 것 같았다. 나는 수시로 책과 CD 등을 주문했고 음식도 자주 시켜먹었다. 내가 의욕적으로 활동한다고 보여야 했고 그들을 바쁘게 만들어야 했다.

놈들은 내가 새로 사온 CD의 노래를 들으며, 열심히 작업을 하는 것으로 여겼다. 나는 강정택에 대한 DTD를 한 문단 적고 다음 한 문단은 다른 것을 적어나가기 시작했다. 모니터를 감시하는 놈들의 지적 수준으로는 그저 DTD로만 보일 뿐이었다. 추상적이고 애매한 표현으로 적어 내려가는 그 문단들은 나중에 하나로 연결하면 두 가지 다른 이야기가 될 것이었다.

전임 고스트라이터는 결국 스스로의 미래를 써나간 것이다. 그것은 오진수가 말한 신의 영역일지 모른다. 자신의 죽음을 적어나감으로 불가능한 상황에서 자살을 이뤄냈다.

나 역시 마음을 담아 누군가를 위한 글을 쓸 수 있다. 나는 양정택을 죽이는 DTD를 적음과 동시에 나 자신에 대한 글도 적어나갔다. 어쩌면 내가 지금 쓰고 있는 것은, 나 자신의 미래에 관한 것인지도 모르겠다.

양정택에 대한 DTD가 거의 완성되어 가던 날, 강태한이 와서 내게 지금까지의 내용만으로 출력본을 뽑아달라고 했다. 의아해하는 내게 그는 양정택에게 이걸 읽히고 협박을 할 생각이라고 했다. 나는 양정택에게 건넨다 한들 그걸 읽지 않으면 소용이 없지 않냐고 물었다. 강태한은 사람이란 호기심이 있기 때문에, 자신에 관한 글을 읽지 않을 수 없다고 했다. 아울러 이전 최 작가가 죽인 국회의원 녀석이 양정택의 친구이므로, 그는 이 내용을 보고 기겁해 자신의 제안을 들을 수밖에 없다고 했다.

"내 제안을 듣지 않으면, 김 작가 자네가 준비해둔 마지막 부분까지 써버리는 거야. 놈은 그럼 꼼짝없이 죽는다는 걸 알고 있거든. 그리고 그놈은 내 손아귀에서 놀아나는 거지."

당황스러웠다. 나는 양정택을 진짜로 죽이고 싶었다. 그녀들에게 복수를 해주고 싶었다. 그런데 강태한은 내가 쓴 DTD로 그를 이용할 생각뿐이었다.

"그럼, 여자들에게는 뭐라고 말할 건데? 난 분명 양정택을 죽여 복수해준다고 말했는데……."

"김 작가, 참신한 발상이네. 이봐, 착각하지 마. 넌 날 위해 일하는 거지, 여자들을 위해 일하는 게 아니라고."

"……."

"그럼 수고했고, 다음 미션 떨어질 때까지 마음껏 쉬어. 술도 먹고, 계집질도 하고. 골치 아프게 밖에 나갈 거 없잖아. 여기선 네 맘대로 뭐든 걸 할 수 있으니, 여길 천국이라 생각하라고."

강태한이 나갔다. 나는 술을 찾았다.

밤이 되었다. 마감을 끝낸 뒤라 공식적인 휴가였다. 나는 술을 마시는 척하며 적당히 흘려버렸다. 뒤이어 취해 잠든 척했다. 모니터에 자리하고 있지 않은, 술 취한 나에 대한 감시는 분명 소홀할 것이라 생각했다.

나는 늦은 밤 조용히 일어나 어둠 속에서 모니터로 향했다. 컴퓨터를 켜고 서둘러 양정택의 DTD 사이에 숨겨 놓은 텍스트를 뽑아 연결했다. 그것은 나를 구해줄, 내가 쓴, 나를 위한 고스트라이팅이었다.

"일단은 김 작가를 구해야 하니까."

오진수는 부은 눈두덩이를 계란으로 마사지하며 차유나를 향해 고개를 끄덕였다.

"그럼 당신이 생각한 뾰족한 수를 말해보지 그래."

자신의 사무실 소파에 몸을 기댄 채 차유나가 오진수를 바라보았다.

"내가 미행 전문가를 아니까, 강태한을 전문가와 함께 미행하지."

"그래서?"

"강태한이 김 작가를 가둔 곳을 수시로 오갈 거니까, 놈을 쫓으면 김 작가 위치를 확인할 수 있을 거라고. 위치 파악이 되면 이후로 어떻게 구할지를 궁리해야지."

"궁리라…… 그냥 쓸어버리면 안 될까?"

"아직도 강태한을 모르냐? 아니면 너 자신을 모르는 거야?"

"시끄럽거든."

"놈들이 김 작가를 가둔 곳에서 대기하다가 강태한이 왔다 간 뒤를 노려야 해. 부하들은 일단 놈이 왔다 가면 긴장을 풀거든. 군대 검열 같은 거지."

"그때를 노린다…… 좋아, 몇 명 붙여주면 돼?"

"붙여주다니?"

"당신이 직접 김 작가를 구해오라고."

"미쳤어? 지금 내 꼴을 봐라."

차유나는 복싱 12라운드를 뛴 것 같은 오진수의 얼굴을 물끄러미 살폈다.

"어쨌거나 당신이 김 작가를 곤경에 빠트린 거니까 직접 지휘하라고. 난 인원을 대줄테니."

"뭐야? 김 작가를 이용해서 문제를 일으킨 건 바로 너야! 그리고 미행 전문가한테 들어갈 돈도 필요하다고!"

잠시 팽팽한 긴장이 흘렀고 김 작가를 구하고자 의기투합한 둘의 노력도 수포로 돌아갈 지경이었다. 잠시 후 차유나가 한 발 물러났다.

"얼마면 돼?"

그러자 오진수가 눈을 비비던 계란을 내려놓으며 말했다.

"전문가 비용까지 한 장."

잠시 후 짜증난 표정으로 차유나가 고개를 끄덕였다.

오진수는 전문가와 함께 강태한을 미행해 김 작가를 가둬둔 고급 주상복합건물을 발견했다. 그리고 감시하는 놈들의 신상도 파악했다. 그는 내용을 박 부장에게 알렸다. 박 부장은 자신이 습격을 지휘할 테니, 놈들의 동향을 수시로 체크하라고 오진수에게 말했다. 강인해 보이는 박 부장의 턱선만큼이나 믿음직한 말이었다.

내부인이 있다면 어디나 잠입하는 건 어렵지 않다. 차유나는 김 작가가 갇힌 고급 주상복합 건물에 사는 연예인 친구에게 파티를 열라고 한 뒤, 오진수와 박 부장 그리고 스미스들을 그곳에 보냈다. 쫙 빼입은 정장 파티복 차림으로 그곳에 참석한 오진수와 박 부장은, 슬쩍 파티장을 빠져나온 뒤 청소 아줌마를 매수해 김 작가가 갇혀 있는 방의 호수를 알아냈다.

자정 무렵이 되자 오진수는 김 작가의 방 앞을 어슬렁거렸다. 그러자 오진수를 알아본 강태한의 부하들이 몰려들었고, 그는 헛소리를 잔뜩 늘어놓으며 놈들의 주위를 분산시켰다.

순간 박 부장과 스미스들이 강태한의 부하들을 습격했다. 특히 박 부장은 엄청난 무술 실력으로 그들을 제압했고, 오진수는 이 팀장의 몸을 뒤져 김 작가의 방 키를 확보했다. 박 부장이 서두르라며 오진수를 채근했다.

거칠게 몸을 흔드는 손길에 잠에서 깨보니, 파티용 수트를 걸친 오진수가 나를 내려다보고 있었다.

"……오형!"

"괜찮냐? 서둘러!"

오진수와 나는 문으로 향했다. 문 앞에는 박 부장과 스미스들이 서 있었고 강태한의 부하들은 온데간데없었다. 나는 물을 것도 없이 오진수를 따라 문을 나섰고, 곧 박 부장과 부하들이 우리 뒤를 따랐다.

복도를 지나 엘리베이터 앞에 다다랐다. 빠르게 33층으로 올라오는 고속 엘리베이터를 다행이라 여기는 찰나, 박 부장이 엘리베이터 앞의 나와 오형을 밀쳤다. 영문을 모른 채 밀려난 우리는 엘리베이터를 향한 그의 공격 자세에 알아서 뒷걸음질을 쳤다.

문이 열리자 박 부장은 엘리베이터를 향해 돌진했다. 몇 번의 기합과 비명이 들린 후 그가 나왔다. 뒤이어 따라 들어간 스미스들이 쓰러진 채 고통스러워하는 강태한의 부하 셋을 끌어냈다. 어서 타라는 박 부장의 손짓에 우리는 서둘러 엘리베이터에 올랐다. 고급 카펫에는 회칼과 곤봉이 떨어져 있었다. 스미스들이 마저 타고는 엘리베이터가 닫혔다.

나는 오형과 박 부장, 스미스들을 돌아보았다. 그들은 나를 향해 희미한 미소를 지어 보였다. 며칠 전 내가 쓴 것을 떠올렸다. 차유나와 오진수가 의기투합해 나를 구해주기로 합의하는 것과 박 부장이 엄청난 무술 실력으로 놈들을 제압하는 장면은 내가 쓴 것이 확실했다. 하지만 그들의 이런 미소는 쓴 기억이 없었다. 아무래도 상관없었다. 그저 이 고속 엘리베이터가 어서 나를 지상으로 내려주길 바랄 뿐이었다.

6장

인생의 모든 어려움이 글감이라는 점을 명심해라.
죽지 않고 살았다면 그에 대해 글을 써야 한다.

– 바바라 애버크롬비

"고생했어. 김 작가."

책상에 앉아 스마트폰을 만지작대던 차유나가 말했다.

나는 말없이 소파에서 일어났다. 아닌 게 아니라 조금 현기증이 났다. 폐소공포증이라도 생겼는지 사무실 안에 계속 머무르고 싶지 않았다.

그때 차유나가 스마트폰을 들어 보이며 만면의 미소를 지었다. 거기엔 '차유나, 부산영화제에서 월드스타로 꼽힌다!'라는 헤드카피와 그녀가 이성민 감독과 함께 찍은 영화 〈동물원에 가다〉의 스틸 사진이 담겨 있었다.

"가만 있자, 부산에는 뭘 입고 갈까나."

인터넷으로 자신의 기사를 검색하며 즐거워하는 차유나의 모습에 더욱 현기증이 났다. 그래 넌 부산에 가라. 난 집에 간다. 옆 소파에 앉은 오진수를 돌아보았다. 그는 눈을 감고 소파에 앉은 채 미동이 없었다.

나는 차유나를 향해 손을 흔들어 보였다. 그러자 그녀는 눈과 턱을 동시에 치켜 올리고는 어디 나갈 생각도 하지 말라며 엄포를 놓았다. 그녀는 강태한 일당에게 또 끌려가면 그땐 정말 구해주기 힘들 거라고 말했다.

양미간이 좁아지며 밉살스러워진 차유나의 얼굴을 뒤로하고 문으로 향했다. 누군가 나를 가로막았다. 박 부장이었다. 나보다 머리 하나는 큰 키여서, 그의 강인한 턱이 내 눈 앞에 어른거렸다. 충분히 위압감을 느낄 만한 상황이다. 방금 전 나를 구해준 사람이 이제 나를 가로막고 있다. 박 부장은 무표정하게 내 앞에 선 채로 차유나에게 시선을 돌렸다. 나 역시 그녀를 돌아보았다.

"강태한이 노리는 동안은 절대 보낼 수 없다고. 그리고 그게 당신에게도 안전한 거야. 안 그래? 오빵?"

코웃음이 튀어나왔다. 너무나도 적확한 별명이다. 나는 오진수를 '오형'이라 불렀고 그녀는 '오빵'이라 불렀다. 오진수는 나를 '고스트'라 불렀고 차유나를 '유나 그년'으로 불렀다. 그리고 차유나는 나를 '김 작가'라 불렀다. 각각의 호칭은 서로를 야무지게 규정하고 있었다.

오진수는 대꾸 없이 담배연기만 뿜어댔다. 차유나는 찌를 듯 오진수를 째려본 뒤 걸어와 내 앞에 섰다. 나는 그녀를 바라보았다. 그녀의 갸름한 턱 선은 박 부장과는 반대의 느낌이었고, 쌍꺼풀 아래 커다란 눈동자는 진한 갈색이었다. 하지만 생생한 그녀의 얼굴은 오늘따라 인물 추상화를 보는 느낌이 들었다. 나는 사뭇 진지하게 물었다.

"너, 누구냐?"

"김 작가. 갇혀 있다 보니 뇌근육에 신경통이라도 온 거야?"

"아니, 갇혀 있다 보니까 새로운 걸 알게 되더라고. 너나 저기 오 형이나 모두 피해자였다는 사실 말야."

"……."

"나한테 삼촌이 고스트라이터라고 했지? 그런데 최한철은 니 삼촌이 아냐. 니가 꼬셨다가 결국 꼬여버린 사람이지. 그리고 오 형도 최한철에게 된통 당했던걸."

"그 자식 얘긴 꺼내지도 마."

차유나가 진절머리나는 듯 이죽였다.

"기억하기 싫은 모양이지? 그래서 기억을 그리 뒤죽박죽 바꿔놓은 거고. 대체 자신을 위한 글을 써준 삼촌이라니…… 이건 뭐 순정만화도 아니고……."

'철썩' 차유나의 힘찬 손찌검에 고개가 돌아갔다. 언젠가 이 여자한테 맞을 날이 올 거라 생각했기에, 딱히 놀라진 않았다.

내가 얼얼한 볼을 문지르며 바라보자, 그녀는 콧김을 '킁' 내뱉고는 소파로 향했다. 소파에 몸을 부린 차유나는 손가락을 까딱해 내게 오라고 지시했다. 뺨을 맞고 나니 확실히 혈액순환이 순조롭다. 게다가 저 건방진 손가락질에 혈기가 왓왓하게 오른다. 답답했던 기운이 사라지고 허기가 차오르기 시작했다.

나는 차유나가 앉은 소파 앞에 털썩 앉았다. 그때까지도 옆에 앉은 오진수는 담배만 피고 있다. 술을 안 마신 이 사람은 확실히 다른 사람처럼 느껴진다. 치유나가 담배를 빼어 물자 옆에서 스미스가 불을 붙여주었다. 연기를 내뿜고는 차유나가 나를 돌아보았다.

"알았어. 다 얘기하면 되잖아."

이야기가 길어질 거 같았다.

"최한철이 당신 고스트라이터 맞지?"

"그래."

"그 사람이 내 전임자 맞지?"

"그래."

"혹시 그 사람 좋아했어?"

"노 코멘트."

"그 사람 어떻게 죽었는지 알아?"

"알고 싶지 않아."

"너랑 강태한은 무슨 관계야?"

"소속사 사장과 소속 연예인 관계였지."

"혹시 강태한 좋아했어?"

"미쳤냐?"

"그 사람이 최한철에게 시킨 일이 뭔지 알아?"

"가끔 뉴스에 나오더군. 누가 누가 죽었다고. 그래서, 너한테도 그
일을 시킨 거야?"

"예상하신 대로."

"당신이야 못할 짓이지. 최한철보다 깡도 없고 실력도 없으니까."

"깡? 실력? 그럼 왜 스스로 목숨을 끊은 거지?"

"응? 말도 안 돼. 그 인간 자살할 사람 아냐. 강태한이 죽인 거지."

"생각해봐요, 차유나 씨. 강태한이 쓸모 있는 그 인간을 왜 죽이냐?"

"그건…… 그 인간, 뭐라도 써서 강태한을 죽이려다 걸린 걸 거야."

"아니, 분명히 자살했어."

"김 작가. 강태한은 자기가 죽이면 죽였지, 최한철이 죽게 가만 놔둘 리가 없거든!"

"물론 그렇지. 하지만 최한철은 자기 자신의 죽음에 대해 썼다고."

"……믿을 수 없어."

"자기가 쓴 대로 된 거라고. 니가 인정하지 않았나. 실력 있는 고스트라이터였다며?"

차유나는 납득이 가지 않는다는 표정으로 나를 바라보았다. 최한철의 자살이 믿기지 않는다는 듯 연신 고개를 저어댔다. 그때 오진수의 웃음소리가 들렸다. 가만히 우리 대화를 듣기만 하던 그였다. 그가 기분 나쁜 웃음을 연신 내지르다가 나를 바라보았다.

"헛소리하고 자빠졌다."

씹어뱉듯 그가 말했다. 나는 발끈했다.

"난 최한철이 쓴 걸 봤다니까! 게다가 강태한은 자기 부하들이 거기에 조종당해 자살을 막지 못한 거라고 직접 말했다고!!"

그러자 오진수는 자리에서 일어나 나에게 다가와 앉았다. 퀭한 눈동자로 나를 잡아먹을 듯 노려보며 그가 내뱉었다.

"너 말대로라면 고스트라이터가 자신의 미래를 위해 뭐라도 할 수 있다는 건데…… 그렇다면 난 왜 이렇게 살고 있는 거지?"

"……."

"이봐, 김 작가. 난 말이야. 강태한을 위한 만화를 스무 편도 넘게 그렸다고. 그리고 그게 다 강태한을 그렇게 만들어줬고, 응? 생각해 봐? 억울하지 않겠어? 남 잘되는 것만 그려줬잖아!"

혀에 잔뜩 독이 오른 채 그가 계속 내뱉었다.

"그럴 순 없잖아. 그래서 난 내 찬란한 미래도 직접 그렸거든. 어떤 것보다 정성을 다해, 열 편도 넘게! 그런데 그 모습이 지금 이 꼴이겠냐?"

아무 말도 할 수 없었다. 분노한 그의 표정이 나 때문이 아니란 걸 알기에 화도 낼 수 없었다. 그는 흥분을 멈추지 못한 채 어깨를 들썩이기 시작했다. 나는 마른침을 삼켰다. 그때 차유나가 입을 열었다.

"오빵. 그건 당신 실력이 후져서가 아닐까?"

오진수가 표범처럼 차유나를 향해 돌진했다. 깜짝 놀란 그녀의 비명이 터짐과 동시에 박 부장이 오진수를 제압했다. 그는 상체를 붙잡힌 채 허공에 발길질을 해대며 그녀에게 쌍욕을 쏟아부었다. 차유나는 미친개한테 물리기라도 한 듯 진저리를 쳤다.

잠시 뒤 진정한 오진수는 차유나에게 양해를 구했다. 그녀의 허락을 받고 박 부장은 그를 소파에 앉혔다. 그는 소파에 몸을 부린 채 미동이 없었다. 나는 한동안 오진수를 바라보다가 한숨을 쉬는 차유나를 돌아보았다. 그녀가 맞다. 내가 집에 돌아간다고 해결될 문제가 아니었다.

"어디 숨을 곳을 마련해줘."

"응?"

"뭐라도 써서 그놈을 박살낼 테니까."

"쉽지 않을 거야. 넌 뭘 쓸 만큼 놈을 잘 알지 못해."

"충분해."

나는 아직도 붓기가 가라앉지 않은 왼쪽 광대뼈를 가리켜 보였다. 그러자 차유나가 웃었다.

"놈이 나한테 죽이라고 한 녀석들도 자료만 많지 초면이긴 마찬가지였다고! 그러니까 놈의 더러운 짓거리들을 내게 말하면……."

탕! 차유나가 테이블을 손바닥으로 내리치며 일어섰다.

"그걸 어떻게 다 말하냐고! 그놈이 얼마나 악독한 놈인지 알기나 해! 놈에게 처절하게 당해보지 않은 사람은 알 턱이 없는 거야!"

나도 지지 않고 일어서 차유나를 노려봤다.

"내가 어떻게 빠져나온 거 같아? 엉? 단순히 너희가 구해줘서 그런 거라고? 나도 대책이 있다고!"

"대책은 무슨 대책! 이 시한폭탄아! 역시 처음 찾았을 때 널 가뒀어야 했어."

말을 마치며 차유나는 오진수를 돌아보았다. 강태한에게 나를 노출시킨 건 바로 오진수였다. 듣고 있었다는 듯 그가 일어서며 말했다.

"결자해지. 이제 내가 다 끝내마. 나만큼 놈에게 당한 사람이 또 있을까?"

끝까지 가본 사람은 두려울 것이 없다. 맹물에 소금 몇 스푼 넣으면 그 물은 소금물이 된다. 하지만 소금물에 소금 몇 스푼 더 넣어도, 여전히 소금물일 뿐이다. 그는 세상에서 가장 짠 물이 되어도 상관없다는 투였다.

"내가 놈을 키워준 그대로 놈을 망치게 그릴 거니까, 그러니까 너희들은 그냥 하던 일이나 해."

차유나가 오진수의 손을 잡아챘다. 그녀의 손에 잡힌 그의 손이 덜덜 떨리기 시작했다.

"이 손? 당신, 이 덜덜 떠는 손으로 어떻게 만화를 그리겠다는 거야?"

오진수가 가만히 차유나를 바라보았다. 위압감에 그녀가 손을 놓았다. 상관없이 그의 손은 여전히 떨리고 있었다.

"차유나, 경찰에 아는 사람 있지?"

"어리석긴. 이게 경찰이 개입할 문제야?"

"그런 거 아니라고!"

오진수의 일갈에 차유나가 움찔했다. 그는 한숨을 한 번 쉬고는 나와 그녀를 차례로 돌아본 뒤 말했다.

"경찰 통해 사람 하나만 찾아줘."

◆ ◆ ◆

한강을 적시는 붉은 노을빛을 뒤로하고 차는 올림픽 대로를 탔다.

나는 박 부장에게 어디로 가는지 묻지 않았다. 가두거나 갇히거나, 이제 집에 가게 될 수 없는 건 기정사실이니 차라리 홀가분했다. 한편으로 부유하는 인생의 끝이 어딘지도 궁금했다.

박 부장이 나를 태우고 온 곳은 방배동 카페 골목의 어떤 클럽 입구였다. '바하마'라고 써진 클럽의 네온사인 간판은 일 년 정도는 불이 들어온 적 없어 보였고, 입구의 철문 또한 좀비들의 습격을 막기위해 만든 것처럼 굳건하게 닫혀 있었다.

박 부장이 철문 앞에 서자 두 피사체가 마치 대결이라도 하는 것 같았다. 그는 열쇠를 꺼내 거구의 힙합 가수가 목에 두를 법한 쇠사슬에 달린 자물쇠를 땄다. 이윽고 '철컹' 철문이 열리는 소리와 함께 박 부장이 나를 실내로 안내했다.

나는 바하마의 어둠 속으로 걸어 들어갔다. 앞서 가는 박 부장을 따라 하나씩 불빛이 들어오는 작은 복도를 지나 계단을 내려가자 지하로 커다란 공간이 등장했는데, 벙커와도 같았다. 지하 1, 2층을 튼 형국이어서 천장은 꽤나 높았으며, 스테이지 앞에는 기역자 모양의 바가 자리하고 있었다.

나는 바에 가 앉았다. 텅 빈 어둠 속 바에 앉아 있자니 우철의 몽콕이 생각났다. 지금쯤 나를 가장 열심히 찾고 있을 사람은 그놈일 것이다. 일주일에 사나흘은 녀석의 바에 들러 술을 마셨는데, 요즘엔 통 찾아가지 못했으니까.

조명이 몇 개 더 들어오며 순식간에 검고 깊은 천장에 총명한 별들이 수놓아졌다. 박 부장은 바 안쪽으로 들어서서 이것저것 살피기 시작했다. 나는 바에 진열된 묵은 양주들을 살펴보았다. 데생 실습의 정물 같았던 그것들이 어느새 봉인된 마법사의 약병처럼 보이기 시작했다.

"뭐 좀 마시겠습니까?"

그가 오성호텔의 베테랑 바텐더마냥 주문을 요청했다. 신기한 게 이 사람은 어디 직업군에 배치해도 그럴듯해 보이는 보호색을 지니고 있다.

"데킬라 있나요?"

박 부장이 진열장을 살피고는, 이내 바 아래로 몸을 숙여 호세 꾸엘보를 꺼냈다. 먼지 쌓인 병은 자신이 품은 담황색 액체를 더욱 섹시하게 보이게 했고, 바닥에 떡하니 자리한 큼직한 애벌레는 그것이 상등품임을 증명해줬다.

그는 스트레이트 잔을 내 앞에 내려놓고 병을 따 데킬라를 따랐다. 나는 팔 부 조금 넘게 채워진 잔을 들어 반 모금 정도를 입 안으로 부어넣었고, 잠시 뒤 나머지를 목구멍으로 흘려 넘겼다. 입에서부터 식도를 타고 위장으로 단숨에 여름날의 아스팔트가 깔려버렸다.

"마실 만합니까?"

내 빈 잔에 다시 데킬라를 부어주며 그가 물었다. 나는 정확히 아까와 똑같은 위치까지 채워진 데킬라 잔을 바라보고는 고개를 끄덕였다.

"여기는 영업 접은 건가요?"

"잠깐 제가 운영하던 곳입니다. 문 닫은 지 8개월쯤 됐죠."

"차유나도 여길 아나요?"

"그럼요. 당분간 여기 모시라고 하셨습니다. 불편하더라도 안전한 곳이니 이해해주십시오."

"전 좋은데요."

"지금 작가님 댁의 노트북과 물건들, 챙기러 갔습니다. 이따 가지고 올 거고요. 오진수 씨도 찾는다는 사람 확인한 뒤에 이리로 합류할 겁니다."

"예."

"적적하면 음악이라도 좀 틀까요?"

나는 잔을 비웠다.

"음악은 됐습니다. 데킬라나 더 주세요."

데킬라를 한 병째 비웠을 때, 스미스들이 내 노트북을 비롯해 트레이닝 복이니 속옷이니, 민망한 집안 곳곳의 물건들을 바리바리 싸들고 왔다. 미행 같은 건 없었다고 박 부장에게 보고한 뒤 둘은 내게도 꾸벅 인사를 하고 사라졌다.

데킬라를 두 병째 비웠을 때, 불만 가득한 표정의 오진수가 바하마로 들어왔다. 그는 내 옆에 앉아 다짜고짜 데킬라를 비워댔다. 잠시 뒤 그가 나를 궁금하단 표정으로 돌아보았다. 오진수는 정말 최한철이 자신의 자살을 쓴 것이 맞느냐고 물었다. 나는 진짜라고 다시 강조했다. 그는 분노하고 있었다. 후배이자 원수가 된 최한철에 대한 _J_의 애증이 느껴졌다. 그럴 만도 했다. 후배에게 강태한을 소개

195

해주고 자신은 팽 당한 것이고, 그 후배의 한때 애인이 차유나였으니…… 그녀에게도 반감이 있을 수밖에.

"그런데 왜 차유나랑 힘을 합친 거죠?"

"마, 적의 적은 친구잖냐."

"그럼 둘은 이제 친군가요?"

"친구는 개뿔. 널 구해야 되니까 그런 것뿐이다."

"날 왜 구해야 했죠?"

"나나 유나 그년이나 니가 최 작가 꼴 나는 건 막고 싶었거든."

"왜죠? 내가 당신들 친구라도 되나요?"

"그건 우리가 고스트라이터즈니까."

"또 그놈의 고스트라이터즈 타령."

"시끄러, 구해줬으면 고마운 줄이나 알라구."

"고맙긴 한데, 그거 알아요?"

"뭐?"

"오형이랑 차유나랑 같이 힘을 합친 거나, 박 부장이 엄청난 무술 실력을 발휘한 거나 모두 다 내가 쓴 거예요."

오진수가 나를 미친놈 보듯 바라보았다.

"거기 갇힌 채 놈들 눈 피해가며, 나도 내 미래를 써봤어요. 필사적으로……."

"니가 쓴 게 아냐."

"거참, 내가 썼다니까. 오형은 최한철이 자기 미래를 쓴 걸 못 믿는데, 그럼 난 뭐예요? 내가 써서 나온 거라니까요. 내가 그 증겁니다."

오진수가 대답 대신 호주머니에서 무언가를 꺼내 내게 건넸다. 그것은 사등분으로 접은 A4 용지 몇 장이었다. 나는 찜찜함을 느끼며 그것을 펼쳐보았다.

그것은 짧은 드라마 대본이었다. 지문과 대사로 정리된 그 텍스트의 내용은, 오진수와 차유나가 나를 강태한에게서 구하는 걸 합의하는 장면으로 시작되고 있었다. 그리고 오진수와 박 부장 일행이 글 감옥에 침입해 나를 구하는 장면이 이어지고 있었고, 박 부장이 먼저 엘리베이터에 올라타 안에 있는 놈들을 제압하는 장면도 똑같았다. 종이를 쥐고 있는 내 손이 심하게 떨리기 시작했다.

"성미은 개 글빨 좋더라."

"뭐, 뭐요?"

"니가 잡혀가고 나서 노트북에서 성미은이 너한테 보낸 소설을 봤어. 니가 그걸 보고 자기 고스트를 찾았다고 그렇게 뛰쳐나갔다는 걸 짐작했지. 그래서 내가 소설 표지에 적힌 성미은 연락처로 전화를 했지."

"!!"

"성미은도 널 애타게 찾고 있더군. 이건 뭐 견우와 직녀도 아니고. 암튼 그래서 내가 자초지종을 설명했지. 지금 김 작가가 위급하고, 도움이 필요하다고."

"그, 그래서요?"

"당연히 처음엔 고스트라이팅도, 너가 납치된 것도 믿지 않았어. 난 너 노트북에 있는 차유나를 재기시켜준 글들을 찾아 보여줬지.

그러자 슬슬 이해를 하더군. 좀 느리긴 하지만 머리가 안 돌아가는 친구는 아니더라고. 그래서 내가 성미은한테 말했지. 지금 김 작가를 구할 방법은 당신이 김 작가를 도울 글을 쓰는 거라고."

"그래서 이걸 쓴 게…… 미은이라는 겁니까?"

"드라마 작가 출신이라 그게 제일 편하다면서 대본으로 써주더라고."

"그럼, 미은이 날 위해 써준 거란 말이군요. 그리고 그게 작용을 한 거고……."

"널 위한 걸 수도 있고, 자길 위한 걸 수도 있지. 그거 몇 장 써주고 오백이 떨어졌으니."

"뭐라고요?"

"세상에 공짜가 어딨나. 강태한인 내가 직접 미행한 거야. 전문가 따위 없어. 전문가 비용이라고 차유나에게 청구한 거 반띵해서 성미은이 고료 준 거다. 방금 전에 만나서 잔금 전해주고 온 거고."

"아니 그럼 걜 이리로 데려왔어야죠! 난 미은을 만나야 한다고요!!"

"안 돼. 차유나와 일당에겐 절대 비밀이야."

갸우뚱한 내게 오진수가 설명을 이어갔다.

"성미은이 걔 이제 니 고스트라고. 차유나나 강태한이나 누구에게라도 노출되면 안 돼. 걔까지 너 꼴 나게 만들고 싶냐?"

나는 오진수의 말에 수긍할 수밖에 없었다.

"안 그래도 성미은이 너 괜찮은 거 확인하겠다고 따라온다는 걸 애써 뿌리치고 오는 길이야. 아무래도 너한테 많이 빠진 거 같더라. 걔 글빨이 팍팍 받은 것도 일리가 있어."

"닥쳐요."

"김 작가. 이번에 나한테 빚진 거야. 내가 성미은이 안 찾았다면 넌 지금도 거기 갇혀 있을 거라고. 응?"

오진수가 우쭐해했다. 나는 머릿속이 복잡해졌다.

나는 어서 빨리 성미은을 만나 진짜 그녀가 내 고스트인지 확인하고 싶어졌다. 고민에 빠진 나와는 달리 오진수는 부지런히 데킬라를 비우고 있었다. 나는 그의 잔을 빼앗아 마셨다.

며칠간 나와 오진수는 바하마의 어둠 속에서 밤낮을 구별하지 못한 채 시간을 보냈다. 스미스들은 우리가 나가지 못하게 교대로 문에서 감시 중이었다. 우리는 자거나 술을 마셨다.

박 부장은 간간히 음식을 가지고 방문했다. 호텔 도시락이나 과일 바구니 등 모두 정갈하고 비싼 것들이었다. 우리는 돌아가는 정황도 묻지 않고 당장 어떻게 할 것인가도 재지 않았다. 차유나가 우리를 이곳에 머물게 한 것은 꽤나 영특한 생각이었다. 이곳은 어둠과 술로 이루어져 있었다. 우리가 들러붙어 있기에 딱이었다. 어둠은 훌륭한 보호색이었고, 바의 음습한 분위기는 곰팡이처럼 우리를 잠식해갔다.

잠에서 깼다. 문이 덜컹 열리며 눈부신 햇빛과 함께 차유나와 박 부장이 들어왔다.

오진수는 여전히 잠들어 있었다. 나는 걸어 내려오는 차유나의 모

습을 바라보았다. 올려다보아서였을까? 햇빛을 등지고 실루엣으로
각인되는 그녀의 수려한 몸매 때문일까? 게다가 파티용 이브닝드레
스라니! 결코 이 상황에 어울리지는 않았지만, 그녀에게는 너무나 잘
어울리는 의상이었다. 나는 잠시 그녀의 자태에 압도당했다.

오진수를 깨웠다. 차유나는 계단을 내려와 우리 앞으로 걸어왔다.
그녀는 바닥에 이불을 깔고 노숙자처럼 누워 있는 우리를 보고 재미
있다는 듯 웃어댔다. 주변에는 열한 병의 데킬라와 다섯 병의 종류가
다른 양주병, 그리고 비싼 샴페인 세 병이 널려 있었다.

"묵은 술 재고정리하기엔 이분들이 적격이네요, 그죠?"

차유나가 박 부장에게 말했다. 나는 창피한 기분이 들었다. 햇빛
이 내 눈가로 정확히 내리쬔 것도 이유였고, 술에 무기력한 스스로에
게 자책감이 들었다.

우리 앞에 다가온 차유나가 물었다.

"마장동이 어디지?"

"서울 동쪽, 축산물시장 있는 데. 바보야."

오진수가 말했다.

"입 조심해. 주정뱅이."

"옷이 그게 뭐냐? 남사스럽게."

"아직 술이 덜 깼군."

잽을 날리듯 오진수와 차유나가 이죽댔다. 차유나가 쪽지를 그의
얼굴에 떨구었다.

"당신이 찾는 사람 거기 있거든."

쪽지를 냉큼 집어든 오진수는 전화번호와 주소를 살피고는 고개를 끄덕였다.

"새끼…… 이런 곳에 처박혀 있었구만."

오진수는 쪽지를 움켜쥐고 일어났다. 나도 일어났다. 그제야 현실감이 들었다. 기지개를 펴는 나와 웃옷을 걸치는 오진수에게 차유나가 물었다.

"이제 말해보지 그래. 이 사람이 어떻게 당신을 도와줄 수 있는지?"

잠시 뜸을 들이던 오진수가 퀭한 눈빛으로 나와 차유나를 돌아보았다.

"이놈이 데생맨이야."

"데생맨?"

"강태한이 모르는 게 있지. 내 손이 이렇게 되기 전부터 난 만화 그리는 건 거의 손을 놨거든. 그 시절 난 만화 스토리랑 콘티만 짰다고. 그리고 이후 작업은 데생맨 주도로 문하생들이 도맡은 거지."

순간 머릿속에서 느낌표가 팍팍 솟아올랐다. 차유나 역시 감을 잡은 듯 나와 눈을 마주쳤다. 오진수가 마저 설명했다.

"한 마디로 이 친구가 내 그림을 그린 거라고."

"그럼 강태한 것도 모두 이 사람이 그린 거야?"

차유나가 눈초리를 세우며 오진수에게 물었다.

"어느 정도, 아니 상당 부분."

"그림 오형이 강태한을 공격할 스토리를 건네면, 이 사람이 그릴 거라는 건가요?"

"일단…… 녀석이 날 용서해야겠지."

"강태한은 이 친구 존재를 아나?"

"알았다면 이놈도 조졌겠지."

차유나가 고개를 끄덕였다.

"그럼 오빵 당신은 박 부장 차로 마장동 가라고. 그 사람 다독일
돈도 좀 주지. 강태한이 알기 전에 확실히 손 써야 해. 알았지!"

"벌써 어떻게 그놈을 조질지 다 구상했다. 참 김 작가도 나랑 같이
간다."

차유나가 잠시 골몰하자, 오진수가 답답하다는 듯 다시 입을 열
었다.

"설마 아직도 김 작가 의심하는 거야? 너 몰래 너 망치는 거 쓸까
봐?"

그녀는 적의도 호의도 없는 눈길로 나를 돌아보았다. 나도 말없
이 그녀를 바라보았다. 그녀가 혀를 두어 번 차고는 오진수를 돌아
보았다.

"데리고 가. 안 그랬다간 여기서 알코올중독자 되겠네."

오진수와 박 부장이 웃었다. 나도 애써 웃었다.

"참, 나 다음 주에 부산 간다. 이게 레드카펫용 후보 1번, 어때?"

그녀가 제자리에서 한 바퀴 턴하며 자신의 드레스를 뽐냈다. 보기
에 좋았다.

차유나가 가고, 나와 오진수는 바하마의 남은 양주를 박 부장의 차에 옮겨 실었다. 박 부장이 그 모습을 대단하다는 듯 돌아보았다. 목적지는 성동구 마장동 축산물시장 부근의 한 식당이었다. 데생맨은 그곳에서 가족과 식당을 운영한다고 했다.

오진수는 전화 연락 없이 무작정 쳐들어가야 한다고 했다. 무슨 뜻인지 알 법도 하다. 누구에게나 풀지 못한 과거는 있는 법이고, 껄끄러울 것이고, 그랬기에 진즉에 그를 찾아가 강태한의 복수를 함께 기획하지 못했으리라.

마지막 남은 짐을 들고 바하마를 나왔다. 오진수가 배부터 채워야 한다며 근처 중국집으로 가자고 우겼다. 혹시라도 강태한에게 노출될까봐 배달음식도 사 먹지 않던 터였다. 나 역시 허기가 몰려왔다.

짜장면을 기다리는데 박 부장이 낡은 폴더폰 두 개를 꺼내 우리에게 각각 건넸다.

"당분간은 이걸로만 연락하세요. 두 분 다."

"거 꼭 이렇게까지 해야 하나?"

오진수가 투덜댔다.

"아시지 않나요? 그 인간 집요한 거."

오진수가 불편한 표정으로 수긍했다. 짜장면이 나왔다. 고소하고 뭉근한 냄새가 앞으로 일주일 동안 짜장면만 먹어도 될 것 같은 기분이 들게 했다. 감옥이나 군대에서 나와 먹는 짜장면이 그리 맛있다더니, 역시 바하마에도 갇혀 있었던 게 분명하다. 우리는 누가 먼저랄 거 없이 비벼서 한 젓가락씩 들었다. 훌륭했다.

그때 전화벨이 울리고 오진수가 휴대폰을 꺼냈다. 그런데 폴더폰이 아닌 스마트폰이다! 태연히 전화를 받는 오진수를 나와 박 부장이 놀라 바라보았다. 번개같이 박 부장이 오진수의 폰을 빼앗아 전원을 뽑아버렸다.

"전원 왜 안 꺼놓은 겁니까?"

"뭐, 지하에서 어차피 통화도 인터넷도 안 되더만."

"지하에서 올라왔을 때 켜져 있었던 거잖아요? 그때 바로 확인됐을 겁니다."

"거참, 알았어. 이제 폴더폰 쓰면 되잖아."

오진수가 그만 호들갑 떨라는 투로 말하곤 짜장면 한 젓가락을 집어 들었다. 나도 눈치를 보며 짜장면에 다시 집중하려는데 박 부장이 자리에서 일어났다.

"갑시다."

"아 진짜, 먹을 땐 개도 안 건드린다는 말……."

오진수가 따지다가 말을 멈췄다. 박 부장이 무서운 눈초리로 그를 노려보고 있었다. 나는 자리에서 벌떡 일어났다. 우리는 눈물을 머금고 두 젓가락 먹은 짜장면을 뒤로한 채 박 부장을 따라나섰다.

차를 타고 중국 집 골목길을 빠져나와 큰 길 로터리로 진입했다. 그때 한 시 방향 차선에 서 있던 검정색 세단과 흰색 세단이 신호를 위반하고 로터리 중앙을 가로질러 우리 쪽으로 돌진해왔다. 우리는 기겁했다. 박 부장이 황급히 유턴을 했다.

아슬아슬하게 맞은편에서 오는 차를 피한 후 골목으로 들어갔다.

하지만 다른 한 대가 여전히 우리를 쫓아오고 있었다.

"대체 어떻게 우릴 발견한 거야?"

오진수가 제 발 저리는 도둑 흉내를 냈다.

"박 부장, 어떡해야 해? 따돌릴 수 있는 거지?"

"좀 조용히 해요! 박 부장님 운전 집중하게…… 헉."

차가 아파트 단지에 들어서며 과속방지턱 위로 크게 날아올랐다. 아이들이 소리치며 물러났고 주민들도 깜짝 놀라 피했다. 뒤에는 다시 합류한 차까지 두 대의 차가 우리를 쫓아왔다. 놈들도 필사적이었다. 박 부장은 노련한 운전 솜씨로 아파트 동 사이로 차를 몰아나갔다. 얼마 뒤 돌아보니 흰색 세단만이 우리를 쫓아오고 있었다.

박 부장은 다시 핸들을 꺾었다. 아파트 후문을 향해 돌진하는데, 검정 세단이 옆길에서 튀어나와 후문을 막아버렸다. 차문이 열리고 강태한의 부하들이 튀어나왔다. 뒤에서는 흰색 세단이 우리를 압박해오고 있었다. 박 부장이 가속페달을 힘껏 밟았다.

"꽉들 잡아요!"

차는 전속력으로 돌진해 후문을 가로막은 검정 세단을 받아버렸다. 강태한의 부하들이 놀라 몸을 피했고 검정 세단은 저만치 밀려나버렸다. 엄청난 충격이 가슴과 턱에 밀려왔고 고개가 들썩여졌다. 이빨이 쉬지 않고 덜덜거렸다. 다급하게 박 부장이 외쳤다.

"고개들 숙이세요!"

차는 다시 전속력으로 후진해 뒤에 멈춰 선 하얀 세단을 받아버렸다. 처음보다는 견딜 만했지만 머리가 어질어질했다. 박 부장은 그렇게 정문을 통과해 4차선 도로의 흐름에 차를 합류시켰다.

"씨발…… 내 꼭 죽이고 만다. 강태한 개씹새끼……"

뒷목을 만져대며 오진수가 욕을 해댔다.

"나야말로 오형 죽이고 싶거든요? 진짜!!"

짜증을 담아 오진수를 노려봤다. 충격에 놀란 몸이 아직도 덜덜 떨리고 있었다. 오진수는 한 짓이 있어서인지 더 뭐라 못하고 자기 목만 주물러댔다.

운전하는 박 부장을 살폈다. 그의 코에서 코피가 흐르고 있었다. 절대 멈추지 않을 것처럼 줄줄 흐르는 붉은 피가 섬뜩하게 느껴졌다. 나는 휴지를 건넸고, 그는 휴지로 코를 막아 쥔 채 차를 주유소에 진입시켰다. 멈춘 차 안에서 그가 내게 말했다.

"이렇게 된 이상 교통과 CCTV도 안전하지 않습니다. 놈들은 곧 쫓아올 거고요. 두 분은 여기서 내리세요. 대중교통을 이용해 가신 뒤 폴더폰으로 연락 주시는 겁니다."

말을 마치고 그가 지갑을 꺼내 카드 한 장을 내밀었다.

"박 부장님은 어쩌려고 그래요?"

"주변을 돌며 놈들을 교란시킬 테니 어서들 내려요!"

나는 카드를 받고, 작전을 나가는 병사의 심정으로 결연히 고개를 끄덕인 뒤 차에서 내렸다. 뒤이어 머쓱한 표정으로 오진수가 내렸다. 박 부장은 앞뒤 보닛이 잔뜩 우그러진 차를 몰고 주유소를 빠져나갔다. 우리는 도로로 나와 택시를 잡아탔다. 최대한 빨리 이곳을 벗어나야 했다.

택시기사에게 데생맨의 주소를 알려줬다. 기사가 내비에 주소를 찍고 운행을 시작하고 나서야, 한숨 돌리고 방금 전 상황을 되짚어 봤다. 오진수가 스마트폰을 안 끈 채 지하에서 나와 짜장면을 먹기까지는 채 30분이 걸리지 않았다. 그런데 그들이 들이닥친 것이다. 참으로 집요하게 강태한이 우리를 쫓는다는 사실에 새삼 몸서리가 쳐졌다. 나는 옆을 돌아보았다. 오진수는 아까의 추격전은 잊었다는 듯, 아프다던 목을 뒤로 젖히고 졸고 있었다. 한심해 보였지만 한편으론 부럽기도 했다.

일단은 데생맨이라는 사람을 만나야 한다. 그가 오진수와 함께 강태한의 고스트로 다시 설 수 있다면, 놈을 제압하는 건 어렵지 않다. 그 과정을 도우며 내 미래를 모색하자. 어느새 나를 잠식한 이 전쟁에서 주도권을 쥐지 않는 한, 내 삶은 없다. 반드시 나만의 일상과 글쓰기를 되찾아낼 것이다.

택시가 마장동의 목적지에 도착했다. 태광식당이라는 이름의 식당이 우리 앞에 있었다. 오진수와 나는 목적지인 식당을 힐끔 살핀 뒤 건너편의 중국집으로 향했다.

아까 그 집보단 맛이 없었지만 충분히 먹을 만했다. 우리는 박 부장의 차에 술을 두고 온 걸 애석해하며 연태고량주 한 병을 나눠 마셨다. 동시에 길 건너 태광식당을 살폈다. 낮에는 백반을 팔고 저녁에는 삼겹살을 비롯한 고기류를 파는 곳 같았는데, 브레이킹 타임인지 문이 닫혀 있어 식당을 운영한다던 데생맨과 가족들은 보이지 않았다.

"있잖아, 김 작가. 이따 저기 들어가 내가 무슨 봉변을 당하더라도 절대로 말리면 안 된다."

"도대체 그 사람한테 뭘 잘못을 한 거예요?"

"……."

"말해봐요. 그래야 말릴지 말지 판단할 수 있으니까."

"약 살 돈이 없어 놈 차를 팔았지."

"그거야 어떻게 해서든 갚으면 되죠."

"그놈이 좋아하던 아가씨를 내가 꼬셨어. 알고도."

"치사해라."

"그래서 걔가 나를 전치 6주로 보내줬거든."

"그건 갚았네."

"근데 내가 합의를 안 해줘서 걔가 8개월인가 살고 나왔지, 아마."

"……."

"7년 전 일이고 이후로 한 번도 본 적 없다."

"무슨 일이 벌어져도 안 말릴게요."

우리는 박 부장이 준 카드로 과일바구니와 양주를 사들고 태광식당으로 향했다.

심호흡을 한 뒤 오진수가 앞장 서 들어갔고 내가 뒤따랐다. 데생맨의 아내로 보이는 삼십 대 중반의 키 작은 여자가 우리를 맞이했다. 오진수는 쭈뼛대다가 과일바구니를 테이블에 내려놓고 앉았다. 나도 맞은편에 앉았다. 그가 삼겹살과 소주를 주문했다.

"보아하니 부인 같은데 과일 건네고 인사를 했어야죠!"

내가 낮은 목소리로 책망했다.

"몰라. 갑자기 얼어버리더라고."

여자가 밑반찬과 소주를 가져왔고, 우리는 시치미를 뗐다. 여자가 가고 주방 쪽을 살폈다. 주방에서 어른거리는 사람이 있긴 했는데, 그게 데생맨인지는 알 수가 없었다.

결국 우리는 우리가 제일 잘하는 걸 하기로 했다. 소주잔을 비웠다. 몇 잔 더 들어가면 오진수가 용기를 낼 것이다.

마장동에서 바로 끊어온 건지 삼겹살은 놀랄 만큼 맛있었다. 화장실을 다녀오며 주방을 힐끔 보니 그곳엔 머리가 센 할머니 한 분이 저녁 장사 준비를 하고 계셨다. 아뿔싸. 데생맨은 이곳에 없는 건가? 오진수에게 주방에 데생맨이 없음을 알리자 그는 알겠다며 소주잔을 비웠다.

삼십 분도 채 되지 않아 취기가 오른 오진수가 새 소주를 내온 여자를 멈춰 세웠다. 그는 자기가 고영석 씨랑 잘 아는 사이인데, 이제야 찾아오게 됐다며 혹시 볼 수 있냐 물었다. 여자는 우리를 미심쩍은 듯 살피더니 영석 씨는 일 나갔고, 무슨 일이냐 되물었다.

"제가 영석이한테 못난 선뱁니다. 저 만화갑니다. 오진수라고 전해주세요. 저 영석이랑 같이 오래 일했어요. 믿어주세요."

여자는 잠시 고민했다. 분명 남편이 만화계에서 일한 걸 아는 눈치였다. 때맞춰 내가 과일바구니를 건넸다. 여자가 거절하다가 마지못해 과일바구니를 받고는, 아기 아빠한테 전화하겠다는 말을 남기고 사라졌다.

"아기가 있어? 짜식 출세했네. 마누라에 자식에 자기 가게에……
허허."

"오형, 쫌!"

"왜?"

"가뜩이나 그 사람 오면 어찌 될지 모른다면서요? 정신줄 놓지 말
아요. 예?"

"마, 긴장 돼서 그래, 긴장. 긴장을 풀려면 어떡해야 해. 마셔야지."

정말이지 두려웠다. 오진수는 시한폭탄이 되어가고 있었고, 영석
이라는 이름을 가진 데생맨은 또 어떤 사람일지 예상이 안 돼 미칠
지경이었다.

대여섯 살쯤 된 여자애가 가방을 메고 식당으로 들어왔다. 갈래
머리를 예쁘게 땋은 여자애는 우리를 힐끔 보고는 자기 엄마를 부르
며 식당 뒤쪽으로 가버렸다. 잠시 뒤 여자는 우리가 들고 온 과일을
깎아 내왔다.

"저기 남편이 오늘 늦는다고, 그냥 마저 드시고 돌아가시라고 하
네요."

우리는 고민에 빠졌다. 그녀가 가고 과일을 먹으며 어찌할지 결정
했다. 우리는 고기와 소주를 시켜 더 먹고 또 먹었다. 주문을 계속
하는 손님을 쫓아낼 순 없는 법이고, 손님 역시 다 먹지 않고 식당을
나갈 수는 없는 노릇 아닌가. 주방에서 나온 데생맨의 어머니인지 장
모인지와 아내가 걱정스러운 표정으로 바라보았지만, 우리는 목적을

달성할 때까지 그곳을 뜰 수가 없었다.

손님들이 수없이 오가고 어느새 밤 열한 시. 오진수는 테이블에 코를 박고 자고 있었고, 나는 여자의 눈치를 살피며 TV를 보고 있었다.

오랜만에 보는 TV라 은근 빠져들고 있었는데, 그때 종이 울리며 가게 문 열리는 소리가 들렸다. 반사적으로 고개를 돌렸다. 얼굴이 검고 눈이 작은, 무엇보다 위압감 넘치는 민머리의 사내가 우리 쪽으로 걸어왔다.

사내는 주방에서 나온 아내를 돌아보고 먼저 들어가라고 말했다. 그녀는 식당 뒤로 들어갔고 나는 다급히 오진수를 깨웠다. 그는 그제야 잠에서 깨 고개를 들다가 후딱 상체를 일으켰다. 여전히 말없이 선 데생맨의 위압감은 장난이 아니었다. 나는 닥치고 있어야겠다고 마음먹었다.

"잘, 잘 지냈냐?"

앉은 채로 데생맨을 올려다보며 오진수가 물었다. 그의 손만큼이나 떨리는 음색이었다. 데생맨은 여전히 말이 없었다. 침묵이 흘렀고, 나는 고개를 숙였다. 데생맨의 크고 두툼한 안전화가 눈에 들어왔다. 아닌 게 아니라 그는 상당한 거구였다. 게다가 이미 오형에게 전치 6주 정도는 가뿐히 제공했던 과거가 있다. 게다가 안전화를 보니 마장동 축산물센터에서 발골 일을 하는 게 분명했다. 그곳에서는 칼이 떨어지면 발을 다칠 수 있어 안전화를 신고 일한다는 걸 들은 기억이 있다. 이러다가 데생맨이 주방에서 칼을 가져와 오진수의 각을 떠버리는 건 아닐까? 난 어쩌지? 지금이라도 튀어야 하나? 나는

211

안절부절 못한 채 두 사람을 돌아보았다. 두 사람은 여전히 말없이 서로를 살펴보고 있었다. 일촉즉발이었다.

미묘한 침묵이 한동안 흐른 뒤 데생맨이 입을 열었다. 감정의 농도를 최대한 제거한 음색이었다.

"그만 나가주세요. 장사 끝났습니다."

사내의 위압감에 우리는 아무 말 못한 채 식당을 나왔다. 어디 마땅히 갈 데도 없는 우리는 맞은편 모텔에 투숙했다. 오진수는 TV를 틀어놓고 딴전을 피웠고 나는 침대에 누워 생각에 잠겼다.

아무 대책도 없고, 어쩔 도리도 없다. 오진수는 올 때의 자신감은 온데간데없고 무기력으로 일관했다. 데생맨의 싸늘한 태도를 예상 못 한 건 아니었을 텐데, 앞으로 어떡할지를 물어도 그는 '낸들 아냐?'라는 말만 반복했다. 지친 우리는 각자 웅크린 채 잠들었다.

다음 날 저녁이 되어 다시 태광식당을 찾았다. '식당인데 손님 오는 거 막을 수는 없는 거다'라는 게 오진수의 대책이었다. 나는 자포자기의 심정으로 그를 따랐다.

오늘은 특수부위를 먹었다. 갈매기살, 항정살, 가브리살 등이었는데 이게 삼겹살보다 더 맛있었다. 우리는 계속 술과 고기를 주문했다. 데생맨의 아내는 꽉꽉 매상을 올려주는 우리가 싫지 않은 듯했지만, 여전히 조심스러워하며 말을 아꼈다.

그날 밤 퇴근한 데생맨은 우리 둘을 바퀴벌레 보듯 보고는 주방 뒤 거처로 들어가버렸다. 그의 아내가 미안한 표정으로 그만들 돌아가시라고 했다.

그렇게 사흘을 더 태광식당으로 출근했다. 고기가 맛있지 않으면 못할 짓이었지만 다행히 아주 맛있었고, 누군가의 마음을 돌리는 게 얼마나 힘든 것인지 다시 한 번 깨닫게 되었다.

여전한 데생맨에게 투명인간 취급을 당하고 모텔로 돌아와 잠이 든 우리는 새벽녘 문 두드리는 소리에 잠에서 깼다. 나는 오진수를 깨우고 앞서 문으로 향했다.

데생맨이었다! 검정 재킷 차림의 데생맨이 나와 내 뒤에 선 오진수를 뚫어지게 바라보고는 "따라들 와요"라는 말을 남겼다. 우리는 서둘러 옷을 걸쳐 입었다.

데생맨은 두 발치 정도 앞서 걸었고, 우리는 그를 따랐다.

차가운 새벽 공기를 뚫고 다다른 곳은 마장축산물시장 입구였다. 입구 위에 소와 돼지 머리 조형물이 떡하니 있었는데 왠지 섬뜩한 느낌이었다. 나와 오진수가 입구에서 발걸음을 멈추자 데생맨이 턱짓으로 재촉하고는 시장 안으로 들어갔다. 우리는 숨을 고르고 뒤를 따랐다.

시장 안 일부는 문을 연 채 고기를 손보고 새벽 손님을 받고 있었다. 붉은 조명이 빛나는 시장통 양쪽으로 칼 든 사내들이 자신들이 쥔 칼만큼 날카로운 눈빛으로 우리를 힐끔거렸다. 데생맨은 몇몇과 눈인사를 하며 시장통 끝의 한 상가에 다다라 셔터를 올렸다. 그가 들어갔다. 오진수가 먼저 들어가라고 내 옆구리를 찔렀다. 긴장한 나머지 나는 짜증을 냈다.

"아 진짜! 오형 먼저 들어가요!"

"나는 지은 죄가 있잖아……. 아무래도 니가 앞장서야겠다."

"내가 왜? 가뜩이나 오금 저리는데, 나 그냥 가버릴 수도 있어요. 진짜로."

"너 나한테 빚졌잖아! 성미은 섭외해 내가 널 구했는데 말야, 사람이 치사하게 여기까지 와서 간다고? 어?"

쾅쾅쾅! 소리에 돌아보니 데생맨이 셔터를 때리며 노려보고 있었다. 우리는 찍 소리 못하고 즉시 가게 안으로 걸어 들어갔다.

그곳은 데생맨의 정육가게인 듯했다. 작업대 위에는 널찍한 도마와 칼이 놓여 있었다. 잘 벼려진 정육칼을 보는 순간 긴장이 극에 달했다. 그는 간이의자를 중앙의 공간에 내려놓고 우리에게 앉으라고 했다. 우리가 앉고 나서도 데생맨은 아무 말이 없었다. 우리도 아무 말을 할 수 없었다.

이윽고 데생맨이 대뜸 나를 돌아보았다.

"친구 분이신가본데, 어떻게 따라오신 거죠?"

"그게, 여기 오형이, 아니 오진수 씨가 같이 가자고 해서 그냥…… 왔습니다."

"그냥 온 거면, 지금 돌아가셔도 됩니다."

"그, 그럴까요."

오진수가 득달같이 내 옷자락을 붙잡았다. 나는 아무래도 안 되겠다는 표정으로 데생맨을 바라보았다. 데생맨이 어쩔 수 없다는 듯 오진수를 돌아보았다.

"웬일입니까?"

"그냥. 보고 싶기도 하고……."

"실없는 소리 닥치고, 용건만 말하쇼."

그가 단호하게 말했다. 오진수는 몇 번 몸을 쭈뼛대다가 한숨을 깊게 내쉬고는 데생맨을 올려다보았다.

"내가 니한테 잘못 많이 한 거 안다. 십 년 넘게 같이 일하며 좋은 일도 있고 나쁜 일도 있던 거 아니냐. 이제 와 새삼 화해하러 온 것도 아니고, 사죄하러 온 것도 아니다."

"……."

"완성해야 할 만화가 하나 있다. 그게 내가 여기 온 이유야."

데생맨은 말없이 한숨을 크게 쉰 뒤 고개를 저었다.

"작업비도 충분하고, 스토리도 다 준비돼 있어. 내 말 믿어라."

"지금 나랑 다시 만화 작업을 하겠다고요? 그게 무슨 같잖은 말입니까?"

"영석아. 니가 없으면 난 그릴 수가 없잖아!"

오진수가 떨리는 손을 들어 보였고, 데생맨은 자리에서 일어났다.

"펜 놓고 칼 잡은 지 5년입니다. 난 이제 당신 콘티 데생 잡는 것보다 짐승들 배 가르고 뼈 바르는 게 익숙하다고요."

"아냐. 영석이 넌 내가 아는 최고의 데생맨이었어. 그 손놀림이 어디 가겠냐? 제발 한 번만……."

"한 번만 뭐요? 내가 설령 그릴 수 있다고 쳐도 왜 그래야 하는데? 왜냐고?"

데생맨이 몸을 숙여 오진수의 얼굴에 거의 닿을 듯 자신의 얼굴을 가져갔다. 오진수는 면구스런 표정을 짓다가 고개를 돌렸고, 데생맨이 자리에서 일어나서는 칼을 쥐었다. 나는 기겁했다. 그가 칼갈이에 대고 능숙하게 두어 번 칼을 갈아댔다. 고개를 숙인 오진수는 침통한 표정이었다.

"기껏 와서 한다는 소리가…… 휴, 이제 가쇼. 앞으로 마장동 쪽으론 얼씬도 마시고."

칼을 갈며 뇌까리는 데생맨의 목소리가 떨리고 있었다. 분노와 회한이 느껴지는 말투였다.

오진수가 일어나 문으로 향했다. 나도 뒤따랐다. 그때 오진수가 돌아서더니 데생맨을 향해 외쳤다.

"강태한! 너도 알지 그 새끼? 영석아, 나 이번 만화로 그놈 작살내려고!"

데생맨이 한동안 미동이 없다가 조용히 칼을 내려놓았다. 그리고 오진수를 향해 다가왔다. 그가 다짜고짜 오형의 멱살을 잡았다.

"내가 강태한 그 자식이랑 끝내자고 할 때, 형이 날 얼마나 면박 줬는지 기억이나 나요?"

"……그, 그러니까 이제라도……."

"기억 나냐고! 그 새끼 편만 들고 난 그냥 그림 그리는 기계 취급했던 거! 어!!"

다가가 데생맨을 말리려는데, 오진수가 괜찮다는 눈빛을 보냈다. 흥분한 데생맨이 엄청난 힘으로 오진수를 허수아비 흔들듯 흔들어댔다. 그리곤 식식거리다 그를 밀쳤다. 오진수의 밀린 몸은 벽에 부딪치고는 바닥으로 무너져내렸다. 그는 아픈 기색도 없이 밭은기침만 두어 번 뱉고 데생맨을 올려다보았다.

"고영석, 영석아. 미안해. 내가 다 잘못했다고."

"……."

"그러니까 이제라도 같이 복수하자! 강태한 그 새끼, 나 이제 정말 그놈 끝내버리고 싶다고!!"

오진수가 가게 안이 쩌렁쩌렁 울리게 소리쳤다. 데생맨은 그런 오진수를 애증 어린 눈빛으로 바라보다가 나를 돌아보았다.

"혹시 담배 있습니까?"

나는 부상병에게 모르핀 처방하는 간호병처럼 빠르게 그에게 담배를 건넸다. 오진수에게도 건넸다. 데생맨은 선 채로, 나는 간이의자에 앉은 채로, 오진수는 바닥에 주저앉은 채로 각자의 담배를 피웠다. 잠시 뒤 데생맨이 담배 연기 내뱉듯 한 마디 내뱉었다.

"씨발, 오랜만에 피니 어지럽네."

조금은 누그러진 말투였다.

"선제랑 종길이 통해 형 소식 들었습니다. 형이 놈에게 그리 당한 게 무지 고소하기까지 합디다. 한편으론 그러면서도 걱정도 좀 됐고…… 살아 있으려나. 그렇게 살아서 무얼 하려나."

"그동안…… 산송장이었지."

"따지고 보면 그놈 땜에 우리 인생 다 틀어진 거 아닙니까? 화실에서 같이 재밌게 만화 *그리고*, 그러다 바둑 두고, 날 좋으면 훌쩍

낚시나 가고 그랬는데……."

"다 내 욕심 때문이었다. 미안하다."

오진수의 목소리가 떨리고 있었다. 얼핏 보니 눈가마저 붉어졌다. 데생맨은 자신의 손을 교대로 주무르다가 우두둑 관절을 눌러주었다.

"손이 금방 풀려야 할 텐데…… 손만 풀리면 그놈 족제비 같은 면상 지금이라도 똑똑히 그릴 수 있을 거요."

오진수의 표정이 금세 먹구름 걷힌 하늘마냥 환해졌다. 끙, 소리를 내며 그가 바닥을 딛고 일어나 간이의자로 와 앉았다. 데생맨은 그런 오진수의 모습을 지겨운 듯 반가운 듯 바라보았다. 오진수가 데생맨에게 나를 소개했다.

"우릴 도와줄 친구야. 이 친구도 고스트고."

"김시영입니다."

"고영석입니다. 초면에 실례가 많았네요."

나는 데생맨과 악수했다. 그의 손은 크고 단단했다.

그날 오전 곧바로 우리가 묵었던 모텔을 작업실로 세팅했다. 데생맨이 주인과 안면이 있어서 넓은 방을 빌린 뒤 장 테이블과 의자 등을 들여다 놓을 수 있었다.

데생맨의 합류에 기운이 난 오진수는 바로 시작했다. 그는 스토리를 '그렸다.' 초등학생용 스케치북을 세로로 세워 그곳에 만화 칸을 긋고는, 단순한 인물 구도를 그리고 말풍선을 만들어 대화를 채워가기 시작했다. 덜덜거리는 손이지만 스케치북에 그리니 그나마 그림이 나왔다.

"신기하네요."

"요즘 애들이나 대본으로 만화 스토리 쓰지, 만화가는 원래 스토리 이렇게 쓰는 거야."

그의 말에 따르면 구상한 스토리를 만화 콘티로 그리는 것이 만화 스토리를 쓰는 것이란다. 오진수는 이렇게 몇 장을 채우고는 다시 새 스케치북에 새로운 스토리를 그려나갔다. 이 모든 게 구상이고 연습이라는 그의 모습에서 전에 없던 후광이 펼쳐졌다. 맞아, 이 사람도 한때 만화판에서 잘나가던 만화가였지. 하도 내 옆에서 지질하게 굴고 노숙자처럼 하고 다녀 그랬지만, 도움을 받아 마음먹고 시작하니 과거 실력이 발동하기 시작했다.

데생맨 또한 오전에는 가게에 나간 뒤 오후에 와 스케치북에 데생 연습을 하기 시작했다. 어딘가에 처박아두었던 건지 먼지가 덕지덕지한 미술 도구와 펜, 화보와 스케치 자료 등을 가져오더니, 닥치는 대로 그리기 시작했다. 동물, 사람, 자동차, 빌딩 등을 빨리 그리기 시합하듯 양산해냈다. 일반인인 내가 보기엔 거의 신기에 가까운 데생 실력이었다. 원체 손이 빠른 문하생이었고, 오진수와의 트러블만 없었다면 진즉에 만화가로 데뷔할 수 있었을 거라고 했다.

둘은 이런저런 이야기를 나누며 본격적인 작업을 위한 워밍업을 했다. 아직은 지난 시절 이야기와 만화 그리기의 기술적인 부분에 대한 잡담들이었다. 나는 그들의 담배심부름을 하고, 오진수가 구상하는 스토리를 들어주며 감상을 말했다. 그렇게 빈둥대다 보니 일주일이 그냥 지나가버렸다.

그 와중에 박 부장에게 전화가 왔다. 그는 부산영화제에 차유나와 함께 내려가게 됐다면서, 강태한 쪽 동태가 심상치 않다고 말했다. 대신 마장동 쪽에서 벗어나지 말고 건네준 카드와 폴더폰만 사용할 것을 다시 강조했다. 나는 이곳의 근황을 간단히 알려주었고 그는 전화를 끊으며 작업 잘하시라는 말을 잊지 않았다.

"제목 이거 어때?"

오진수가 스케치북을 보여주었다. '정복된 정복자'라고 휘갈겨 쓴 글씨였다.

"너무 말장난 같지 않아요?"

데생맨이 말했다.

"정복자 시리즈니까 어쨌든 정복자를 넣어야 된다고."

"주인공 캐릭터랑 이름만 그대로 하면 되죠."

"네가 우리 정복자 남궁혜성을 무시하냐?"

"솔직히 말해서 난 그 만화 제대로 읽은 적 없거든요."

그러자 데생맨이 작업실 구석에 놓인 쇼핑백에서 만화책을 꺼냈다. 『정복자의 첫사랑』『아스팔트 위의 정복자』『그라운드의 정복자』『정복자 vs 약탈자』『압구정 정복자』 등등 색 바랜 대본소 만화책들이었다.

나는 『압구정 정복자』를 집어 펼쳐보았다. 한껏 세운 스포츠머리에 부리부리한 눈썹의 사내가 네모 칸 곳곳에서 호령하고 있었다. 영락없이 강태한을 빼다 박은 캐릭터였다.

"데생에 참고하려고 가져왔는데, 김 작가님도 짬날 때 읽어보시죠."

"읽다가 너무 꽂히지나 마라. 그 당시엔 컬트로 추앙받던 작품들이니."

"나 컬트 안 좋아하거든요."

"뭘 안 좋아해. 너 생긴 게 컬튼데."

"오형한테 외모로 공격당하니 당혹스럽네."

데생맨이 웃었고 나도 싱긋거렸다. 오진수는 말을 돌렸다.

"우린 제목만 정하면 바로 작업 들어갈 건데, 넌 뭐 안 쓰냐?"

"뭐요?"

"너만의 역작을 완성하겠다 그리 떠들어대더니, 강태한한테 당하고 나니 글쓰기 싫어?"

그제야 성미은이 떠올랐다.

나를 강태한의 글감옥에서 구해준, 이놈의 지긋지긋한 라이터스 블록을 깨줄 나만의 고스트라이터 성미은을, 그제야 떠올리고 말았다.

◆ ◆ ◆

"대체 어떻게 된 거예요! 예? 나는 김 작가님 정말 걱정돼서 매일 전화했는데, 전화긴 맨날 꺼져 있고……. 그리고 그 오진수란 사람은 자기가 확인해 준다더니 왜 연락이 없는 거예요? 나 그동안 뭐가 뭔지 너무 혼란스러워서 일도 제대로 못했다고요! 뭐라도 쓰다가 혹시 김 작가님 신상에 영향이라도 갈까봐 말이에요. 근데 그거 정말 내가 쓴 대로 된 거 맞아요? 나 정말……."

나는 만나서 얘기하자고 하고 통화를 마쳤다. 그녀의 질문 포화에 두 손 두 발 들고 싶었으나, 만나서 설명을 해야만 했다. 설명을 하고 설득을 해, 그녀를 나의 고스트로 만들어야 했다.

"성미은 만나고 올게요."

"뭐? 왜? 무슨 일로?"

스케치북 가득 말풍선을 채우던 오진수가 눈을 치뜨고 물었다.

"성미은이 우리 상황 궁금해하고 있어요. 알려줄 건 알려줘야죠."

"그러다가 너 성미은이 강태한한테 불면 어쩌려고 그래? 까놓고 걔가 강태한한테 잡히지 말라는 법 있어?"

"조심할 거니까 걱정 마세요."

오진수가 마뜩지 않다는 표정으로 혀를 찼다. 나는 열심히 콘티 짜시라 하고 자리에서 일어났다. 가방을 메고 문을 나서는데 그가 한마디 했다.

"걔한테 말 너무 많이 하지 마라."

내가 돌아보자 오진수는 콘티에 시선을 둔 채 덧붙였다.

"내가 보기에 성미은이 신기가 있어. 걔 이용하려 들이댔다가 오히려 니가 먹힌다."

"오형, 난 그냥 내 고스트를 찾은 거라고요. 부러워요?"

그가 나를 돌아보더니 고개를 절래절래 저었다.

"그니까, 성미은이 고스트 충분히 가능한데, 너한테 묶일 사이즈가 아니라고. 둘이만 그러다 너 개한테 당한다. 아무래도 내가 같이 있어야 중심이 잡힐 거 같아. 우리 셋이 뭉쳐야 진짜 고스트라이터즈가 완벽하게 성립될 것 같다는 생각이 지금 들거든? 아무래도 내가 같이 가줘야……."

나는 서둘러 문을 열고 나갔다. 대답 대신 쾅 하고 세게 문을 닫아버렸다.

잠실야구장. 성미은과 나는 1루 측 내야에 자리를 잡았다. 가을야구에 진출하기 위해 잠실을 홈구장으로 쓰는 팀이 원정팀과 중요한 경기를 펼치고 있었고, 관중들의 응원과 함성도 밤하늘을 찌를 듯했다.

할리우드 영화에서 보면 이렇게 사람들 많은 공공장소에서 접선을 하는 경우가 종종 있다. 나는 혹시라도 있을 강태한 일당의 습격에서 자유로운 곳을 떠올려보다가 이곳으로 약속을 정했다. 여기라면 경기장 안전요원도 있고, 관중들도 많으니 무지막지하게 끌려갈 일은 없다. 미은과 나는 관중들 사이에 앉은 채 밀린 얘기를 나누고, 경기가 끝날 때 인파에 실려 나가 대중교통을 타면 된다.

예상대로 다들 응원하느라 정신이 없었고, 미은과 나는 서로의 어깨를 맞댄 채 대화를 이어나갔다. 대화라기보다 일방적인 나의 설명이 이어졌고, 미은은 한 단어라도 놓치지 않겠다는 듯 귀 기울여 들었다.

나는 그동안 강태한에게 잡혀서 당한 고초와 그곳을 빠져나온 과정에 대해 이야기했다. 그리고 차유나와 데생맨의 도움으로 오진수가 강태한을 응징할 준비 중이라는 것까지 설명했다. 미은이 눈을 똥그랗게 뜨고 나를 돌아보았다.

"그래서, 지금 TH를 직접 공격하려 한다는 거예요? 어머, 그게 가능해?"

"날 봐요. 내가 증거예요. 나 거기서 살아 나왔고, 그래서 지금 당신을 보고 있잖아요."

미은이 한결 편해진 표정으로 나를 바라보았다. 야구장에 온다고 해서인가. 그녀는 야구 모자를 썼고 파마 머리는 포니테일로 묶어서 단정해 보였다. 그녀가 궁금하다는 듯 내게 물었다.

"근데 오진수 그 사람 괜찮아요? 아무 문제 없어요?"

"좀 괴팍하긴 한데, 나쁜 사람은 아닙니다."

"난 처음에 그 사람 사기꾼인 줄 알았거든요. 지금도 좀 느낌은 안 좋고 그래요."

"나도 그랬어요. 물론 지금도 그리 느낌이 상쾌한 건 아니고요."

"아하하. 그래서 경계했는데, 김 작가님이 위험하다니까 그대로 있을 수만은 없겠더라고요. 제가 이래 봬도 한번 인연 맺은 사람과는 계속 의리를 지키려는 편이거든요."

"맞아요. 미은 씨가 날 도와줘서 내가 살아난 겁니다."

"정말…… 그런 건가요? 내가 한 건가요?"

"그럼요. 그리고 나 조금만 더 도와줄 수 있겠죠? 많이 어려운 건 아니에요."

"뭔데요?"

"아시는지 모르겠지만 내가 두 번째 소설을 몇 년째 못 쓰고 있어요. 아무래도 라이터스 블록에 막혀 있는 거 같거든요. 내가 제대로 쓸 수 있게, 막힘없이 잘 쓰는 내 모습을 글로 써줄 수 있을까요?"

"예?"

"내가 강태한에서 빠져나온 거 쓴 것처럼, 내 다음 사정도 좀 써달라는 말입니다."

미은이 평소답지 않게 고개만 갸웃거리며 답을 하지 않았다. 초조해진 나는 그녀의 어깨에 손을 올렸고, 나를 돌아본 그녀에게 똑바로 시선을 맞췄다.

"미은 씨. 미은 씨야말로 내 고스트라이터예요. 날 바꿔줄 수 있다고요. 이번 한 번만, 두 번째 소설을 완성하는 내 모습을 써줘요. 다신 부탁 안 할게요."

미은이 혼란스럽다는 표정으로 날 살피고는 물었다.

"그런데…… 내가 김 작가님 고스트라이터라는 건 어떻게 확신하는 거예요? 오진수 씨는 어떻게 확신했고, 작가님은 어떻게 그렇게 믿는 거예요?"

최종 면접관의 마지막 질문처럼 묵직했다. 나는 잠시 골몰했지만 곧 떠올랐다. 그래, 내가 그녀에게 꽂힌 건 강태한에게 잡혀가기 바로 전이었다.

"그건요, 미은 씨가 나한테 보내준 소설, 그 제목 없는 소설이 정말 저한테 꽂히더라고요. 게다가 미은 씨는 저에 대해 어느 정도 감정적으로 교감이 있으니까, 같은 처지였고…… 그래서 내 고스트가 될 수 있는 거예요. 그리고 그렇게 이미 날 구해줬잖습니까?"

그녀가 가만히 고개를 끄덕였다. 든든함이 느껴졌다.

"그 소설 제목은 '미나'예요. 남자가 그녀에게 그렇게 이름 붙이죠. 하지만 미나는 자기 삶을 살기 시작할 거고 자기만의 이름을 찾을 거예요. 이 부분에 대해 겨우 만지다 왔거든요."

"그거 좋은 거 같은데요."

"근데 제 작품 모니터는 언제 해주실 거예요?"

"아! 모니터는 그때 만나러 가다가 놈들한테 끌려가는 바람에…… 이참에 아주 페이퍼로 제대로 정리해 보내드릴게요. 저는 그 소설 반드시 잘될 거라고 생각합니다. 정말요. 그러니까 일단은 제 모니터 기다리시는 동안, 저에 대한 그 글부터 써주시면 어떨까요? 미은 씨, 예?"

미은이 의외로 까다롭게 나와서 나는 거의 애원조가 되었다.

그때 딱! 소리와 함께 홈팀 타자가 친 공이 엄청나게 뻗어나갔다. 관중들이 모두 일어나 공의 궤적을 살피며 흥분했고, 나와 미은만이 침묵에 빠진 채 앉아 있었다. 응원단장의 홈런! 외침과 함께 우레 같은 함성이 터졌고, 관중들이 서로 하이파이브와 건배를 나눴다.

갑자기 미은이 일어나 박수를 치며 환호했다. 엉겁결에 나도 뒤따라 일어났다. 미은이 웃으며 나를 돌아보았다.

"생각해보니 나 엘지 팬이거든요, 와우!!"

"그, 그래요! 파이팅!!"

"저 사실 오늘 오랜만에 야구장 오니까, 기분도 신나고 좋았는데 말이에요……."

"앗, 제가 너무 부탁만 드리고 그랬네요. 미안해요. 내 생각만 했군요. 지금 좀 절박한 상황이라서……."

"됐고요, 무슨 말인지 알겠어요."

민망한 표정을 지으며 내가 물었다.

"그럼, 들어주시는 건가요?"

그녀가 담담한 표정으로 나를 바라보다가 입을 열었다.

"알았으니까 치맥 사요. 여기 다들 치킨에 맥주 먹잖아요. 치맥 먹으며 응원이나 해요."

나는 힘차게 고개를 흔든 뒤, 치킨과 맥주를 공수하러 부리나케 자리를 떴다.

미은은 자신의 응원팀의 대승에 기뻐했다. 미은이 기뻐하는 모습에 나도 기뻐했다. 마치 그녀가 내 생사여탈권을 쥔 사람인 양, 그녀의 일거수일투족에 내 마음도 왔다갔다 했다.

고스트를 발견하는 것도 일이지만, 관리하는 것이야말로 큰일이라는 걸 깨달았다. 그래서 차유나는 내게 목돈을 바로바로 쏜 거고, 강태한은 가둬두고 시킨 거였다. 나는 미은에게 그간의 정과, 같은 처지라는 걸로 호소하고 있었다. 다행히 그녀는 날 긍휼히 여기사 쿨하게 응해주었다.

그동안 그녀를 내심 비웃고 답답해했던 걸 사과했다. 물론 속으로. 지금으로선 도저히 사실 당신을 좀 깔봤다 고백하고 사과할 수 없다. 혹시라도 그녀가 빈정이 상해 내 부탁을 들어주지 않으면, 나는 영영 글을 쓰지 못할 것만 같다.

경기가 끝나고 우리는 신천으로 자리를 옮겨 소주를 마셨다. 나는 미은을 택시 태워 보내기까지 그녀의 기분을 망치지 않으려 최선을 다했다. 다행히 미은을 잘 보내고 모텔로 돌아오며 안도의 한숨을 쉴 수 있었다. 그럼에도 택시를 기다리며 취한 미은이 던진 말이 계속 떠올랐다.

"글 잘 쓴다고 인정받으니 좋네요. 그것도 내가 인정하던 사람한테서. 당신도 알지? 그런 기분?"

갑작스런 반말투에 미처 대답을 못하는 찰나, 그녀가 혼잣말했다.

"사실 다 필요 없어. 그냥 나 잘한다고 하면 하는 거야. 거기 취해 하는 거지."

돌아오는 지하철에서 그녀의 말을 곱씹었다. 미은이나 나나 모두 결핍이 있는 자들이었고, 그 결핍을 채우기 위해 이야기를 써야 했을 뿐이다. 그 결핍이 남이 아니라 나로부터 온다는 걸 미은처럼 깨닫기 위해선 내게 더 많은 시간이 필요할 듯했다.

다음 날 오후가 되어서야 깨어났다. 밥 먹자고 깨우지도 않냐 투덜대려고 봤더니, 오진수와 데생맨은 작업에 열중이었다. 내 기척에도 상관없이 몰입해 있는 그들을 보니 마음이 든든했다. 나는 숙취를 뒤로하고 모텔 책상으로 가 컴퓨터를 켰다. 인터넷에서 강태한과 TH엔터테인먼트의 근황을 체크하는 게 매일 내가 해야 할 일이었다.

테이블을 사이에 두고 오진수와 데생맨이 설전을 벌이기 시작했다. 누가 강태한의 악행을 더 많이 알고 있는지와, 놈을 어떻게 죽여야 속이 시원할지에 관한 내용이었다. '정복자의 몰락'이라 이름 붙여진 저 만화가 완성되면, 정말로 강태한은 몰락하는 것일까? 확실한 건 두 사람의 분노 속 강태한과 내 기억 속 놈의 모습은 정확히 일치했다. 그러자 갇힌 채로 놈에게 사육 당하던 때가 떠올라 기분이 더러워졌다.

기분 전환을 위해 포털사이트 연예면 기사를 훑었다. 요즘 뜨는 걸그룹 사진이라도 보려는데, 부산영화제의 차유나 사진이 눈에 들어왔다. 그녀는 감독과 동료 배우들과 함께 레드카펫 앞에 서서 환하게 웃고 있었다. 이전에 본 드레스가 아닌, 등이 다 파인 벨벳 소재의 푸른색 드레스였다. 가뜩이나 큰 키에 그런 드레스를 입으니 더더욱 그녀가 돋보였다.

차유나의 사진들을 일일이 클릭해보았다. 뒤이어 '차유나, 레드카펫의 독보적 여신 등극' '아시아에도 이런 배우가 있다니…… 부산 방문한 앙트완 감독의 극찬' '레드카펫에 오른 푸른 마녀의 유혹' 등 극찬 어린 기사들을 읽었다. 묘한 감정이 들었다. 평소와 달리 기자들은 뻥튀기 기사를 쓴 게 아니다. 그들의 감정은 정확했다. 차유나는 누구보다도 우아한 여신으로 그곳에 현현해 있었다.

그것이 내가 차유나에 관해 쓴 것이다. 그녀는 더 이상 천박해 보이지 않는다. 사진 속의 그녀는 당장이라도 자연스럽게 불어로 앙트

완 감독과 대화를 나눌 것처럼 보였다. 그녀는 내가 쓴 이야기 속 등장인물이 되었고, 내가 쓴 그녀의 매뉴얼을 세상 사람 모두가 읽은 듯했다. 그러자 소름이 돋았다.

그때 폴더폰이 울렸다. 모르는 번호였다. 이 번호를 아는 사람은 박 부장과 미은뿐인데, 두 사람의 번호 중 어느 것도 아니었다. 뭐지? 미심쩍은 기분으로 나는 전화를 받았다.

수화기 너머에서 여자의 상기된 목소리가 들려왔다.

7장

진실이 허구보다 낯선 것은 당연한 일이다.
허구는 적어도 말이 돼야 하니까.

– 마크 트웨인

수화기 너머 목소리의 주인공은 놀랍게도 아리였다.

"나 지금 당신을 안다고 하는 사람들이랑 같이 있어."

눈앞이 하얘졌다. 말문이 막혀 대답을 할 수 없었다. 저 너머에서 아리는 최대한 침착한 목소리로 말하려 노력 중이었다.

"어떻게 된 거야. 이 사람들이 너를 찾고 있거든, 지금."

"아리야? 거기 지금 어디야?"

"강남 어디 주상복합 건물이고, TH엔터 대표…… 앗."

아리의 짧은 외침이 들렸다.

"어이, 김 작가. 본인 때문에 여자 친구가 고생해야 쓰겠어?"

강태한이 이죽거렸다. 화가 치밀었다.

"당신 지금 뭐하는 거야!"

"흥분하는 거 보니 여자 친구 맞네. 여기 이 친구는 자기랑 끝났다고 하던데…… 맞네, 맞아. 후후."

"걔 나랑 상관없어! 당장 놔주라고!!"

오형과 대생맨이 다가왔다. 수화기 너머에서는 느긋한 놈의 목소리가 흘러나왔다.

"이거 왜 이래. 김 작가, 답답하면 직접 오시든가."

"야 이 개새끼야! 지금 내가 갈 거니까 아리 건드리지 마!!"

"오라고. 너만 오면 앤 놔줄 테니까."

"간다고. 당장 개부터 놔줘!"

잠시 침묵이 흐른 뒤 힘을 준 강태한의 목소리가 들려왔다.

"오늘 와라. 저녁이나 먹자고. 여덟 시까지. 근데 일 분이라도 늦으면 확 섬으로 실어 보낸다. 응?"

"……"

"대답해, 새꺄!"

"……일단 내가 가면 아리 보내주는 거, 약속해라."

"새끼 속아만 살아왔나. 나 강태한이 한 말은 지킨다. 김 작가 그러니까 내 말만 들으면 된다니까, 왜 말을 안 들어 처먹나?"

"기다려라. 갈 테니까."

통화를 마치며 털썩 침대에 주저앉았다. 낭패였다. 끔찍하다. 아리에게까지 놈이 손길을 뻗을 줄이야……. 이럴 줄 알았으면 미리 조심하라고 주의를 주었어야 했다.

정신을 차리고 시계를 보니 두 시를 지나고 있었다. 여덟 시까지는 여섯 시간이 남았다. 나는 성미은을 떠올렸다. 하지만 지금 그녀를 만나고 설득해, 작업에 몰입시키기에는 시간이 너무 촉박했다.

오진수가 내게 물었다.

"그놈이 누굴 납치했다는 거야? 니 여자 친구?"

"여자 친구였죠. 하지만 두고 볼 순 없잖아요? 개새끼 진짜 악질새끼…… 내가 그 자식 만나 시간 끌고 있을 테니까, 오형은 그동안 만화 완성해요."

나는 일어났다. 오진수가 내 어깨를 잡았다.

"놈을 만만히 보면 안 돼. 지금 가는 게 능사가 아니라는 거다."

"아리는 아무 잘못도 없이 지금 나 때문에 잡혀 있다고요! 빨리 아리 보내주고 내가 거기 있을 테니까, 만화 완성하는 대로 오시라고요."

"바보야! 그게 바로 놈이 노리는 거라고! 네 약점을 건드려 이용해 먹는 거!"

"약점요? 아뇨. 이용당하지 않을 테니 걱정 마시고 어서 작업이나 완성해요!"

"인마! 지금 가면 우리 계획도 망한다고! 생각해봐. 놈들은 우리가 같이 도망친 거 알고 있다고! 널 추궁해 우리까지 찾아낼 거란 말야!"

"…… 걱정 접어요. 혀가 끊어져도 말 안 할 테니까."

나는 그의 팔을 뿌리치고 가방에 노트북을 챙겨 넣었다. 오진수가 뒤에서 '못난 새끼'라고 중얼거렸다.

신발을 신고 일어나는데 오진수가 달려와 문을 가로막았다.

"기다려 이 성질 급한 놈…… 같이 가!"

"이건 내 문젭니다. 여기서 작업이나 마무리하시라고요."

순간 고개가 돌아갔다. 오진수가 내 뺨을 후려친 것이다. 고개를 드니 분노한 그의 눈빛이 나를 쏘아보고 있었다.

"니 문제만이 아니라고! 남의 말도 좀 들어. 다 생각이 있으니까, 좀!"

오진수는 작업 테이블로 향했고, 결국 나는 그를 뒤따랐다.

소란에도 아랑곳없이 데생맨은 원고에 펜 선을 넣고 있었다. 희미한 연필로 묘사된 형상이 어느새 날렵한 형체의 그림으로 완성되고 있는 중이었다. 데생맨은 우리를 보더니 민머리를 손으로 훑고는 다시 작업에 몰두했다.

"언제까지 될 것 같아?"

"일주일은 더 해야 될 텐데."

시선을 원고에 고정한 채 데생맨이 대답했다.

"6장까지 말고 4장까지 하면?"

데생맨이 고개를 들고 되물었다.

"그 정도로 위협이 되겠소?"

"4장까지 얼마 걸리겠냐고?"

"3일."

"만약 마감이 내일이면?"

데생맨이 갸웃거리다 우두둑 목을 꺾었다.

"그럼 오늘 끝내야지."

"그래. 지금부터 마감의 힘으로 가는 거야!"

오진수와 나도 테이블 앞에 앉았다. 그의 말이 맞았다. 지금 가 혼자 들이대봐야 속수무책일 뿐이었다. 지금은 작가들에게 내려온다는 그 전가의 보도, 마감력을 풀로 발휘해야 할 때였다.

작업 시작 전 오진수는 박 부장에게 전화를 걸었다. 둘은 상당히
오랜 시간 통화를 했다. 전화를 끊고 그가 말했다. 박 부장이 부산에
서 올라올 거라고. 나는 한결 마음이 놓였다.

뒤이어 그는 우리에게 각각의 임무를 주었다. 나는 데생맨이 펜 선
까지 마무리한 1~3장 원고의 연필 데생 자국을 지우는 일을 맡았
다. 지우개 쥔 손가락까지 닳아버릴 기세로 빡빡 지워댔다.

데생맨은 4장 초반의 러프 데생 위에 정교하게 펜 선을 앉히고 있
었다. 그는 빠르게 작업하느라 펜을 잘못 놀릴 때마다, 습관처럼 민
머리를 훑고는 화이트질을 했다.

놀라운 점은 오진수가 연필을 잡은 거였다. 그는 떨리는 손으로
두루뭉술하게나마 네모 칸 안에 인물의 형상을 잡아가고 있었다. 데
생맨이 아직 시작 못한 4장 중반부였다. 나는 그의 작업을 살펴보았
다. 신기했다. 그는 고려청자를 빚듯 떨리는 손을 조심스럽게 가다듬
으며, 네모 칸 안에 사람의 형상을 채우고 있었다.

지우개질을 하며 〈정복자의 몰락〉 원고를 살펴보았다. 1장부터 차
례로 시작한지라 이야기의 흐름에 몸을 맡길 수 있었다. 나는 먼저
원고를 읽고, 뒤이어 연필 선을 지워나갔다. 연필 선이 지워지고 나면
펜 선이 또렷이 드러났고, 그림으로 된 이야기는 구름이 걷힌 바위산
의 단단함으로 드러났다.

만화는 '정복자' 남궁혜성이 자신이 휘둘러왔던 엄청난 권력을 회

상하는 것으로 시작되고 있었다. 소속 연예인들을 겁박하고, 경쟁사를 음해하고, 떠오르는 엔터사는 싹부터 짓밟았다. 국회의원부터 검찰까지 연줄을 대 방해가 되는 것들을 제압해나가는 남궁혜성은 가히 대한민국 쇼비즈의 정복자다.

하지만 회상이 끝나자마자 그에게 당한 사람들의 복수가 시작되고, 서서히 타격을 입는다. 소속 연예인의 스캔들이 줄줄이 터지고, 소송이 들어오고, 부하들은 앞 다퉈 배신하기 시작한다. 독이 오른 남궁혜성은 수단과 방법을 가리지 않는다. 2장 말미에 이르자 그는 직접 살인마저 저지른다.

3장을 지나면서 남궁혜성은 그나마 남은 부하들도 사라지고, 이 팀장이라는 뱀눈의 부하에게 공격당한다. 그를 겨우 죽이는 데 성공하나 자신도 부상을 입은 채 괴로워한다. 급기야 노이로제에 빠져 혼자 남은 사무실에서 '유령'에게 시달리는 남궁혜성.

만화지만 좀 너무한 게 아닌가 싶던 찰나, 유령의 이름이 눈에 들어왔다. 최한철. 사실상 이 만화는 한 명의 독자를 위해 만들어졌다. 강태한에게 최한철의 출현이야말로 적절한 스토리 전개였다.

최한철이라는 이름의 유령은 긴 머리에 갸름한 턱선, 움푹 파인 눈초리를 지니고 있었다. 남궁혜성이 강태한의 판박이이듯 만화 속 최한철도 실제 얼굴과 똑같을 것이다. 나는 3346호에서 읽었던 그의 글을 떠올리며, 얼굴의 연필 선을 지웠다. 최한철의 얼굴이 더 날렵해짐에 따라 서늘한 느낌도 더해졌다.

서늘한 표정으로 유령 최한철은 남궁혜성에게 독설을 퍼붓고 있었다. 강태한은 자신의 고스트를 다시 만나게 될 것이다. 고스트라이터와 고스트라이터의 유령. 그에게 존재했던 두 명의 고스트가 힘을 합쳤다. 남궁혜성은 두려움에 몸서리치며 최한철에게 물건을 집어던지고, 급기야 칼로 찔러보지만 아무것도 건드리지 못한다.

'나는 니 고스트야. 죽일 수 있다고 생각하나?' 최한철의 음성에 남궁혜성이 몸서리치다 주저앉는다. 어느새 유령은 사라지고 놈은 넋이 나가 옴짝달싹 못한다. 강태한도 이 부분에서 넋이 나가길, 놈 앞에 선 오진수라는 유령에게 꼼짝 못하길 바랄 뿐이었다.

읽는 동안 묘한 흥분이 나를 적셨다. 오진수는 현실과의 경계를 절묘하게 버무려 강태한을 떨게 할 이야기를 완성했고, 데생맨의 수준급 데생 솜씨는 그 이야기를 생동감 넘치는 만화로 완성시켰다. 훌륭했다. 남은 4장에서 남궁혜성의 몰락이 어떻게 펼쳐질지 벌써부터 궁금해졌다.

어느새 해가 지고 있었다. 이 원고는 무기다. 놈에게 맞설 강력한 무기가 되어야 한다. 나는 칼날을 가는 각오로 지우개질에 몰두했다.

3장까지 마친 뒤 옆을 돌아보았다. 오진수가 엄청난 집중력으로 마무리한 러프 데생 페이지를 옆으로 넘기면, 데생맨이 받아 리듬감 있게 펜촉을 굴리기 시작했다. 둘은 2인 1조 공장 노동자처럼 착착 손발이 맞았다.

"칸 밖으로 그림 좀 빼지 마쇼."

불평을 하면서도 데생맨의 눈과 손은 원고를 떠나지 않았다.

"아우, 이 정도면 감지덕지 아냐? 잡다한 건 니가 싹 마무리해."

"내 바쁘니까 참습니다."

둘은 툭탁대면서도 작업에 집중했다. 나는 궁금증에, 한편으론 기운을 북돋을 겸 오진수에게 물었다.

"4장부터 어떻게 되요?"

"궁금해?"

"4장부터 남궁혜성 확실히 조지는 거 맞죠?"

오진수가 나를 돌아보고 입꼬리를 올렸다.

"이제 마약에 빠져 허덕일 거다. 예전 나처럼."

"!!"

"최고의 복수는 뭐다? 똑같이 해주는 거다."

일곱 시가 조금 넘어갈 즈음, 벼락치기가 마무리되었다. 역시 내가 아는 가장 잘 쓰는 작가는 마감이란 친구다. 마감이야말로 진정 위대한 작가다. 마감은 3일치를 반나절에 해치우는 위력이 있었다.

이제 남궁혜성은 그에게 복수하려는 적들을 피해 모텔에 숨어 지내고 있다. 그는 마약에 찌든 채, 도움의 전화를 해대지만 모두 그를 비웃고 저주한다. 마침내 그의 눈에서 눈물이 복받쳐오르고, 구토를 하며 쓰러지는 장면에서 원고는 끝났다.

자신의 토사물 옆에 쓰러진 채 오한으로 떨고 있는 남궁혜성의 마지막 모습은, 페이지 한 장을 가득 채운 채 한 폭의 세밀화처럼 정밀하게 묘사되어 있었다. 그것은 오진수와 데생맨의 확인사살이었다.

강남 어느 주차장에서 박 부장을 만났다. 박 부장은 검정 BMW 세단 대신 중형 승합차와 낯선 사내 둘을 대동했다. 그는 정말 꼭 가야겠느냐고 다시 우리에게 물었다. 나는 고개를 끄덕였고, 오진수는 놈을 협박할 무기가 있다며 그를 설득했다. 박 부장은 자신의 네모난 턱을 두어 번 만지다가 우리를 바라보았다.

"대표님에겐 밝히지 않고 온 겁니다. 두 분에게 문제가 생기면 저도 곤란해진다는 것만 기억하세요."

우리가 고개를 끄덕이자 박 부장이 승합차 문을 열었다. 차유나는 부산에서 바빴기에 우리를 신경 쓸 겨를이 없었다. 그리고 그녀가 알면 당연히 반대할 일이기에, 박 부장은 혼자 서울로 달려온 것이다. 다시 한 번 그의 듬직한 어깨가 우러러보였다.

차 안에서 오진수는 원고를 다시 훑어보았다. 마치 공개입찰 PT를 최종 점검하는 광고회사 팀장 같아 보였다. 데생맨은 피곤했는지 눈을 감은 채 미동이 없었다.

시간을 확인했다. 7시 45분. 초조함이 가시지 않았다. 차는 강남대로를 지나고 있었다.

오진수와 나는 박 부장과 두 명의 사내를 대동하고 엘리베이터에 올랐다. 오진수는 원고가 들어 있는 검정 배낭을 살핀 후 나를 돌아보았다.

"일단 여자분 챙겨라. 놈이랑 담판은 내가 지을 테니까."

나는 고개를 끄덕였다. 내게는 복수보다 아리를 챙기는 게 우선이고, 오진수는 놈에 대한 복수가 우선이다. 가만히 오진수를 살폈다. 술독에 빠졌던 퇴물 복서가 늦은 재기를 위해 링에 오르는 것 같다. 그의 결연한 표정에서 술기운은 찾아볼 수 없었고, 길고 마른 체구는 노련한 아웃복서를 연상시켰다. 마침 공이 울리듯 '땡' 소리와 함께 엘리베이터 문이 열렸다. 그가 링 중앙을 차지하려는 듯 앞장서 걸어 나갔다.

3346호실 입구엔 이 팀장이 서 있었다. 그는 다가가는 우리를 뱀눈으로 가늠하고는, 멈춰 설 것을 지시했다. 박 부장은 제자리에 선 채 두어 번 고개를 까딱거리며 이 팀장을 물끄러미 바라보았고, 그에 따라 놈의 뱀눈이 더욱 가늘어졌다.

"불청객은 내려 보내시지."

이 팀장이 턱짓으로 박 부장 쪽을 가리켰다. 나는 오진수의 의사를 확인한 후 박 부장에게 다가갔다.

"내려가 계시죠. 어떻게든 우리가 해볼 테니."

내키지 않는다는 듯 박 부장이 주위를 살폈다. 그리고 나직이 내게 말했다.

"상황이 여의치 않으면 무조건 빠져나오세요. 복도 끝 비상구로 오면, 거기서 대기하고 있겠습니다."

고개를 끄덕이는 내게 박 부장이 덧붙였다.

"조심해요. 놈들, 총을 가지고 있습니다."

총? 머리가 멍해진 나는 숨을 고른 뒤 3346호실로 향했다.

3346호실에 들어서며 놈들에게 총이 있다는 사실을 오진수에게 전했다. 그가 걱정 말라며 내게 입꼬리를 올리던 찰나, 이 팀장이 오진수의 복부에 주먹을 찔러 넣은 뒤 머리채를 잡고 끌고 갔다. 그는 소파 옆으로 던져졌고, 나는 부하들에게 붙잡혀 벽에 세워졌다.

순식간이었다.

부하들이 쓰러진 오진수를 일으켜 의자에 앉혔다. 검정 배낭은 구석으로 던져버렸다. 오형은 체념한 듯 놈들이 하는 대로 몸을 맡겼고, 나 역시 붙잡힌 채 내부를 살필 수밖에 없었다.

모든 것이 그대로였다. 통창 너머로 밤의 강남이 빛나고 있었고, 앤티크한 테이블 앞에는 예의 그 매끈한 LCD 모니터가 검정 거울처럼 우리를 비추고 있었다.

놈들은 오진수를 의자에 묶은 채 묵묵히 팼다. 끔찍했다. 이러다 원고를 보여줄 기회나 있으려나? 상황은 생각보다 심각했다. 나는 어떻게든 그녀만이라도 이곳에서 내보내자고 다짐하곤 놈들에게 힘껏 외쳤다.

"이봐!"

이 팀장이 나를 돌아봤다.

"아리는 어디 있는 거지?"

"안 잡아먹었거든."

"어딨냐고 묻잖아!"

그때 옆방 문이 열리며 강태한과 아리가 나왔다. 은빛 수트를 빼입은 놈은 집사가 손님을 모시듯 아리를 내 쪽으로 안내했다. 그녀는 면접에 나온 것 같은 감색 바지 정장 차림에 상기된 표정으로 내게 다가왔다.

마주한 아리의 눈동자엔 불안과 분노가 서려 있었다. 나는 안심시켜주기 위해 그녀의 손을 잡아주었다. 차갑게 떨리는 손의 감촉에 내 마음도 차가워졌다.

"괜찮은 거지?"

아리는 고개를 끄덕이고는, 이해할 수 없다는 듯 진저리를 쳤다.

짝짝짝 박수 소리에 돌아보니 강태한이 재미있다는 미소를 지으며 우리 둘을 바라보고 있었다.

"약속도 지키고, 여자도 구하고. 암, 싸나이가 그래야지. 이제 꽁무니 빼는 버릇만 끊으면 되겠어."

내 옆에 선 아리가 귀에 대고 말했다.

"걱정 마. 내가 저 인간 개소리 다 녹음했으니까."

나는 아리의 손을 꼭 잡은 채 말없이 강태한을 노려봤다. 놈은 우리를 향해 다시 웃어 보이곤, 오진수 쪽으로 발걸음을 옮겼다. 의자에 묶인 오진수는 고개를 어깨에 기대다시피 기울인 채 다가오는 놈을 바라보았다.

"어이구 이게 누구셔?"

오진수 앞에 선 강태한이 한껏 잇몸을 드러내며 웃었다. 오진수도 지지 않고 피 묻은 입꼬리를 올려 보였다.

"오랜만이야, 강 대표."

"황룡 형님이 예까지 웬일로 다…… 후후, 혹시나 했는데 따라오셨구만."

"흐흐, 저놈 따라와야 강 대표 만날 수 있잖아."

"왜? 오늘은 또 나한테 뭐 주워 드시려고?"

"남은 거 없어?"

"뭐?"

"내가 늘 하던 그거."

"그니까, 뭐?"

"거, 있잖아. 강 대표, 치사하게 그러기야? 좋은 거 혼자만 하기야? 인간, 뜨더니 치사해졌네. 흐응."

오진수는 술 취한 사람처럼 굴었다. 강태한이 혀를 차고는 풀어주라고 지시했다.

풀려난 오진수는 기지개를 펴며 여유를 부렸다. 한심해 죽겠다는 듯 그를 보던 강태한이 오진수 앞으로 가 섰다. 장신인 둘이 마주하자 묘한 긴장감이 흘렀다. 그러나 마른 나무 같은 오진수는 통나무 강태한에 비해 확실히 왜소했다.

"이봐, 룡 형. 줄 게 있긴 해. 그래서 내심 오길 기다렸지."

"그치? 역시 그래야…… 욱!"

강태한의 원투가 번개같이 오진수의 얼굴에 꽂혔다. 비틀대는 그의 관자놀이와 턱에 다시 원투가 날아갔고, 오진수는 바로 뻗어버렸다. '때려눕히다'라는 말을 단숨에 깨닫게 하는 동작이었다. 아리와 내가 소리 지를 새도 없는 순간이었다.

강태한은 풋워크와 함께 어깨를 들썩이며 바닥에 뻗은 오진수 주변을 배회했다. 마치 링에 뻗은 상대방이 일어나길 기다리는 챔피언, 정복자의 모습이었다. 경기를 말리고 싶었지만 내 발은 도저히 떨어지지 않았다.

오진수가 카운트 에잇 정도에 일어섰다. 찢어진 눈가에서 피가 흐르고 있었지만, 얼굴엔 미소를 머금고 있었다. 그는 항복한다는 듯 양손을 들어 보이며 놈을 바라보았다.

"강 대표, 일단 여자분은 내보내자. 나도 쪽은 팔리거든."

강태한이 우리를 돌아봤다. 나는 반사적으로 외쳤다.

"아리 먼저 안 보내면 난 아무것도 안 쓸 거다."

놈이 코웃음을 치고는 내게 말했다.

"이것 봐. 김 작가. 세상 이치가 그래. 처음에는 이거 좀 해주세요, 한다고. 그때 해야 되는 거야. 그때 거절하면 이거 좀 하라니까, 가 되는 거고, 이젠 뭔지 알아? 니가 저 좀 제발 시켜주세요! 해야 하는 상황이라고."

"씨발! 뭐든지 할 테니까 아리부터 보내라고!!"

화가 치민 나는 다짜고짜 아리를 끌고 문으로 향했다. 이 팀장과 부하들이 내 앞을 막아섰다. 그들은 지시만 주어지면 갈기갈기 찢어주겠다는 눈빛으로 나를 바라보았다. 멈춰 선 아리가 내 팔을 당겼다. 도저히 그들을 뚫고 나갈 여지가 없었다.

나는 돌아서 놈을 바라보았다. 간절히 애원하는 눈빛이 되어 입을 열었다.

"부탁입니다. 제발…… 제발 이 친구만이라도 보내주세요."

간절한 눈빛의 나를 희롱하듯 살피던 놈이 싱긋 웃었다.

"그럼 잘 봐두도록 하라고. 내가 말 안 듣는 고스트라이터에게 어떻게 하는지, 응?"

"?"

"아리 너도 눈 똑바로 뜨고 봐라. 보고 나면 보내주지. 내, 너 음반 내준댔지? 나 한번 뱉은 말은 지키는 사람이야. 그니까 보고 배워. 나가서 헛소리 하고 다니면 너나 김 작가나 이렇게 된다는 것 정돈 알아둬야지. 그치?"

아리는 입술을 떨며 뭐라 답하지도 못한 채 내 손만 꽉 잡았다. 그녀가 떨고 있는 게 느껴지자 비굴함 뒤에 잠겨 있던 분노가 올라왔다. 나는 놈을 노려봤다.

내가 노려보자 강태한은 그게 신호라도 되는 듯, 엉거주춤 서 있던 오진수의 복부를 앞차기로 강타했다. 그는 짧은 비명과 함께 빈 포대자루 내려앉듯 주저앉았고, 뒤이어 날아온 놈의 무릎에 이마를 정통으로 찍혔다.

끄윽, 외마디 비명과 함께 오진수가 다시 대자로 뻗었다. 아리는 비명을 참느라 치를 떨었다. 나는 침통함을 견디며 옆에서 실실대는 이 팀장과 부하들을 의식했다. 놈들만 밀치고 나가면, 아리가 박 부장이 있는 비상구까지만 가면, 된다!

나는 돌아서 번개같이 이 팀장을 덮쳤다. 갑작스런 공격에 놈이 나와 함께 쓰러졌고, 부하들이 날 에워쌌다.

"도망쳐! 어서!"

아리가 뒤늦게 날 보고 몸을 움직였다. 하지만 문에 채 다다르기도 전에 잡혔다. 나는 놈들에게 붙잡혀 끌려오는 아리의 비명을 들어야 했다.

강태한이 내 따귀를 계속 올려붙였다.

"김 작가 머리 나빠? 까불다간 어떤 꼴 나는지 보고도 정신을 못 차리네."

놈의 두툼한 손바닥에 얼얼해진 얼굴을 들기도 힘들 지경이었다. 내가 고개를 숙이자 놈이 턱을 잡아들어 올리곤 내 눈을 노려봤다.

"끄으윽……."

"아냐, 생각해보니까 정신 차릴 정도로 내가 시범을 충분히 못 보여준 거네. 그럼 이번엔 정신 확 들게 확실히, 매우 확실히 보여주지. 있잖아, 김 작가. 사람이 사람에게 맞아죽는 걸 눈앞에서 목격하면 말야, 인생관이 변할 수도 있거든? 인생관이 변해야 태도도 변하지. 그치? 이게 분명 김 작가 작업 태도에 큰 도움이 될 거야."

항복이다. 오진수가 더 당하는 꼴은 볼 자신이 없었다. 나는 애써 목소리를 짜냈다.

"원하는 대로 쓸 테니까…… 이제 제발 그만해요!"

"뭐? 안 들려?"

"……그만, 해주세요."

"패기가 없어. 크게!"

"그만해주세요!!"

그때였다. 강태한의 뒤로 오진수가 어기적어기적거리며 몸을 일으키는 게 보였다.

"오케이, 그런데 내가 그만할 것 같아?"

"제발 부탁입니다."

"너도 내가 처음 정중히 부탁했을 때 말 안 듣고 튀었잖아. 근데 네놈을 당장 써먹어야 하니 패줄 수도 없고, 본보기라도 확실히 보여줘야지. 안 그래?"

놈이 흡족한 표정으로 돌아섰다. 그 순간 오진수가 구석에 놓인 배낭을 집어 들었다.

강태한이 신기하다는 표정으로 살펴보는 가운데, 그가 좀비처럼 걸어 소파로 와 몸을 부렸다. 그러고는 배낭을 가슴에 품은 채 입꼬리를 올렸다. 이마가 흉하게 깨져 있었고, 입술에서는 피가 줄줄 흐르고 있었다.

"이봐, 강태한이."

"허허, 허허허."

강태한이 어이없는지 너털웃음을 터트렸다.

"사실 오늘 여기 온 거…… 그거 말야……. 김 작가보다 내가 더 뛰어난 고스트란 거, 그거 증명해 보이고 싶어서였거든?"

"아이고, 그러세요? 미친."

오진수가 배낭의 지퍼를 열고 만화 원고를 꺼내 들어 보였다. 다가가던 강태한이 '이건 또 뭐야?'라는 표정으로 멈춰 섰다.

"아유, 손병신께서 이번엔 뭘 또 괴발개발 그려오셨을까?"

놈이 의외라는 듯 웃고는 소파로 가 오진수 앞에 섰다.

"줘봐."

원고 뭉치를 건네는 그의 손이 심하게 떨리고 있었다. 강태한은 바로 원고를 받지 않고 떨리는 손으로 자신에게 원고 뭉치를 전달하려는 오진수의 모습을 음미했다.

"애처롭구만, 이거."

원고 뭉치를 홱 낚아챈 놈이 오진수 맞은편 소파에 가 앉았다. 놈은 양발을 테이블에 올리고 소파 뒤로 한껏 기댄 채 원고를 보기 시작했다. 긴장한 나는 침을 삼키며 놈을 살폈다. 강태한은 흥미롭다는 표정으로 한 장 한 장 원고를 넘기고 있었다.

제발!! 제발!!

놈이 반응하길 바라며, 나는 페이지가 넘어갈 때마다 필사적으로 놈을 살폈다.

◆ ◆ ◆

강태한이 반응한 건 다섯 장째 원고를 넘기고 나서였다. 내 기억으로는 회상을 마친 남궁혜성이 사무실 통창에 머리를 박는 지점이었다. 아니나 다를까 놈이 원고에서 고개를 돌려 통창을 돌아보았다. 통창은 거울처럼 강태한 자신을 비추고 있었다. 놈이 빠르게 원고로 눈을 돌렸고, 나는 침을 삼키며 오진수를 쳐다봤다. 그가 나를 보고 있었다. 눈이 마주치자 그는 피범벅이 된 얼굴로도 괜찮다는 눈빛을 보내고 있었다.

부하들은 영문을 모른 채 보스가 독서하는 광경을 바라보고 있었고, 우리는 원고가 제 힘을 발휘하길 기도하며 바라보았다. 놈은 페이지를 돌려보기까지 하며 꼼꼼히 원고를 살피고 있었다. 어느새 테이블에 올린 양발을 내리고 허리를 굽힌 채, 원고를 점차 거칠게 넘겨대기 시작했다.

묵묵히 원고의 상당 분량을 읽은 강태한이 오진수를 바라보았다.

"이거…… 황룡 네가 그린 거 아니지? 그치?"

놈의 목소리가 희미하게 떨리고 있었다.

"어때? 근사하지?"

놈이 갑자기 원고를 뒤졌다. 그리고 발견한 한 장을 오진수의 얼굴에 갖다 댔다.

"이거, 이런 거! 네가 그린 거 맞냐고?"

오진수는 방금 전 놈의 행동을 돌려주듯 원고를 홱 낚아챘다. 검토하듯 원고를 살피고는 고개를 끄덕였다. 그리고 원고를 쥔 손과 떨리는 손을 들어 강태한의 눈앞에서 흔들었다. 놈이 미간을 찌푸렸다.

"어이, 강태한이. 내가 이 손으로 이걸 그릴 수가 있다고 생각해?"

강태한은 자기 앞의 원고 뭉치를 돌아보곤, 집어 들어 테이블 위로 내던져버렸다. 원고 뭉치는 테이블을 때리며 바닥으로 흩뿌려졌다. 강태한이 흔들리는 동공으로 흩뿌려진 원고들을 살피다 오진수를 쳐다보았다.

"씨발, 말해! 이거! 이거 누가 그린 거야? 어서 말해!!"

"진정하시지."

"뭐야? 지금 진정하게 생겼어?"

강태한이 벌떡 일어나 오진수를 노려봤다. 그는 앉은 채 느긋하게 올려봤다. 순간 놈이 테이블에 남아 있는 원고 뭉치를 닥치는 대로 찢어발기기 시작했다.

"진정하라고 강 대표. 만화 원고 처음 봐? 그거 복사본이잖아. 복사본 원고 찢어서 뭐하게?"

"닥쳐!! 씨발!!"

강태한은 현실을 부정하듯 계속 찢어댔다. 놈의 그런 모습에 이 팀장과 부하들이 동요하기 시작했다. 나는 다시 문 쪽으로 몸을 돌렸다. 그러자 이 팀장이 권총을 꺼냈다. 놈이 손가락질하듯 총구를 내게 향한 채 물러나라 지시했다.

"이게 다 뭐야? 엉터리 아냐? 어디서 가짜 그림쟁이 하나 물었지? 그치? 될 리가 없지. 이 따위가……"

강태한은 혼자 주절대며 찢어버린 원고 뭉치를 발로 짓이기고 있었다. 오진수와 우리는 가만히 놈의 원맨쇼를 바라보았다. 초조한지 강태한이 주변을 두리번거리며 눈알을 굴렸다. 그때 오진수가 일어나 허둥대는 놈의 멱살을 잡았다.

갑작스런 공격에 당황한 강태한을 오진수가 소파로 밀쳤다. 놈은 소파에 엉덩방아 찧듯 앉은 채로 오진수를 올려다봤다.

"뭐냐고!!"

패닉에 빠진 강태한이 소리를 질렀다. 다가오던 부하들이 멈춰 섰다. 말없이 서 있던 오진수가 놈의 눈높이에 맞춰 몸을 숙였다.

"기억나냐? 97년에 시작된 『카리스마 정복자』편."

"……"

"그때까지만 해도 악당에 불과했던 남궁혜성이 서서히 주변의 존경까지 얻으면서 진짜 카리스마 넘치는 리더로 거듭나는 스토리."

놈은 혼란스런 눈빛으로 듣기만 했다.

"그때 니가 그림이 더 샤프해졌다고 아주 좋아했지? 왜 샤프해졌을까? 왜냐하면 그때부터 난 그림엔 손을 뗐거든."

"뭐야?"

"그때부터 난 스토리만 썼고, 그림은 천재 데생맨인 화실 문하생에게 넘겼거든. 물론 넌 알 턱 없이 좋아라 했지. 왜냐하면 『카리스마 정복자』편이 널 제대로 밀어줬잖아. 안 그래?"

"씨발…… 그럼 그때 그린 새끼가……?"

오진수가 고개를 끄덕였다. 강태한이 원고 뭉치 하나를 집어 들고 소리 질렀다.

"당장 그림 그린 새끼 오라 그래. 안 그러면 니들 다 죽여버릴 테니까. 앙!"

"강 대표, 진정하라고 했지?"

"어서!!"

"니가 옛날이나 지금이나 만화는 참 빨리 읽어. 아까 거기가 끝이 아닌 줄 알지? 결말도 말해줄게. 왜냐하면 여전히 스토리는 내가 쓰거든. 그리고 너 늘 그랬잖아. 만화는 역시 스토리가 중요하다고."

"너 이 새끼…… 날 이런 식으로 그려? 이렇게 엿 먹여!!"

원고를 우그러트리며 강태한이 오진수를 노려봤다. 오진수는 아랑곳없이 계속 이야기했다.

"이 만화 결말이 궁금하지 않아? 뭐 대충은 짐작하겠지만 말야, 우린 결국 디테일에서 재미를 느끼는 사람들이잖아. 디테일한 결말, 그건 내 머리에 있어. 아주 그럴듯하지. 왜냐하면 난 다른 사람들이 모르는 너의 스토리를 많이 알잖아. 가령 결혼은 안 했지만, 한 달에 한 번 만나는 초등학생 딸이 있다는 거나, 아 이제 중학생인가? 그리고 천식 때문에 격렬한 운동은 할 수 없다는 거. 그리고 또, 맞아, K그룹 사모님과 질척이는 관계…… 그건 정리됐나?"

"그만해. 그만하라고."

소리를 지르다 목이 잠긴 강태한이 나직이 말했다.

"최한철 얼굴 기억하지?"

"입 닥쳐……."

"만화에 나온 최한철…… 똑같지 않아?"

벌떡 일어선 놈이 오진수의 목을 잡았다. 하지만 오진수는 오히려 목을 빳빳이 세우곤 강태한을 노려봤다.

"죽여버릴 거야! 황룡 너 이 새끼…… 어, 어차피 죽일 거였어!"

눈이 돌아간 강태한은 오진수를 밀어붙여 바닥에 주저앉혔다. 놈이 오진수의 목을 조르기 시작했다. 오진수는 목을 졸리면서도 충혈된 눈으로 강태한을 노려보았다. 나는 주위를 살폈다. 부하들은 긴장한 채 굳어 있었고, 아리는 여전히 내 팔을 꽉 쥔 채 떨고 있었다.

그때였다. 오진수가 손을 뻗어 자신의 목을 조르는 강태한의 팔을 잡고는 입을 열었다.

"…… 나는 네 유령이야……."

"주, 죽어……."

"죽일 수, 있다고…… 생각하나?"

"으으으……."

바람 새는 소리와 함께 강태한은 목 조르던 손을 떨구고 말았다. 그리고 그 자리에 주저앉아버렸다. 오진수는 자신의 목을 만지며 자리에서 일어났다.

"그리고 보니 원고 제목을 안 적었네. 제목은 '정복자의 몰락'이거든."

강태한이 낮은 신음소리를 토해냈다. 오진수가 그를 내려다보며 계속 이야기했다.

"똑똑한 강 대표가 이대로 날 죽일 수야 없지. 우리가 무사히 여길 나가지 못하면 이 그림 담당한 데생맨 친구가 내가 써놓은 스토리 완성할 거거든? 디테일한 결말 말야. 너도 예상했지? 상황 파악 하나는 참 빨라. 역시 강 대표야."

오진수가 우리 쪽을 돌아보며 말했다. 강태한은 고개를 숙인 채 미동이 없었다. 대신 넋 빠진 소리로 '제발……'과 '씨발……'을 웅얼거리고 있었다.

오진수가 강태한의 머리채를 잡아 들어올렸다. 그가 놈의 눈을 똑똑히 바라보았다.

"명심해라. 나랑 김 작가 주변에 다시 얼씬대는 순간, 너에게 가장 잔인한 이야기가 완성될 거라는 사실."

결정타를 날린 오진수는, 놈을 뒤로하고 우리에게 다가왔다.

이 팀장은 권총으로 우리와 오진수를 번갈아 겨누었다. 그러면서 연신 강태한을 살피며 산만하게 눈을 굴렸다. 부하들 역시 눈치만 살피기 급급했다. 오진수가 이 팀장을 돌아보았다. 어쩔 줄 몰라 하는 놈을 향해 그가 내뱉었다.

"빈총 들고 헛지랄 말고 대표님 챙겨라."

그제야 허락이라도 받은 듯 놈들이 강태한에게로 달려갔다. 오진수는 새집 같은 머리 아래 깨진 이마와 피범벅이 된 입가를 실룩이며 우리에게 다가왔다. 멋졌다. 오진수야말로 카리스마 정복자였다.

긴장이 채 안 풀린 나와 아리는 다가온 오진수를 멍하니 바라보았다. 그가 우리 앞에 와선 입꼬리를 올리고 아리에게 말했다.

"안녕하세요, 말씀 많이 들었습니다. 김 작가 선배 오진수라고 합니다."

◆ ◆ ◆

박 부장의 승합차는 아리를 내려주기 위해 그녀의 집이 있는 청파동으로 향했다.

차에서 기다리던 데생맨은 강태한이 고꾸라진 걸 직접 못 봐 아쉽다며 입맛을 다셨다. 데생맨을 숨겨둔 오진수의 작전이야말로 결정적인 승인이었다. 알 수 없는 데생맨의 존재 때문에 강태한은 어쩔 도리가 없었다. 급하게 가지고 간 〈정복자의 몰락〉의 스토리는 결말까지 완성되어 있지 않았다. 오진수는 순발력을 발휘했다. 그는 구상 중인 스토리가 완결되어 이미 데생맨에게 쥐어져 있다고 말해, 강태한을 꼼짝 못하게 했다.

강태한, 놈의 말이 맞았다. 사람은 나쁜 쪽으로 감정 이입되기 쉬운 법이라던. 놈은 오진수가 이야기한 자신의 비극을 빠르게 흡수해 버렸다. 나는 오진수에게 강태한이 〈정복자의 몰락〉 원고에 반응하지 않으면 어쩔 셈이었냐고 물었다. 그는 '그랬음 좇 되는 거였지'라고 태연히 말했다. 내가 믿기지 않는다는 투로 계속 바라보자 오진수는 다시 말했다.

"강태한 그놈은 스스로 발견한 고스트라이터 시스템을 신봉하는 놈이야. 그걸 발견했고, 그걸로 성공을 제대로 맛본 놈이라고. 자부심도 대단하지. 그에 따른 믿음도 강하고. 그걸 부인하는 건 자기 자신을 부정하는 거라고. 김 작가, 사람이란 다 자기 칼에 찔리는 법이야."

아리는 말이 없었다. 오진수가 농담을 던져도 내가 괜찮냐 물어도 그저 고개만 끄덕였다. 내가 아는 그녀는 작은 체구에도 겁도 없고 똑 부러지는 여자였다. 강단진 그녀에게도 오늘 사건은 충격이었을 것이다. 전 남자 친구와 엮여 못 볼 꼴을 겪었으니, 기분이 좋지도 않을 것이다. 내가 의도한 일은 아니었지만 나를 원망할 만한 상황이었다. 그래서였을까, 강태한에게서 벗어났음에도 내 마음은 여전히 무거웠다.

그녀는 아무 말도 하지 않았고 심장이 마르는 것 같은 시간이 계속되었다.

마침내 아리의 집 앞 거리에 차가 멈췄고 그녀는 내리며 내일 카페 에테르에서 보자는 말을 남기고 사라졌다. 집까지 바래다주라는 오진수의 말도, 데생맨의 걱정스런 눈치도 살필 겨를이 없었다. 나는 점점 작아지는 그녀의 뒷모습을 바라보다 차로 돌아왔다.

오진수는 모텔로 돌아가 데생맨과 강태한의 이야기를 정교하게 다듬고 마무리하겠다고 했다. 마지막 5장의 결말만 남겨둔 채 그것은 언제라도 강태한을 몰락시킬 크립토나이트로 보관될 것이다. 데생맨과 만화의 행방을 알지 못하는 한 강태한은 우리에게 어떤 짓도 할 수 없다. 오진수는 조만간 놈이 연락해올 거라 확신하고는, 그때 상황을 봐 놈을 어떻게 처리할지 결정하겠다고 했다.

그들은 나를 을지로 3가에 내려주고 갔다. 얼마 만에 동네에 돌아온 건지 기억도 나지 않았다. 새벽에 인현동 인쇄 골목을 걸어 집으로 향하는 밤길은 평소와 다를 바 없었다. 다만 뿌듯함과 허탈함이 묘하게 오가는 이 감정을 어떻게 달래야 할지 몰랐다.

헤어지며 내일 보자고 말하던 아리의 모습이 떠올랐다. 만에 하나 아리가 자기를 구하러 온 내게 어떤 고마운 감정이라도 느꼈다면? 나에 대해 다시 생각할 수 있다면? 어쩌면 이번 사건이 우리를 다시 엮어줄 수 있을지도 모른다는 생각에, 나도 모르게 걸음이 빨라지기 시작했다. 나는 달리기 시작했다. 대림빌딩 앞에 다다랐다. 단숨에 계단을 올랐다. 들어가 어서 잠을 청하고 싶어졌다. 어서 자고 어서 내일이 와 그녀를 만나러 가고 싶어졌다.

드디어 집에 도착했다. 나는 문을 열고 안으로 들어갔다.

다음날 오후 카페 에테르에서 만난 아리는 한결 편안해 보였다. 그녀는 어제 있었던 사건을 사이코드라마라고 표현했다. 권총에 위협 받아 두렵지는 않았냐는 말에 그거 장난감 총 아니었냐며 농담하는 것을 보니 안심이 되었다.

어제 그녀는 자기 발로 그곳에 갔다. 며칠 전 아리에게 TH엔터테인먼트에서 연락이 왔던 것이다. 자신을 TH엔터의 A&R(Artist and Repertoire)이라 소개한 그녀는, 평소 아리의 음악 활동을 주목해왔다며 대화를 시작했다고 한다.

TH엔터가 잡음이 많긴 했지만 4대 메이저였고, 현재 소속사가 없는 아리 자신에게도 기회가 될 거라 여겼다고 한다. 통화한 A&R 역시 아리의 음악에 대한 이해가 있었고, 그 지점이 더욱 아리의 마음을 움직였다. 그녀는 자신이 강태한 대표에게 아리를 소개해 대표가 한번 만나고 싶어한다며, 미팅을 제안했다.

"사실 나, 좀 기대하고 간 게 맞아."

"그랬구나."

"좀 더 안정적으로 음악을 할 수 있을 거란 생각이 우선이었고, 거기 내가 좋아하는 알 엑스(R.X)도 있거든. 같이 일해보고 싶었던 크리에이터인데, 전화한 A&R이 알 엑스랑도 콜라보할 수 있을 거라 그러더라고."

"그럼 그게 다 강태한이 만든 함정이었던 건가?"

아리가 허탈하다는 표정으로 고개를 끄덕였다.

어제 오전 그녀는 자신의 곡들을 들려줄 수 있게 세팅한 아이패드와 음반들을 가지고 3346호실로 갔다고 했다. 그녀는 거기서, 그러니까 3346호실의 안쪽 방에서 강태한을 만나 실제로 비즈니스 미팅을 가졌다.

TH엔터 대표 강태한은 아리의 노래들을 진지하게 들었다. 그러고는 점심이 되자 그녀를 데리고 청담동 일식집에 가서 1인당 15만 원짜리 복어회 정식을 먹었다. 식사를 하며 놈은 대뜸 남자 친구 있냐고 물었고, 그녀는 지금은 없다고 말했다. 강태한이 대뜸 '남자 친구한테 잘해줘요'라고 말해서, 아리는 이야기가 더 길어지지 않게 하려고 그냥 '예'라고 답했다.

식사를 마친 후 3346호실로 돌아온 강태한은 칵테일을 시켜 아리에게 건넸다. 오후부터 술을 권하는 그의 속내가 여러모로 미심쩍었지만, 아리는 추이를 지켜보기로 하고 칵테일을 홀짝이며 비즈니스 미팅을 이어나갔다.

"원래 또라이로 유명한 사람이고 역시 그런 것 같았지만, 알잖아 이쪽 사람들 다 제멋대로 사니까, 맞춰주고 보자 생각했지. 물론 그때부터 스마트폰 녹음 기능은 시작했고."

강태한은 칵테일을 마시며 아리의 노래 몇 곡이 마음에 든다며 그걸 중심으로 새 앨범을 내자고 했다. 그리고 구체적인 계약 조건은 담당자와 추후 미팅으로 결정하라며 아리에게 악수를 청했다. 아리는 관문을 통과한 기분에 안도하며 강태한과 악수하고 미팅을 마쳤다.

감사의 미소와 함께 이제 가보겠다는 아리에게 강태한이 말했다. 저녁까지 여기 있어줘야겠다고. 당혹스러워하는 아리에게 그는 아무렇지도 않게 자기가 음반을 내주기로 했으니, 아리도 자기 부탁 하나는 들어줘야 한다고 말했다.

미심쩍은 제안임을 직감한 아리가 단호하게 그럴 수 없다고 나오자, 강태한은 특유의 훈계를 시작했다고 한다. 인생에서 가장 중요한 건 기브 앤 테이크다. 난 기브와 테이크의 질량은 따지지 않는다. 비교적 작은 기브에 큰 테이크를 제공하는 편이니 운 좋은 줄 알라, 아리 씨는 그동안 테이커로 살아온 거 같은데 그러다 큰 낭패 겪게 된다, 따위의 얘기를 지껄이고는 놈이 본색을 드러냈다.

"사실 난 당신 남자 친구랑도 비즈니스를 하거든. 아주 중요한 거야. 근데 그 친구가 잠수를 탔지 뭐야. 그러니 당신이 일단 그 친구 찾는 걸 도와줘야겠어."

아리는 일단 깜짝 놀랐고, 뭐라 대꾸할 필요를 못 느꼈다. 그녀는 분노한 채 돌아섰으나 이미 부하들이 방문을 막아서고 있었다.

놈은 나와 전화통화를 하고 나서도 계속 그녀에게 설교를 했다고 한다. 내가 미래를 쓸 수 있는 고스트라이터니까 잘 붙어 있으라느니, 김 작가가 내 일에만 집중하게 도와준다면 아리에게도 더 좋은 기회가 갈 거라느니, 충고를 해댔다.

"터무니없는 소릴 지껄인다고 생각했어."

"누구라도 그렇게 생각할 만해."

"그런데 실제로 너랑 그 오진수란 분이 오고 나서 벌어진 일을 보고 나니까, 놀라지 않을 수 없더라."

"어제는 정말…… 누구 하나 죽는 줄 알았다."

"아니. 내가 놀란 건 그런 게 아냐. 내가 놀란 건, 누군가를 자기 뜻대로 요리할 수 있는 능력을 가진 고스트라이터라는 게 실제로 있다는 거였어."

그녀가 나를 똑똑히 바라보며 말했다.

"그리고 그 현상이 바로 내 눈앞에서 벌어지고 있다는 사실이었어. 강태한, 그 무지막지한 인간이 그렇게 겁에 질려 무너져버린 게 이상하고 두려웠다고. 정말 그 만화가 어떤 거였길래……. 한번 보고 싶더라니까. 물론 돌아오는 차에서 그 아저씨 말 듣고 어느 정도 이해했지만…… 완전히 믿을 순 없을 것 같아. 지금도."

솔직히 말해 나 역시 고스트라이팅 현상을 백 프로 믿지 않는다. 믿는 건 강태한이다. 그리고 그가 믿을 것이란 걸 백 프로 믿은 건 오진수였고.

"믿지 않아도 돼."

그녀는 내 말이 의외라는 듯 바라보았다.

"아마도 자기 고스트를 발견한다는 것 자체가 믿음인 것 같아. 그리고 둘 사이의 이야기에 의해 서로 흥하게도 망하게도 할 수 있는 거고. 그게 고스트라이터와 관계를 맺는 사람들의 숙명인 거라고 난 생각해."

그녀가 고개를 끄덕였다.

카페의 공기가 좋은 커피 향으로 가득했기에 자꾸 코를 킁킁거리게 만들었다. 아리와는 술보다 커피를 마주할 때 항상 더 좋았다. 사실상 커피는 우리의 낮을, 술은 우리의 밤을 규정했다. 낮에는 커피 향을 맡으며 진득하게 이야기를 나눴고, 밤에는 술을 마시며 수다를 떨었다. 많이 싸우고 많이 화해했다. 그래도 모닝커피로 함께 숙취를 덜었고, 야심한 시각에 하나 남은 캔맥주를 서로 먹겠다고 아웅다웅했다. 문제가 시작된 건 내가 낮에도 술을 마시기 시작했을 즈음이었다.

글이 안 써진다고 술에 기댔고, 그녀는 나를 독려하다 지쳐 가버리곤 했다. 하지만 그녀가 영영 가고 나자 내게 더 중요한 것이 무엇인지 깨달았다. 어제 강태한의 연락을 받고 정신이 나가 아리를 데리러 가려 했던 내 무모함 속에서, 평소라면 찍소리도 못할 살벌한 분위기 속에서 아리를 위해 몸을 던지고 구타를 당하던 순간 속에서, 내게 그녀가 얼마나 소중한지 깨달았다. 나는 겨우 소설을 쓴다는 핑계로 아리를 힘들게 했다. 이젠 나를 힘들게 해 소설을 쓰고, 아리에게 인정받을 순 없는 것일까?

"무슨 생각해?"

아리가 눈을 똥그랗게 뜨고 나를 바라보고 있었다.

"아리야. 있잖아 나 어제 다시 느낀 건데……."

"안 돼."

"내, 내가 무슨 말 힐 줄 알고?"

"다시 잘해보자는 거잖아."

"……"

"오늘 보자고 한 건 어제 있었던 일을 너랑 확인해보고 싶었을 뿐이야."

역시 그녀는 단호했다. 나는 금세 부끄러워졌다.

"미안하다. 어제 널 그렇게 위험하게 만들고도, 다시 잘해볼 생각이나 하고."

"미안해할 건 없어. 사실 어제 거기 내 발로 간 거잖아. 강태한 그 인간 이상한 놈인 거 소문으로 알면서도 메이저 갈 욕심에 스스로 문제를 자초한 거라고."

"그렇게 말해주니 고맙긴 한데……"

"더 고마운 말 해줄까? 어제 인간 김시영, 내가 본 모습 중에 제일 멋있었어. 날 찾아 달려와준 것도 고마웠고, 날 지켜주려고 서슴없이 나서던 모습들도 좋았어. 정말이야."

갑자기 눈물이 날 것처럼 기뻤다. 인정받는다기보다, 용서받는 기분이었다.

"이제 그렇게 하면 돼. 누군가를 위해서도, 너 자신을 위해서도. 내가 널 떠난 건 늘 뒷짐 지고 있는 네 모습 때문이었잖아. 이제 넌 뭘 해도 용감하게 나설 사람처럼 보여."

그녀의 말에 용기가 났다. 눈치를 챈 아리가 먼저 입을 열었다.

"다음 사람에게 그렇게 해. 나 말고. 리유니언은 의미가 없어. 내 노래 기억 안 나? 리유니언? 다시 만나는 건, 안 만나는 것보다 못한 걸, 다시 사랑하는 건, 사랑 안 한 것보다 못한 걸. 라라 라라라 라라라."

아리는 조용히 멜로디를 읊으며 나를 바라보았다.

"그 노래, 우리 경험에서 나온 거였지?"

"아니. 전전 남친."

"끙."

노래까지 부르며 안 된다는 그녀를 더 이상 붙잡을 순 없다. 나는 그녀에게 들려줄 노래가 없다. 대신 나는 쓸 것이다. 너에게 보여주지 못했던 두 번째 소설을, 이제 불특정 다수를 위해 쓸 수 있을 것이다.

아리는 잘 지내라는 말을 남기고, 약속이 있다며 먼저 일어났다. 잠시 후 나도 남은 커피를 비우고 자리에서 일어났다. 그녀가 떠난 빈자리를 마주한 채 그곳에 더 있다가는 술을 시켜 마실 것 같았다.

8장

우리는 모두 우리 인생의 초고를 살고 있다.

— 캐롤린 시

집으로 돌아왔다. 아니 작업실로 돌아왔다.

부모님이 시골 고향으로 내려가시고 서울에 혼자 남게 된 나는, 처음엔 수유리의 방 두 개 전셋집에 살았다. 2년 뒤 쌍문동의 월세로 옮겼고, 다시 1년 뒤에는 신림동의 원룸으로 옮겨야 했다. 말이 원룸이지 사실상 고시원이던 그곳에서도 밀려난 나는, 당시 알고 지내던 선배가 사무실로 쓰던 이곳으로 들어오게 되었다. 디자인 외주 일을 하던 선배는 일이 뜸해져서 더 이상 사무실을 운영할 수 없다며 이곳을 내게 넘겼다.

그는 집에서 일하게 되었고, 나는 이곳을 집이자 작업실로 사용하게 되었다. 야전침대는 선배가 내게 남긴 유산이었다.

"일이 안 될 땐 창문으로 인쇄골목을 둘러보라고. 윤전기 돌아가는 소리랑 끊임없이 오가는 배달 오토바이랑 사람들 소리도 들어보고. 그럼 저절로 부지런해질 거야."

선배는 그 말을 남기고 떠났다.

나는 단지 싸다는 이유로 들어온, 시끄럽고 음습한 이곳을 언제나 벗어나고 싶어했다. 하지만 지금 이곳은 내게 너무나 소중하다. 나는 강남 최고급 주상복합 건물 3346호의 탁 트인 전망과 럭셔리한 작업실 환경을 떠올렸다. 그곳에서의 생활이 허름한 작업실을 긍정케 했다.

아리의 말이 떠올랐다. 용감하게 나서는 나의 모습, 더 이상 뒷짐 지고 있지 않는 모습이 멋있다고 했다. 노트북을 켜고 나는 쓰기 시작했다. 그녀를 구하러 갈 때의 무모함이 용기였다면, 그것을 내 소설에 발휘하지 못할 이유가 없었다. 대체 나는 무얼 두려워했던 것일까? 두 번째 소설을 못 쓸 거라는, 써도 안 될 거라는 생각은, 허깨비에 다름 아니었다. 대한민국 소설가 중에 총구를 마주했던 사람이 있을까? 총 맞을 뻔한 적이 누가 있을까?

어제는 내게 총구를 겨눈 놈에게 달려들었고, 몇 대 맞긴 했지만 살아남았다. 그래, 살아남았으면 살아남은 것에 대해 쓰면 된다. 작가에게 특별한 경험이란 특별한 이야기가 된다. 죽지 않고 살아남았으면 써라. 그리고 살아남기 위해 써라.

나는 썼다.

잠을 깨우던 인쇄 거리의 기계 소리와 오토바이 시동 소리는 이제 내게 노동요가 되었다.

며칠 동안 미친 듯이 써내려간 나는 소설의 도입부를 마무리했다. 배달음식을 먹으며 작업실 밖으로 한 발도 나가지 않은 채 이룬 쾌거였다.

담배를 피우며 천천히 그것을 읽어보았다. 허접했다. 괜찮다. 모든 초고는 쓰레기라고 헤밍웨이가 말했다. 그래서 고쳐 쓰는 게 필요하다고. 나는 마음먹었다. 그래, 소설이 별 건가? 고장 난 청소기다. 고장 난 청소기는 고치면 써먹을 수 있다. 나는 고쳐 썼다. 고쳐 쓰니까, 쓸 만했다.

도입부를 한참 고쳐 완성할 즈음 누군가 문을 두드렸다. 종종 잡상인과 종교인들이 두드리고 가곤 했기에 개의치 않았다. 하지만 노크는 계속되었고, 김이 샌 나는 작업을 멈췄다. 신경질을 내며 문으로 다가가는데, 문 밖의 누군가는 이제 잠긴 손잡이를 거칠게 돌려대고 있었다. 경계하며 멈춰선 뒤 내가 외쳤다.

"누굽니까?"

잠시 밖이 조용해지더니 탕! 하고 문을 치는 소리가 들렸다. 뒤이어 가래 낀 목소리가 이어졌다.

"안에 있었냐? 뭔 사내 새끼가 대낮에 문을 잠그고 난리야?"

오진수였다. 뒷목이 묵직해졌다.

나는 오진수를 데리고 다짜고짜 옥상으로 올라갔다. 분위기 올라온 작업실에 그를 들여놨다가 자칫 글 쓰는 기운이 빠질까 두려웠다. 내 설명에 그는 이해한다는 듯 옥상으로 올라가 퍼질러 앉고는, 커다란 비닐봉투를 뒤져 500cc 캔맥주와 주전부리를 꺼냈다. 거참, 이 인간은 술꾼들의 산타클로스도 아니고, 맨날 술 보따리를 들고 여기로 온다.

오진수가 맥주를 권했고, 나는 거부했다. 그는 눈을 흘기곤 혼자

마시기 시작했다.

자세히 보니 그는 꽤 달라져 있었다. 산발에 가까운 머리는 짧고 단정하게 깎았고 옷도 트레이닝 복에 점퍼 차림이 아닌 면바지에 남방셔츠였다. 내가 신기하다는 듯 자신을 살피자, 오진수가 새삼스럽다는 듯 남방셔츠 깃을 세웠다.

"어때, 좀 달라 보이냐?"

나는 고개를 끄덕이고 말했다.

"그냥 노숙자에서 깔끔한 노숙자가 됐네요."

"하여간 너란 놈도 참…… 나 집 구했거든!"

"그럼 그전엔 진짜 집 없었던 겁니까?"

"다행인 줄 알아. 안 그럼 다시 여기서 삐댈 거였으니까. 나, 신촌에 오피스텔 하나 계약했다."

"엥? 돈은 다 어디서 나서요?"

"스토리가 긴데, 맥주 정말 안 마실 거야?"

"그만 물어요. 이제 밤에만 먹을 거라니까."

나는 대신 오다리를 뜯었다. 오형은 놀리려는 듯 박력 있게 맥주를 들이켰다. 그의 목젖이 들썩였다.

"데생맨이랑은 잘 정리하고 왔어요?"

"왜? 또 싸우고 왔을까봐?"

"당근."

"안 되지. 이제 걔가 내 생사여탈권을 쥐고 있는데."

"고영석 씨. 괜찮은 사람이더라고요."

"그놈, 양반이야. 지금은 백정 짓 하고 있지만 양반이라고."

나는 웃었다. 그가 맥주를 내려놓고 나를 똑바로 쳐다봤다.

"본론으로 들어가면, 나 엊그제 강태한 만났다."

"예?"

"얘기했잖아. 놈이 날 찾을 거라고."

"뭐래요?"

"오해가 많았다. 앞으로는 잘 협조하며 살았으면 한다면서 정치인들처럼 개소리를 하길래, 당장 삼억 입금하라 그랬지. 그럼 네놈 해코지할 만화는 방어용으로만 사용하겠다고 말야."

"음…… 삼억…… 삼억?"

"녀석이야 그게 속편하지. 날 죽일 수도 없고, 놔두자니 언제 해코지할까 두렵고. 차라리 삼억 주면 내가 전처럼 방탕하게 살다 맛이 가겠거니 했을 거라고."

"그럼 입금 확인된 건가요?"

오형은 씨익 웃고는 다시 한 번 남방셔츠 깃을 세웠다.

"짜샤, 이거 비싼 거야. 바바리, 바바리 알아?"

"버버리겠죠."

명품이 그렇게 티 안나 보이는 건 처음이었다.

오진수와 데생맨은 원본 원고들과 마무리한 5장 스토리 원고를 데생맨의 가게 어딘가에 보관해뒀다. 데생맨은 유사시에 언제라도 그 원고를 만화로 완성하기로 했고, 오진수는 강태한에게 받은 삼억 중 일억을 데생맨에게 건넸다. 데생맨은 극구 거절했지만 오진수는 이번 작업에 대한 고료이자 원고 보관금이라며 기어이 돈을 주었다. 물론 그것은 작업비와 보관금만이 아니었다. 데생맨에게 진 묵은 빚이 포함된 것이었다. 나는 농담 삼아 한마디 했다.

"난 뭐 없어요? 생각해보니 모텔에서 담배 심부름 많이 했는데."

"김 작가, 넌 나랑 동업을 한다. 이억 종자돈으로 같이 가보자고. 신촌의 오피스텔, 그거 나 살자고 계약한 거 아냐. 사무실이야. 내일부터 출근하라고."

나는 고개를 저었다. 오진수는 새 맥주를 따 들이켠 뒤 말했다.

"너, 이 형이 하자고 해서 잘 안 된 거 있냐? 차유나 꾀어서 너 구했지, 데생맨 합류시켜 강태한 조졌지. 이제 진짜 우리끼리 하면 된다고. 일단 회사 이름은 고스트라이터즈 닷컴."

"닷컴회사라, 상장할 기세네요."

"상장은 모르겠고, 상장은 받을 수 있겠지."

"아우, 그만 쫌."

"재미없냐? 아무튼 잘 들어. 우리가 하는 일은 정말 상장 받는 일이야. 어릴 적 착한 일 하면 선행 상장 받잖아. 감이 오냐? 우리는, 사람들의 소원을 들어주는 거야. 소원을 듣고 최대한 그게 이뤄질 수 있게 써주는 일이지."

무슨 사업 아이템인지는 알 것 같았다. 그는 강태한과의 전투에서 승리한 뒤 자신의 내공을 너무 과대평가하고 있었다.

"수전증 땜에 워드도 못 치잖아요. 인터넷 할 때도 독타더만."

"워드야 알바 하나 뽑아 시키면 되고, 너랑 나랑 그리고 누구지,

아 성미은. 걔까지 우리 셋이서 고스트라이터즈로 같이 하는 거야. 짐작하겠지만 이건 정확히 강태한이 했던 것과 반대라고. 그 새끼처럼 누굴 죽여 달라느니 복수해 달라느니 말고, 세상에 꼭 필요한 작지만 좋은 일들이 이뤄지게 돕는 거라고. 그동안 고생하신 우리 엄마 대장암 낫게 해주세요라거나, 진심으로 좋아하는 그 사람이랑 잘되게 해주세요, 부모님께 효도할 수 있게 착한 마음 주세요, 같은 건전한 의뢰를 받는 거지."

이 사람 이거 진짜 일을 벌일 생각이다. 나는 절대 같이 하면 안 된다고 마음먹었다. 그나저나 성미은은 어떻게 된 걸까? 생각해보니 글 감옥에서 휴대폰을 압수당한 뒤 누구와도 연락하지 않고 지내고 있었다.

내가 딴청을 부리자 오진수는 혼자 궁시렁대고는 세 번째 맥주캔을 땄다. 나는 빌딩 숲 너머 지는 노을을 바라보았다. 어서 마저 가라앉기를. 밤에만 술을 마시기로 작정한 내게 어둠이 간절한 때였다.

"자식아, 술도 안 마시고, 이런 좋은 제안도 거절하고…… 뭐가 문젠데?"

대거리도 지쳤다. 나는 입을 꽉 닫고 무표정한 눈으로 고개를 저었다. 그가 담배를 빼문 뒤 분풀이라도 하듯 내게 연기를 뿜었다. 나는 지는 노을의 끝을 바라보았다. 이제 어두워졌다 말할 수 있었다.

"오형."

"같이 할래?"

그가 반색하며 물었다.

"고스트라이터즈 닷컴은 혼자 하시고요."

"나쁜 새끼."

"맥주나 하나 줘봐요."

그가 내게 캔맥주를 던졌다. 천천히 따서 마셨다. 오랜만이었다.

사실 그에게 궁금한 건 따로 있었다.

오진수는 잘 썼다. 데생맨과 모텔에서 작업할 때 그는 만화 콘티를 그리는 게 만화 스토리를 쓰는 거라고 했다. 그리고 그가 제대로 쓴 이야기는 강태한을 옴짝달싹 못하게 했다. 황룡 오진수, 그 역시 만화가로 한 시대를 풍미한 스토리텔러였다. 그는 어떻게 글쓰기를 배웠을까? 두 번째 맥주를 비우고 내가 물었다.

"오형은 스토리 어디서 배웠어요?"

"뭔 소리야? 나 배우는 거 싫어해."

"그러니까, 오형은 따로 스토리 쓰는 법 있냐고요?"

"스토리 쓰는 법? 넌 짜장면 비비는 법 배우냐? 그냥 비비는 거지."

"거참, 군침 도는 비유긴 한데요. 그럼 스토리 쓰는 건 만화 판에서 도제로 배운 거군요?"

"됐다 그래. 내가 쓰는 만화 스토리는 딱 하나야. 자고로 스토리는 재밌어도 안 되고 웃겨도 안 돼."

"뭐라고요?"

"재밌는 것도 웃기는 것도 다 필요 없다고."

"그럼 뭔데요?

"궁금해야 돼."

"예?"

"궁금해야 된다고. 만화책 아무리 재밌어봐, 〈무한도전〉 시작하면 책 던져버린다. 웹툰 아무리 웃겨봐, 여자 카톡 오면 창 닫고 카톡질한다. 근데 궁금하면? 궁금하면 카톡 씹고 본다고. 〈무한도전〉? 재방송으로 보고 만화책 붙잡는다. 핵심은 뭐야? 궁금할 것! 자고로 뭐든 이야기는 궁금해야 하는 거라고."

"궁금하다라……."

"강태한 그 자식, 안 보면 되는데도 끝까지 보잖아. 무지 궁금하거든. 게다가 자기 이야기이기도 하니까 더하지. 그치?"

"오진수 씨, 이제야 좀 달라 보이시네."

우쭐해진 그가 내게 느긋한 미소를 지어 보였다. 아닌 게 아니라 그의 말대로 이야기는 궁금해야 한다. 아니 어쩌면 궁금함이 최우선일지 모른다. 모든 이야기는 미스터리(Every Story is a Mystery)라고 누가 말하지 않았는가? 하지만 난 귀담아 듣지 않았고, 몸소 배우지 않았다. 오진수가 다시 말했다.

"만화 연재할 때 말야, 그러니까 잡지만화 할 때, 궁금할 때 딱 끊는다고. 그럼 다음 잡지 안 살 수가 없는 거거든. 그치? 굳이 내가 스토리 배웠다고 하면 그거네. 그렇게 배웠네. 이제 대답이 됐냐?"

그가 내게 깨우쳐주었다.

"잘 알겠어요. 고마워요."

"고맙긴. 그럼 나랑 같이 그 궁금증의 세계를 탐구해볼까? 일단 너도 고스트라이터즈 닷컴에서 나랑 같이 쓰기 시작하면……."

"저 이제 내려가 글 씁니다. 마저 드시고 가세요."

나는 도망치듯 옥상을 내려왔다. 그가 구시렁대며 빈 캔을 정리하는 소리가 들렸다.

작업실로 돌아온 나는 노트북을 켰다. 내가 쓸 다음 이야기는 반드시 궁금해야 했다. 당연히 나조차 궁금하기 시작했다. 물론, 당신도 궁금하지 않은가?

◆ ◆ ◆

폰을 샀다. 차유나에게 받은 돈이 사백 정도 남아 있었기에, 마음에 드는 기종으로 구입했다. 새 폰을 세팅하자마자 미은에게 전화를 걸었다. 지난 2주간 글 작업에 물이 올랐을 때 그녀가 다시 떠올랐다. 미은이 약속대로 나를 위한 글을 써주고 있는 게 느껴졌다. 나를 위해, 내가 두 번째 소설을 완성하는 장면을, 써주고 있다고 믿었다.

미은은 전화를 받지 않았다.

초조하지는 않았다. 미은이 고스트라이팅을 해주건 안 해주건 나는 이제 쓸 수 있다. 아리가 말한 대로 용감하게 모니터에 뜬 백지에 들이대고 있다. 그녀는 글 쓰는 데 용기가 필요하다는 걸 내게 상기시켜주었다. 이카로스가 말한 스토리텔링 공식도 활용하고 있다. 내 방식대로 사용하니 그것 역시 도움이 되었다. 오진수가 깨닫게 해준 '궁금하게 하기'는 이야기를 끌어가는 동력이 되고 있었다.

마지막으로 편집장의 충고대로 매일 아침에 영감이 오도록 깨어나자마자 노트북을 켜고 글부터 쓰고 있다. 이대로라면 4년을 끌어온 두 번째 소설이 4주 만에 완성될 판이었다. 그리고 보니 전화를 해야 할 중요한 사람이 또 떠올랐다.

　편집장도 전화를 받지 않았다. 나 혼자 고립무원에 선 것 같았다. 다행히 우철은 전화를 받았다.

　"어떻게 된 거야?"

　우철이 퉁명스럽게 물었다.

　"왜?"

　"몇 주간 전화도 안 받고, 술도 먹으러 안 오고. 연경이가 너 실종 신고해야 되지 않냐고 했다."

　"소설 쓰느라 바빴어."

　"허허, 그걸 나보고 믿으라고?"

　"정말이야."

　"됐고, 술 마시러 와. 맡겨놓은 술값 유통기한 다 돼간다."

　"내 돈이 무슨 유기농 요구르트냐? 마감 칠 때까지 못 가니까 잘 모셔놔."

　"이거 이거…… 너 진짜 무슨 문제 있는 거 아냐?"

　"아니거든. 그럼 작업이 바빠서 이만."

　전화를 끊었다. 무언가 통쾌했다. 그동안 못 쓰고 쌓인 글이 등에 짐 지워져 있었고, 계속 더 쌓여 날 짓눌러왔다면, 이제 나는 날렵한 몸매로 달리는 고등학생 육상선수의 느낌으로 노트북 자판을 두드리고 있었다.

한참 몰입해 쓰고 있는데, 전화가 왔다. 편집장이었다. 김시영이 재기했다는 굿 뉴스를 들려줄 생각에 기쁜 마음으로 전화를 받았다.

"편집장니임."

"야! 김시영!!"

"아이고, 고막 떨어지겠어. 어디예요?"

"너 한 달 동안 내가 너한테 전화 몇 통 했는지 알아?"

"자고로 작가가 잠수 타는 덴 다 이유가 있기 마련이거든?"

"뭐라고? 야 이 나쁜 새끼야! 너 진짜 그러는 거 아냐. 진짜……."

그제야 뭔가 잘못 돌아가고 있다는 걸 느꼈다. 나는 긴장한 채 물었다.

"형, 왜 그래? 내가 그동안 일이 좀 있었어."

"됐고, 끊어."

"형! 지금 어디야?"

"알아서 뭐해."

"어디냐고요!"

"길바닥이다. 왜?"

편집장은 진짜 길바닥에 있었다.

밤 10시, 그는 연신내 길가 편의점 의자에 앉아 있었다. 택시에서 내려 다가오는 나를 거들떠도 안 보고 담배만 피워댔다. 나는 옆 의자에 앉아 그에게 기척을 했다.

"형. 나 왔어."

그가 고개를 돌려 나를 바라보았다. 불과 한 달 만인데 인상이 달라 보일 정도로 볼 살이 빠져 있었고 평생 안 기르던 수염도 듬성듬성 나 있었다.

그가 한숨을 쉬곤 나를 한심하다는 듯 바라보았다. 억울한 기분에 내가 입을 열었다.

"폰 잃어버렸는데 없으니까 집중해 일하기 좋더라고. 그래서 소설만 썼어요. 많이 썼거든. 괜찮은 작품 나올 거예요. 안 좋아? 싫어?"

"다 필요 없어."

"형, 무슨 일이 있었던 거야? 왜 그래? 형이 그렇게 노래하던 내 소설 이제 다 써간다니까!"

편집장이 심드렁한 표정으로 하품을 했다.

그때 차도에 노란색 승합차가 멈춰 섰다. 편집장이 일어나 그리로 향했다. 나는 어리둥절한 기분으로 자리에서 일어났다. 그가 나를 돌아보고 고갯짓했다.

"따라오든가."

편집장을 따라 타고 나서야 이 승합차가 대리기사용 셔틀버스란 걸 알게 되었다. 승합차는 시내에 도착했고, 우리는 내렸다. 편집장은 말없이 종로 3가 보쌈 골목으로 향했고, 나도 묵묵히 그를 따라갔다.

이전에 그와 와본 적이 있던 보쌈집 2층에서 우리는 보쌈과 딸려나온 감자탕, 소주를 두고 마주앉았다. 편집장이 말없이 술잔을 비우며 보쌈을 삼켰다. 대리 호출인지 간간이 그의 폰이 울려댔지만 받지 않았다. 나 때문에 회사를 잘린 건가? 대체 왜? 어쨌거나 나는 죄인처럼 술잔을 비웠다.

배가 고팠는지 내 얼굴이 보기 싫었는지 그는 코를 박고 보쌈과 감자탕을 먹어대고는, 새 소주를 시키고 젓가락을 내려놓았다. 2층 손님은 우리와 다른 한 테이블밖에 안 남았고, 새로 가져온 소주를 딴 그는 따라줄 새도 없이 자기 잔을 채웠다.

술잔을 비우고 편집장이 입을 열었다.

"백오십 통. 백오십 통 전화하고 그만큼 문자 넣고 할 동안 연락이 안 됐어. 내가 억울해서 그걸 다 세어봤다. 너 나랑 같이 일하는 사이 맞냐?"

"……."

"내가 화난 건 그것뿐이야. 서로 간의 소통. 다른 건 다 괜찮다고."

"회사 그만둔 거 같은데, 나 때문인 거야? 내 원고 안 나와서?"

"잔 비워라."

나는 잔을 비웠다. 편집장이 내 잔에 소주를 채워주고 자기 잔을 비웠다. 내가 그에게 술을 따라줬다. 그가 반을 비우고 나를 올려다 보았다.

"한 달 전쯤 이카로슨가? 우리 회사로 연락이 왔어."

"응? 뭐라고?"

"이카로스. 그 웹소설 대박났다는, 네가 대필해주던 놈."

젠장. 놈이 손을 쓴 건가? 순식간에 머릿속에서 퍼즐이 맞춰졌다.

"그 자식이 네 책 내는 거 접으면, 자기 원고 준다고 대표한테 제안을 했거든. 그러니까 대표가 그걸 받네. 황당하더라고. 너 개랑 대체 뭔 일이 있었길래 그런 개똥 같은 일이 벌어진 거야?"

"놈이 유령작가 일 그만둔다니까 이 바닥 발 못 붙이게 한다고 했거든. 그래봐야 어쩌겠나 했지. 놈이 지랄해봐야 웹소설 안 쓰고 말지 했는데…… 근데 출판사까지 불똥이 튈 줄은 정말 몰랐어. 이런 젠장."

"그 자식은 쓰레기고 넌 멍청이구만."

"그래서 형은 대표한테 그거 반대하다가 잘린 거야? 왜 그랬어? 그냥 내 원고 포기하면 됐잖아? 응?"

"야! 니가 연락이 돼야 상의라도 하고 말고 하지? 연락도 안 되는 상태에서 나 혼자 포기하긴 싫었거든. 왜? 그게 도리니까. 그게 도리 아냐? 너랑 나 사이에? 근데 넌 연락 한 번을 안 해?"

고개가 절로 숙여졌다. 무슨 말을 할 수도 없었고, 눈을 마주치기도 부끄러웠다. 차라리 더 멍청이였으면 부끄러움이라도 못 느꼈을 텐데, 소설이고 나발이고 잘 쓰면 뭐하냐? 사는 게 엉망인데, 도리도 못 지키고 살면서 훌륭한 소설을 쓴다면 그게 무슨 부조화란 말인가?

"마셔. 회사 그만둔 건 내 선택이니까 너 잘못 아냐."

나는 잔을 비웠다.

"일단 뭐라도 해야 해서 대리 시작했지만, 다음 달에 적금 타면 출판사 차릴 거야. 그러니까 넌 쓰던 소설 쓰면 돼."

"정말 미안해요. 형한테."

나는 편집장의 눈을 보고 진심으로 사죄했다. 그제야 그가 헛웃음을 지으며 내게 말했다.

"너한테 제대로 형 대접 한번 받아보는 게 소원이었는데, 나쁘지 않네. 따라봐. 두 손으로 공손하게."

화가 좀 풀렸는지 넉살이 나왔다. 나는 정중하게 두 손으로 그에게 술을 따랐다. 그가 잔을 맛있게 비우고 나를 바라보며 물었다.

"그래서, 많이 썼다고? 많이 쓴 게 중요한 게 아니라 잘 써야 하는데……."

"그 어느 때보다 잘 쓰고 있거든요."

"그래? 그럼 이번 달 안에 마감 돼?"

"형이 원한다면 밤을 새서라도 맞춰 볼게."

"휴, 정말 우리가 인연은 인연이다. 너 땜에 회사 잘리고, 너 땜에 회사 차리는 거야. 그리고 창립작은 네 소설이고. 마감 잘해."

그가 오늘 처음으로 내 앞으로 잔을 들었다. 나는 그를 위해서라도 죽어라 소설을 쓸 거라 다짐하며, 잔을 부딪쳤다.

"힘든 건 없고?"

편집장이 다정한 얼굴로 내게 물었다.

"견딜 만해요. 쓰다 지쳐 잠들긴 하는데, 안 써지는 것보단 나으니까."

"운동을 해. 남산이라도 올라. 아님 청계천 가서 좀 달리든가."

"운동하면 피곤해서 쓰기도 전에 뻗어요."

"너 하루키 알지? 하루키가 그렇게 마라톤을 한다잖아. 단편이야 그냥 한 며칠 밤새 쓴다 쳐도 장편 완성하려면 체력이 필요한 거거 든. 그리고 헤밍웨이. 우리 헤밍웨이 형도 그랬다고. 자신에게 글쓰기 는 권투랑 같다고. 뭐야? 엄청나게 체력이 소모된다는 거야. 너 아마 처럼 3라운드만 뛸 거야? 12라운드 풀로 뛰어야 할 거잖아. 프로 작 가라면 너 체력부터 길러야 해."

"휴, 알았어요. 근데 형은 뭐 그리 소설가들 잡다한 일들 다 꿰고 있는 거예요?"

그가 돼지 등뼈를 집어들다 내려놓고는, 헛헛한 미소를 지어 보였다.

"그거야…… 나도, 해보려고 했으니까."

"응? 형도 소설 썼어?"

"그럼 난 뭐 편집자로 만날 남의 글만 만져대고 싶었겠냐? 나도 단편은 좀 썼어. 연례행사처럼 해마다 신춘문예에도 투고했었고."

"그래서 작가들 연구도 하고 그런 거야?"

"답답하잖아. 유명 작가들은 어떻게 썼나 찾아보기 시작하니까 그런 책도 꽤 되더라. 근데, 그런 거 알아도 그대로는 안 돼. 그게 내 한곈지도 모르지."

그가 씁쓸한 표정으로 소주를 비웠다.

"자기도 안 되면서 나한테는 뭘 그리 잔소리예요?"

"넌 되잖아. 된다고! 넌 어쨌든 써서 등단도 했고, 작품도 좋았다 고! 네가 버릇 나빠질까봐 얘기 안 했지만, 네 글 몰입도가 얼마나 좋은지 알아? 사실 내 열등감일지도 모르겠다. 그리고 그걸 해소하려고 너한테 원고 독촉하고 잔소리하고 그러는 걸지도 몰라."

"책 나오면 꼭 존경하는 편집장님께 감사한다고 작가의 말에 써줄게."

"존경하는 대표님이겠지."

"어이구, 그러세요?"

"그니까 세금인 줄 알고 잔소리도 들어. 다 피가 되고 살이 되는 진짜 작가들의 교훈이라고. 스티븐 킹이 그랬어. 너의 소설책이 유리창을 뚫고 날아오는 벽돌처럼 느껴져야 한다고……."

스티븐 킹은 소설만 많이 쓴 줄 알았더니, 잔소리도 많이 남겼다는 걸 편집장의 잔소리를 통해 알게 되었다. 나는 그 후로도 술집 두 군데를 더 거치며 세금을 물어야 했고, 새벽 3시가 조금 넘어서야 겨우 그를 보낼 수 있었다.

그는 내가 소설을 잘 쓰고 있다는 것 하나에 분을 풀었다. 다행이었다. 방금 전까지 내 무신경함을 탓하며 엉망으로 산 걸 후회했는데, 편집장이 용서해준 걸 보면 아직 최악은 아닌가 보다. 그가 내 옆에 계속 남아 있어 주었기에, 잔소리 폭탄을 얻어맞더라도 기뻤다.

나는 종로에서 을지로 집까지 걸어와 야전침대에 바로 뻗었다.

◆ ◆ ◆

전화가 울렸다. 매일 일찍 일어나 글을 쓰기 위해 맞춰놓은 알람이었다. 오랜만에 과음을 한지라 일어나기가 힘들었다. 나는 애써 잡은 루틴을 깨지 않기 위해 억지로라도 일어났다. 내 작품은 물론, 이제 편집장을 위해서라도 그래야 했다.

전화를 집어들고 보니 알람이 아니었다. 모르는 폰 번호였다. 뭐지? 새 폰이라 과거 번호는 다 사라졌고, 사람들 역시 내 새 번호를 몰라 딱히 올 곳이 없는데? 이 아침에?

나는 긴장한 채 전화를 받고는, 가만히 기다렸다.

"김시영. 너지? 너 나랑 해보자는 거지? 이 개새끼야!!"

이카로스였다. 술도 잠도 확 깼다. 대신 피가 끓기 시작했다.

"뭐야? 왜 아침부터 재수 없게 전화해서 잠 깨우고 난린데?"

"실버 웨스트 너 맞지, 이 씨발 새끼야!"

"지금 뭔 소리 하는 건데?"

"오호, 너 내가 바보로 보이냐? 주인공 '김 작가'에 악당 이름은 '이카로스'로 떡 해놓고 시치미를 떼? 당장 작품 내려! 안 내리면 너 내가 어떻게든 아작 낸다. 알겠어!!"

"니 개소리 잘 모르겠거든. 그리고 맞다, 너나 출판사에다 더러운 뒷거래 벌이지 마. 인생 그렇게 살지 말라고."

"그래, 그래서 이런 거냐? 내가 니 책 막았다고, 웹소설을 써서 날까?"

"대체 뭔 웹소설을 쓴다고 지랄이야! 어?"

"너 이 새끼, 해보겠다는 거지? 좋아, 그럼 일단 작품 대 작품으로 박살내주지."

"시끄럽고, 어디서 내 번호 알았는지 모르겠는데 함부로 전화하지 마라. 목소리도 듣기 싫으니까."

"니 번호? 경찰 통해 알아냈다. 집 주소도 알거든? 너 내가 어디까지 카바하는지 모르나본데? 두고 봐, 나한테 개긴 대가를. 내가 너 이 바닥만 뜨게 하는 게 아니라, 아주 대한민국을 뜨게 만들어주지."

"아우, 집 알면 직접 와 면상 들이밀든가! 주먹으로 할 거 말로 하지 말자고."

"뭐야? 이 씹새끼, 너 기다려! 너 두고 봐! 너 아주 손가락을 다 끊어버려 작품이고 뭐고 못 쓰게 할 테니까!!"

"그만 짖어라. 서양 속담 모르나? 짖는 개는 물지 않는다."

"야 이 새끼야! 너 말 다했어!! 너 이 새……."

전화를 끊었다.

사람도 짖는다. 소리쳐 욕해대는 게 짖는 거다. 그 샤프하고 세련된 이카로스가 개새끼로 변한 걸 보니, 뭔가 통쾌했다. 잠이 덜 깼지만 나는 놈을 그렇게 만든 게 뭔지 살펴야 했다.

정신이 다 산만했지만 분위기는 파악했다. 놈은 내가 웹소설을 올려 자신을 디스한 거라 여겼다. 나는 컴퓨터를 켜고 웹소설 포털을 열었다.

이카로스의 최신작 〈다잉 메시지〉가 엄청난 조회 수에도 불구하고 랭킹 2위였다. 〈다잉 메시지〉를 넘어서 당당히 자리하고 있는 1위의 제목은, 매우 낯익은 단어로 구성되어 있었다. 그것은 실버 웨스트의 〈고스트라이터즈〉라는 작품이었다.

유명 웹소설 작가 이카로스의 고스트라이터로 살고 있는 김 작가는 사실 데뷔 소설가다.

어느 날 이카로스의 부당한 작가 대우에 불만이 쌓인 그는, 화끈하게 때려치고 사무실을 나왔으나 당장의 생계가 고민이다. 그런 그가 우연히 차미나라는 슬럼프에 빠진 여배우로부터 자신의 앞날에 대한 글을 써달라는 제안을 받게 된다.

김 작가가 자신의 고스트라이터라며, 그가 쓴 대로 자신의 삶이 변한다고 믿는 그녀. 황당한 제안이지만 넉넉한 고료에 빠져 일단 작업을 수락하는 김 작가.

그는 차미나를 연구한 뒤, 그녀가 원하는 영화의 캐스팅을 따낸다는 내용을 써서 준다.

얼마 뒤 신기하게 그가 쓴 대로 차미나가 캐스팅이 되고, 화려하게 재기에 성공한다. 이처럼 김 작가는 누군가의 삶에 영향을 주는 글쓰기인 고스트라이팅 현상을 경험하고, 그때부터 그의 능력을 탐내는 사람들이 주변에 몰려들기 시작하는데……

압도적인 1위를 달리고 있는 웹소설 〈고스트라이터즈〉의 작품 소개였다.

이카로스와 한바탕 해서 잠은 깼음에도, 뭔가 계속 각성되고 있었다. 내 머릿속 어딘가에서 다이너마이트가 터지고 있었다. 누군가가 내 인생을 베껴냈고, 그걸로 재미를 보고 있었다!

나는 본문을 열어보았다. 5화까지 무료였고, 숨도 안 쉬고 단숨에 읽었다. 신기했다. 이건 마치 내가 쓴 것 같았다. 내 얘기고, 내 문체고, 내 호흡이었다. 나조차 내가 쓴 게 아닌가 의심이 갈 지경이었다.

혹시 지난 3주간 정신없이 몰입해 쓴 내 두 번째 소설이 이게 아닌가? 나는 바탕화면의 한글 파일 '2'를 클릭해보았다. 두 번째 소설은 그것대로 거기 있었다. 무엇엔가 홀린 기분이었다. 진짜로 유령이 쓴 것인가? 제목 그대로 고스트라이터가 쓴 것인가?

정신을 잡고 작가 이름을 살펴보았다. '실버 웨스트'였다. 작가 정보를 보니 이게 첫 작품이었다. 누구지? 남잔가? 여잔가? 분명 나를 아는 놈일 텐데? 나는 빛의 속도로 용의자를 떠올리기 시작했다.

오진수? 그 인간은 타자 쳐줄 알바나 구했는지 모르겠다.

차유나? 차유나는 이카로스와의 일을 모른다.

강태한? 오진수에게 삼억이나 갖다 바칠 정도로 멘탈이 무너진 그가 이럴 리 없다. 그러나 불가능한 건 아니다. 원래 선한 사람들보다 악당들이 더 잘 뭉치는 법이고, 이카로스가 강태한에게 붙었을 수도 있는 노릇이었다. 그럼 이 모든 게 이카로스의 자작극?

아니다. 놈이 미스터리 천재라는 대학생을 고용해 야심차게 개발한 〈다잉 메시지〉를 뒤로하고 새 작품을 같이 띄울 리 없다. 이카로스의 분개한 목소리만 들어도 그건 알 수 있는 사실이었다.

답은 곧 나왔다. 처음부터 예상 못한 스스로가 바보 같았다.

김 작가는 나, 이카로스는 이카로스, 차유나는 차미나…… 미나라는 이름에서 감이 왔다. 미나는 성미은의 소설 속 섹스 토이의 이

288

름이었다. 성미은은 송은서라는 필명을 썼다. 젠장.

은서. 실버 웨스트.

성미은의 짓이었다.

당연하게도 성미은은 전화를 받지 않았다. 어제 전화했을 때 불통이었던 것도 이해가 되었다. 나는 이메일을 로그인했다. 당장 이메일을 보내 뭐하는 짓이냐고, 글로라도 호통 치지 않으면 심장이 터질 것 같았다.

로그인하고 성미은의 이메일 주소를 찾으려는데, 새 편지들이 보였다. 열어보니, 모두 미은으로부터 온 것들이었다! 2주 전에 하나, 지난주에 하나, 엊그제 하나, 모두 세 통이었다. 나는 책상을 쾅 내리치고, 메일을 열었다.

김 작가님, 전화번호 바뀐 거예요? 오진수 씨도 전화 바뀐 거 같고…

해도 해도 안 돼서 이메일 남겨요. 연락 주세요!

작가님, 어떻게 된 거예요? 이것도 확인 안 하면 경찰서에라도 연락해야 할까

봐요. 꼭 꼭 어서 연락 주세요. 예?

대체 사람이 왜 그래요? 제가 뭐 잘못한 거라도 있나요?

이렇게 아무 말 없이 번호 바꾸고 관계 끊는 거 진짜 나쁜 거예요.

전 그래도 우리가 어느 정도 의리 있는 사이라고 생각했는데, 정말 너무하네요.

김 작가 당신 나빠요.

세 통 모두 연락을 달라는 내용이었고, 짜증이 올라왔다.

연락을 소홀히 한 나 자신에게도, 미은이 해놓은 짓도 모두 짜증이 나고 화가 치미는 일이었다. 분명 그녀에게 연락을 했지만, 내 새 번호는 그녀에겐 낯선 번호였다. 미은은 이카로스에 맞서서 이런 짓을 하고 있었으니, 모르는 번호는 받지 않았을 것이다. 내가 문자 한 통만 넣었어도 해결될 일이었다. 아니 이메일만 미리 읽었어도!

나는 폰을 꺼내 미은의 번호로 문자를 남겼다.

나 김 작가요. 이게 내 새 번호니까

제발 전화를 받아요! 아님 걸든가!!

문자를 보내자 머리가 땅해왔다. 숙취와 두통에 머릿속에서 터진 다이너마이트까지, 골이 아픈 게 당연했다. 나는 야전침대에 몸을 부렸다. 무슨 일이 벌어졌는지 아무것도 생각하기 싫었다. 정신없이 잠에 빠져들었다.

깨어나보니 오후 2시가 넘어가고 있었다.

엄청난 허기에 라면을 끓여 먹고 나서야 아침에 있었던 일이 실감나기 시작했다. 나는 황급히 폰을 집어 들었다. 문자가 한 통 와 있었다. 미은이었다.

이제야 연락 주시네요... 만나요.

오늘 오후 4시, 인사동 스타벅스.

인사동 스타벅스라면, 그녀가 이카로스 오피스를 때려치고 나왔을 때 만난 곳이다. 그때 절박한 목소리로 애원하듯 만나달라던 그녀가, 지금은 무슨 접선 암호 보내듯 심플하게 문자를 보냈다. 게다가 이건 호들갑스럽게 오버하며 말하던 미은의 말투도 아니다. 뭔가 다른 온도에 미심쩍은 기운이 들었다. 이게 혹시 미은이 보낸 게 아니라면? 누군가의 낚시라면? 그렇다면 위험할 수도 있다.

아니면 미은은 지금 내게 정색하고 있는 것인가? 내가 연락이 안 된 게 화가 난다는 건가? 아니 정작 화를 내고 정색해야 할 사람은 내가 아닌가? 허락도 없이 내 인생을 막 써먹은 건 그녀가 아닌가?

두 가지 가정 모두 불쾌했다. 하지만 세 번째 가정에 비하면 덜 끔찍했다.

실버 웨스트, 아니 성미은의 웹소설 〈고스트라이터즈〉는 메가 히트작이 되어가고 있었다. 이카로스의 고스트라이터로 활동하며 봐 온 그동안의 웹소설 시장에서, 이렇게 단시간에 인기를 휩쓸고 있는 작품은 본 기억이 없다. 그것도 이카로스의 최신작과 맞붙어 이뤄낸 성과라면, 한마디로 성미은은 대박 작가가 된 게 아닌가?

나를 데뷔 작가라며 우러러보던, 내게 〈4시 44분〉의 소스를 달라고 굽실대던, 이카로스에게 쫓겨나고 내게 제목도 없는 자기 소설을 봐달라고 부탁하던 그 성미은이, 이제 대박 작가가 돼서 무미건조

한 문자 한 통 보내 나를 보자고 한다. 평소의 그녀라면 전화를 해서 "작가니임!! 대체 어떻게 된 거예요? 저 정말 걱정했단 말이에요. 우리 어서 만나요. 제가 어디로 갈까요? 정말이지 할 말이 많거든요!!" 이렇게 호들갑을 떨었을 텐데, 쿨해도 너무 쿨했다.

사람이 갑자기 쿨병에 걸렸다면 그건 떴기 때문이다. 미은은 지금 엄청나게 떴다.

나는 미은의 변한 태도가 불쾌했다.

나는 미은이 잘나가는 작가가 됐다는 게 짜증났다.

나는 미은이 내 인생을 베껴 쓴 소설로 그렇게 됐다는 게 미치도록 화가 났다.

사방에 적이었다. 이카로스와 한바탕 하고 강태한에게 납치당했다. 죽을 고비를 넘기고 강태한에게 벗어나니 성미은이 뒤통수를 친다. 믿었던 그녀였기에 배신감이 더해졌다.

분을 삭이며 전략을 짜다 보니 어느새 4시가 다 되어가고 있었다. 나는 전투에라도 나가듯 밀리터리 재킷을 걸치고 집을 나섰다.

9장

쓴다는 것은 기도의 한 형식

- 프란츠 카프카

평소라면 걸어갈 거리를 택시를 타고 서둘렀다.

10분 일찍 도착해 스타벅스 주위 거리를 살폈다. 여느 날과 같이 관광객들과 거리의 상인들이 붐비고 있었다. 나는 조심스레 스타벅스로 들어갔다. 미은은 아직 오지 않았다.

나는 2층 창가에 자리한 채 경계근무 서는 병사처럼 입구로 드나드는 사람들을 살폈다.

4시 10분이 넘어서도 미은은 오지 않았다.

폰을 살펴보니 아무 연락도 없다. 뭔가 불안했다. 함정인가? 나는 자리에서 일어나 빠르게 매장 안을 살폈다. 커플 한 팀, 여자 셋 한 자리, 그리고 혼자 온 사람들 사이로 덩치 큰 남자 둘이 앉아 있었다. 스타벅스보다는 성인오락실에 어울리는 인상의 둘은 잔뜩 웅크린 채 빨대로 아이스 아메리카노를 빨아먹고 있었다.

튀자. 나는 최대한 빠른 걸음으로 계단으로 향한 뒤 1층으로 내려갔다. 내려온 뒤 입구를 향해 매장을 가로지르는데 갑자기 누가 날 막아섰다.

"엇."

"김 작가님. 언제 오셨어요?"

"아니, 미은 씨…… 와 있었어요?"

"예. 4시 딱 맞춰 왔는데, 어디 계셨어요?"

"2층요."

"앗, 2층이 있었구나! 저 그냥 여기 와 털썩 앉아 있었지 뭐예요. 저 정말 바보 같죠. 아, 일단 앉으세요. 뭐 드실래요? 제가 살게요."

"아, 아메리카노요."

미은이 지갑을 들고 주문대로 향했다. 그녀의 자리엔 이미 아메리카노가 놓여 있었다. 나는 주문대로 향하는 그녀의 뒷모습을 바라보며 다시 한 번 홀린 기분이 들었다.

4시 정각에 왔다면 이미 1층에서 입구를 살피던 때다. 나는 그녀를 못 알아본 것이다. 그럴 만도 한 게 그녀는 꽤 달라져 있었다. 파마 머리를 펴고 짧은 단발로 잘랐고, 안경도 쓰지 않았다. 펑퍼짐한 카고 바지에 투 엑스라지 후드 티 차림은 사라지고, 정장 재킷에 청바지를 입어 뚱녀라는 인상보다 키 큰 여자라는 느낌이었다.

옷을 갈아입어서인가, 살이 빠져서인가 하는 궁금증은 그녀가 커피를 들고 자리로 돌아왔을 때 풀렸다. 제대로 마주한 그녀의 얼굴은 반쪽이었다. 내가 너무 뚫어져라 바라봤는지, 그녀가 수줍은 표정으로 말했다.

"마감 다이어트죠. 헤헤. 한 8킬로? 좀 달라 보이나요?"

"못 알아봤잖아요. 헤어스타일도 훨 나으시네."

"자꾸 띄우지 말아요. 김 작가님이야말로 인상이 확 펴셨어요? 작업 잘 되시나봐요."

"덕분에. 근데…… 웹소설 마감은 매일인가요?"

"네. 일주일분씩 미리 보내야 하는데, 매일 업데이트라 매일 마감해야 해요. 밥 먹을 시간도 아끼느라 하루 한 끼만 먹고 하다 보니까, 이렇게 됐어요."

"그렇군요. 좋네요."

나는 소설 작업에 경황이 없어 연락에 소홀했음을 밝혔다. 그녀는 예상대로 이카로스의 전화를 상대하기 싫어 모르는 번호는 받질 않았다고 했다.

서로 딴 소리만 하고 본격적인 얘기를 꺼내지 못할 찰나, 테이블 위에 올려놓은 미은의 전화가 요란하게 울렸다. 그녀가 액정을 확인하고는 전원을 껐다. 그것 역시 미심쩍었지만 이제는 할 이야기를 해야 했다. 내가 먼저 말문을 열었다.

"〈고스트라이터즈〉, 잘나가니 좋아요?"

"좋긴요. 그럴 겨를도 없어요. 지금 전화도 담당자 원고 독촉이에요. 미치겠어요."

"내가 보기엔 미치도록 좋아하는 것 같은데…… 이카로스도 엿먹이고, 내 뒤통수도 치고, 그죠?"

질문과 동시에 미은이 눈을 똥그랗게 뜬 채 과장되게 손사래를 쳤다.

"어머, 아니에요. 김 작가님 뒤통수를 치다뇨! 전 김 작가님 위해 이렇게 쓴 건데, 정말로요⋯⋯ 제가 쓴 거 마음에 안 드세요?"

"앞에만 좀 봤어요. 오늘 이카로스가 전화해서 내가 쓴 거냐고 난리를 치길래 알았습니다."

"그거 지난주 것까지 보셔야 해요. 마음에 드실 거예요. 안 그러면⋯⋯."

"안 그럼, 안 그럼 무르실 겁니까? 말해봐요. 내가 해준 이야기를 그렇게 맘대로 써도 되는 겁니까?"

내 목소리가 컸는지 사람들의 시선이 모이는 게 느껴졌다. 애써 진정한 채 미은을 똑똑히 바라봤다. 그녀는 풀이 죽어 시선을 떨궜다. 나는 작지만 단호한 목소리로 말했다.

"연락이 안 됐다고는 하지만 그렇게 분별이 없어요? 날 소설에 쓰고 싶으면 어떻게든 허락을 받았어야죠? 예?"

갑자기 미은이 피식 웃더니 입을 막았다.

"웃겨요?"

나는 정색했다. 그녀가 겨우 웃음을 참고 말했다.

"앤 라모트가 그랬어요. 소설 속 인물이 자기라고 따지는 남자가 있을 것 같으면, 소설에서 그 인물 거기를 아주 작게 묘사하면 된다고. 정말 위트 있지 않아요? 크윽."

자기 말에 다시 웃음이 터진 미은이 큭큭댔다. 나는 헛웃음도 나지 않았다.

"지금 뭔 헛소립니까? 내 거기가 작다는 거예요?"

"아니 그게 아니라, 작가님이 지금 따지니까 갑자기 그게 생각나서……."

정말 어처구니 없는 여자다. 화가 뻗친 내가 매섭게 노려보자, 미은이 즉시 고개를 숙였다.

"미은 씨, 말해봐요. 내 이야기를 그렇게 함부로 써도 되는 겁니까? 예?"

그러자 미은이 고개를 들고 나를 노려보았다. 푸근한 인상은 온데간데없고, 안경이 없어 더욱 날카로운 눈빛이었다. 돌변한 그녀의 태도에 잠시 당황했지만 애써 태연한 척했다.

"쓰라 그랬잖아요. 나한테."

"뭐요?"

"내가 왜 김 작가님한테 허락을 받아요? 이미 김 작가님이 부탁했잖아요."

"내가 부탁을? 뭔 부탁을 했단 말입니까?"

"그때 야구장에서, 김 작가님 이야기, 써달라고 부탁했잖아요. 라이터스 블록 깨고 두 번째 소설 몰입해 완성해가는 모습, 안 그래요?"

입이 떡 벌어졌다. 미치고 환장할 판이었다. 그녀는 내 말을 오해했다. 아니, 오해하는 척하고 있다. 전문 용어로 미필적 고의다. 그래놓고 시치미를 떼고 있다.

나는 치가 떨려오는 걸 누르기 위해 커피를 마셨다. 진정해야 했다. 여기는 스타벅스다. 흥분하면 진다. 나는 지성인이다. 흥분하면 진다.

"그래요. 내가 미은 씨에게 내 고스트로서 써달라고 한 건 두 번째 소설을 완성하는 내 모습이었어요. 이카로스와의 다툼이나, 차유나랑 오진수 만나 지지고 볶는 얘기나, 강태한에게 끌려가는 그런 걸……."

"잠깐만요. 제 이야기 일단 끝까지 듣기나 하고 말해주실래요?"

"됐고, 아무튼 이런 풀 스토리를 쓰라고 한 게 아니잖아요. 안 그래요?"

미은이 답답하다는 표정으로 머리를 몇 번 쓸어 넘기고는, 내게 되물었다.

"김 작가님은 이야기를 클라이맥스만 쓰세요? 주인공 배경도 있어야 하고, 사건에 빠져들게 되는 계기도 필요하고, 그런 업 앤 다운이 있어야 사람들이 주인공에게 공감하고 이야기를 따라가죠. 안그래요? 제가 그냥 딱 김 작가님 뚝딱 두 번째 소설 완성하는 장면만 써서 주면 그게 돼요? 그게 작동할까요?"

"알겠어요. 백 번 양보할게요. 그런 의도로 처음부터 제 이야기를 쫙 까셨다면 뭐 그렇다고 쳐요. 그런데 그걸 왜 웹소설로 공개합니까? 나한테만 보내주면 되죠. 예? 왜 그런 건데요? 내 얘기가 탐나니까 그걸 미은 씨가 써먹은 거 아닙니까?"

"그래요. 써먹었어요. 그럼 전 손가락만 빨아요?"

"뭐, 뭐라고요? 누가 손가락을 빨래요?"

"그럼 김 작가님은 저한테 글 의뢰하시고 고료든 뭐든 주신 게 있나요?"

없다.

고료를 준다는 생각 자체를 못했다. 나는 말문이 막혔다.

"설마 치맥 사신 걸로 때우려고 했던 건 아니겠죠?"

나는 필사적으로 할 말을 떠올려보았다.

"이카로스 그 자식도 창작지원금이라고 한 달에 팔십만 원은 줬어요. 근데 작가님은 제가 이거 쓰는 데 한 푼이라도 주신 게 있나요?"

도저히 할 말이 없었다. 심지어 이카로스랑 지금 비교되고 있다니! 나는 항변을 위해 아무 말이라도 해야 했다.

"미은 씨. 그건 아니지. 그러니까 나는, 나중에 내가 다 주려고……."

"나중에요? 그거야말로 악덕 업주들이나 하는 말 아닌가요? 선금 안 주고 일 시킬 때 하는 말. 그거 알아요? 오진수 씨 그분이 저한테 김 작가님 탈출 동선 다섯 장 써달라고 할 때도 이백 선금 주고, 끝나고 삼백 주셨어요. 그런데 전 지금 김 작가님 인생을 백 장 넘게 한 푼도 안 받고 써주고 있는데, 왜 썼냐는 소리를 듣고 있네요. 저 정말 모르겠거든요. 제가 정말 잘못한 게 뭐죠?"

할 말이 없을 때 하는 게 변명이다. 나는 항변을 한 게 아니라 변명을 했다. 그것도 가장 저급한 관용어구로. 침통해진 나는 고개를 숙인 채 상황을 복기했다.

분명 미은이 동의도 없이 내 이야기를 웹소설로 쓴 건 잘못한 거다. 나는 웹소설을 써달라고 한 게 아니고 나를 위한 고스트라이팅을 해달라고 한 거니까. 하지만 나는 그녀에게 글쓰기를 의뢰하고는 어떤 고료나 보장도 하지 않았다. 나 자신이 작가면서 그런 몰염치한 짓을 저지른 것이다.

"이카로스 그 자식이 결국 〈4시 44분〉 잔금을 안 주더라고요. 그때 김 작가님이 저한테 조언해준 말이 떠올랐어요. 작가는 너무 착하면 안 된다고, 갈등을 두려워 말고 부딪치라고. 그래서 가서 따졌어요. 근데 오히려 더 뻔뻔하게 나오더라고요. 심지어 정 실장 그년한테 맞을 뻔했어요. 저 그날 집으로 돌아오면서 각오했어요. 반드시 복수하겠다고. 이카로스가 올인 중인 야심작 〈다잉 메시지〉랑 한판붙자. 붙어서 눌러버리자."

그녀는 조곤조곤 그동안의 이야기를 하기 시작했다. 고개 숙인 나는 한쪽으론 그녀의 이야기를 들으며 한쪽으론 계속 스스로를 돌아보았다.

왜 그랬을까? 왜 미은에게 간단한 거라 생각하고 그냥 맡긴 걸까? 왜 고료를 줘야 된다는 생각을 안 한 걸까? 그건 아마 그녀를 얕봤기 때문일 거다. 늘 친절하고 호의적인 그녀에게 내가 우위에 있다여긴 거다. 그러기에 부탁이라고 생각하고 쉽게 일을 맡긴 것이다. 그런데 사실 그건 부탁이 아니고 지시였을지도 모르겠다.

"그때 떠오른 게 작가님 이야기였어요. 작가님이 저한테 이야기해준 그 경험들은 정말 특별하잖아요. 일상 판타지도 있고, 미스터리요소도 있고, 실제 인물들에서 나온 거니 캐릭터도 생생하고……. 그러고 보니, 작가님이 저한테 부탁한 이야기란 거, 그걸 쓰면 되겠다는 생각이 들었어요. 작가님 이야기니까 이카로스도 등장하고, 그럼 이중으로 이카로스를 엿 먹일 수 있겠다는 생각도 들었고요. 그 래서 바로 시작한 거예요. 단숨에 10장 시놉시스 완성해 포털에 갔죠. 저희 과 선배가 거기서 일하거든요. 선배가 항상 저 유령작가 하는 거 안타까워했는데, 제가 〈고스트라이터즈〉란 제목으로 10장 보여주니까 바로 연재 잡아주겠다고 했어요."

나는 말없이 그녀 이야기를 들으며 고개만 끄덕였다.

"저도 그렇게 반응이 좋을지 몰랐어요. 반응이 좋으니까 정신없이 썼어요. 작가님이 해준 얘기에 제가 살을 더 붙여가면서 말예요. 〈다잉 메시지〉가 저보다 한 주 전에 오픈했는데, 제가 3일 만에 따라잡았어요. 정말 기뻤다니까요. 그래서 작가님한테 연락했는데, 계속 연락이 안 되는 거예요……."

미은의 이야기는 계속됐지만, 더 이상 제대로 들을 수가 없었다.

잠실야구장에서 고스트라이팅을 부탁했을 때, 좀처럼 답을 안 하고 쭈뼛대던 미은의 모습이 떠올랐다. 그땐 왜 몰랐을까? 아니, 알았을 것이다. 다만 모르기로 한 것이다. 미은은 그래도 되는 사람이니까. 하지만 그래도 되는 사람은 없다. 드디어 그녀에게 할 말이 떠올랐다.

나는 고개를 들어 똑바로 미은을 바라보았다. 그녀도 하던 말을 멈추고 나를 보았다.

"미은 씨. 정식으로 사과합니다. 제 자신이 부끄럽네요."

그녀가 의외라는 듯 나를 살폈다.

"지금이라도 고료를 드리도록 할게요. 내가 지금 가진 돈이 사백만 원 정도 있는데요. 일단 선금, 아니 이미 쓰고 있으니까 선금은 아니고, 선금과 중도금 합쳐서……."

"아하. 아하하. 아하하하하."

미은이 웃음을 터트렸고, 나는 말문이 막혔다. 한동안 웃어대고는 그녀가 나를 바라보며 미소 지었다.

"연재 대박 난 거 맞아요. 김 작가님이 주인공이고 그 덕이긴 하잖아요. 됐어요. 작가님에게 지금 고료 받아봐야 우리 집 강아지 밥값밖에 안 되겠어요."

"그럼, 내가 어떻게 해야……."

미은이 손을 들어 내 말을 막고는 눈가에 미소를 머금은 채 말했다.

"제게 다음 이야기를 들려주세요. 연재를 계속해야 하니까."

내가 이야기를 마치자 미은이 폰의 녹음 버튼을 정지시켰다. 어느새 녹음까지 하고, 여러모로 집요한 그녀였다. 오진수가 한 말이 떠올랐다. 신기가 있는 미은을 니가 감당할 수 없을 거라고. 신기가 있는 건 미은만이 아니었다. 나는 오진수의 예언을 들었어야 했다.

내 오만과 무신경함이 만든 실수였다. 나는 미은에게 다시 한 번 진심으로 사과했다. 미은은 사과를 받아주고는 〈고스트라이터즈〉의 주인공이 되어주어 고맙다는 말을 덧붙였다. 그녀의 너그러움이 나를 오히려 더 작아지게 만들었다.

스타벅스를 나오며 나는 미은에게 인사동 골목에서 한잔 하지 않겠냐고 물었다. 그녀가 좋아하는 술이라도 한잔 사야 될 것 같았다.

그녀는 바로 가서 마감해야 한다며 거절했다. 그리고 민망해하는 나에게 한마디 했다.

"축배는 다음에 들어요. 〈고스트라이터즈〉로 이카로스 완전히 뭉갠 다음에요."

나는 미은의 건필을 기원했다. 그녀는 웃으며 손을 흔들고 가버렸다. 발걸음 가벼운 그녀의 뒷모습을 바라보다가 나도 집으로 향했다. 무거운 발걸음으로.

◆ ◆ ◆

미은은 내가 들려준 이야기를 바탕으로 연재를 이어나갔다. 내가 말한 게 맞나 싶을 정도로 실감나고 차지게 묘사된 미은의 〈고스트라이터즈〉는 다시 압도적인 1위로 치고 올라갔고, 그 내용은 이러했다.

김 작가와 오진수는 과감히 강태한의 빌딩으로 향하고, 그곳에서 놈과의 일전이 박진감 넘치게 펼쳐진다. 마침내 강태한을 굴복시킨 오진수는 복수에 성공하고, 김 작가는 애인(미은은 아리를 현재 애인으로 설정했다)을 구해낸다. 집으로 돌아온 그는 애인과 뜨거운 사랑을 나눈다(미은은 수준급 19금 묘사 실력을 갖추고 있었다). 그리고 김 작가는 죽다 살아난 자신의 경험을 중심으로 두 번째 소설을 쓰기 시작하고, 마침내 라이터스 블록을 깨트린다.

독자들의 반응은 엄청났고, 수많은 댓글이 쌓이기 시작했다.

나는 미은의 웹소설 창에서 눈을 떼지 못하고 실시간 반응을 살폈다. 그건 미은이 쓴 이야기였지만, 내 이야기이기도 했고, 미은과 소설 속 김 작가에게 쓴 격려의 댓글들이 모두 내게 보내는 응원으로 느껴졌다.

나는 그 응원을 온전히 느끼며 두 번째 소설을 완성해 나갔다. 마치 손가락에 모터가 달린 듯 써내려갔다. 그럼에도 머릿속에서 쏟아져나오는 이야기를 두 손이 쫓아가지 못해 허덕였다.

미은이 맞았다. 그녀가 쓴 글이 내 글쓰기를 완성시켜주고 있었다. 실버 웨스트의 웹소설 〈고스트라이터즈〉는 김시영을 위한 '고스트라이팅'이었다.

그렇게 두 번째 소설을 완성해가며 미은의 〈고스트라이터즈〉를 처음부터 읽어 내려갔다. 내가 쓰는 소설과 그녀의 이야기는 일란성 쌍둥이처럼 닮은 채 서로를 계속 흉내 내고 있었다. 신기했다. 결국 이야기는 나 자신이고, 자신을 파는 것이 이야기를 완성하는 것이다. 그러기 위해서는 자신의 내면과 독대하고 솔직하게 진실을 쏟아 뱉어야 한다. 미은은 〈고스트라이터즈〉를 통해 내가 쏟아내지 못한 진실을 말하고 있었다. 이야기란, 사실보다 더 많은 진실을 말해줄 수 있는 거짓말이 아닌가? 그녀의 '진짜 거짓말'은 내게 '거짓된 진실'이었다. 미은은 내가 사는 대로 썼고, 나는 미은이 쓴 대로 살았다. 우리는 서로의 꼬리를 문 두 마리 뱀처럼 각자의 마감을 헤치워 나갔다.

이후로 두 주 동안 〈고스트라이터즈〉는 메가 히트 행진을 계속 이어나갔고 실버 웨스트는 웹 소설계의 스타가 되었다. 반면 이카로스의 〈다잉 메시지〉의 연재는 지지부진했다. 많은 독자들이 〈고스트라이터즈〉로 인해 이카로스가 대필 작가를 고용한 사실을 알았고, 댓글로 질타를 해댔다. 그 여파였을까? 〈다잉 메시지〉는 결말을 내지 못한 채 작가의 사정으로 종료된다는 공지가 떠버렸다. '〈다잉 메시지〉의 진짜 메시지는 대필 작가를 쓰면 안 된다는 거군요?'가 베스트 댓글로 올라왔다. 이카로스 오피스는 직접 자신들의 다잉 메시지를 쓴 셈이었다. 가만 안 둔다며 길길이 날뛰던 이카로스가 지금 어떤 상황일지 궁금했지만, 곧 잊어버렸다.

〈다잉 메시지〉가 끝난 걸 확인한 나는 미은에게 축하 문자를 보냈다.

답은 없었다.

바쁜가? 〈고스트라이터즈〉는 내가 들려준 이야기 분량이 끝났음에도 계속 연재가 이어지고 있었다. 히트작은 늘이면 늘일수록 돈을 벌어주니, 그녀도 쉽게 그만둘 순 없을 것이다. 이제 미은은 같이 해온 캐릭터들에게 완전히 빙의되어 스스로의 이야기를 뽑아내고 있겠지? 그녀라면 충분히 그럴 수 있을 것이고, 나도 더 이상 거기에 영향 받아 글을 쓰고 싶지 않았다. 나는 더 이상 〈고스트라이터즈〉를 읽지 않았다. 미은은 미은의 길을 가고, 나는 나의 길을 가야 할 시간이었다.

한편으로 씁쓸한 기분이 들었다. 이카로스를 완전히 뭉갰음에도, 미은은 나와 축배를 들 생각이 없는 것 같았다. 그녀를 함부로 대했던 것에 대한 인과응보였다. 화려하게 웹소설 작가로 데뷔한 그녀는 자신을 존중해주는 사람들과 축배를 들 것이다.

나는 과오를 받아들이고 술 생각을 접은 채 이야기를 써내려갔고, 마침내 초고를 완성했다.

A4 용지로 171페이지, 원고지 1351매, 헤밍웨이가 말한 쓰레기를 좀 많이 배출한 셈이었다. 나는 이 쓰레기를 사랑한다. 소설은 보석도 장미도 아니다. 사실 보석함보다는 쓰레기 종량제 봉투 속에 흥미로운 이야기가 더 많이 담겨 있기 마련이다. 나는 쓰레기의 이야기를 할 수 있다면 계속 늘어놓고 싶었다. 하지만 오늘은 마감을 한 날이었다. 4년 만에 두 번째 소설의 초고를 뽑은 날이었다.

언제나 마감 후엔 기분이 스산하다. 충만함 뒤에 묘한 상실감이 올라온다. 나는 가장 오래 초고를 기다려온 그 사람에게 이메일로 원고를 보내고 전화를 했다.

"형."

"왜? 잘 쓰고 있니?"

"형은? 대리 아직도 해?"

"아니. 지금 출판등록 하러 가고 있다. 이제 시작이야."

"출판사 이름은 뭔데?"

"뭘로 하면 좋겠냐?"

"형이 장 씨고 내가 김 씨니까 김앤장? 어때?"

"너 그렇게 감이 떨어져서야, 잘 쓰고 있는 거 맞냐, 으이구. …… 동네북."

"응?"

"동네북. 친근하고 소박한 게 1인 출판사 이름으로 딱이지."

"형, 진심 말리고 싶다. 출판계의 동네북으로 전락할 거 같아."

"왜? 익숙한 표현이라 입에 착착 붙고, 그 북이 그 북이 아니니까 반전 느낌도 있고……."

"됐고, 나 그 이름이면 책 안 낼 거야."

"책 이름은 니 맘대로 해. 출판사 이름은 내 맘대로 할 거니까."

"어쨌거나 오늘 출판등록도 하고 좋은 날이네? 술이나 사요."

전화를 끊고 다짐했다. 진짜 동네북으로 출판등록하면, 휘몰이 장단으로 때려주기로.

저녁 6시의 간판도 안 켠 몽콕.

테이블에서 우철과 연경이 직접 만든 비빔국수를 먹고 있었다. '어이!'라고 외치며 들어서자 낮도깨비라도 본 듯 둘은 나를 살피고 또 살폈다. 나는 다가가 앉았다.

"나도 하나 말아줘라. 비빔국수 그거 침 고이네."

우철이 대접을 내려놓으며 입술을 훔쳤다.

"마감 쳤냐?"

내가 고개를 끄덕였다.

"어쩌지. 네가 맡긴 술값, 유통기한 지났는데."

"그럼 유통기한 지난 술로 가져와."

국수를 다 먹고 나니 편집장이 들어왔다. 우리는 스툴에 나란히 앉았고, 나는 출판사 이름부터 물었다. 다행히 '동네북'은 아니었다.

"네 말 듣고 보니 좀 그래서 새로 짓기로 했다."

"진짜 용감하시네. 형, 네이밍 진짜 중요한 거예요."

"그러는 넌, 넌 소설 제목 정했어? 뭐야?"

"아직 미정입니다."

"너도 아직 못 정하고는 뭔 말이 많아?"

"중요하다 그랬잖아요. 그래서 아직 못 지은 거라고요."

"젠장, 제목도 없는 놈들이라니……."

"제목은 없지만 작품은 있어요. 내일 메일 확인해봐요."

"메일 왜?"

"보냈어요, 작품 초고."

"뭐?"

"오늘 마감했다고."

"진짜야?"

"오래 기다렸죠? 고생하셨습니다."

"좋았어. 술 시켜. 맘대로 다 시켜."

"여기, 멕시코 폭탄 둘."

주문을 마치자마자 그가 날 껴안는 바람에 스툴이 밀려 넘어질 뻔했다. 그는 악어가 입을 벌리듯 웃고는, 상의를 벗고 소매까지 걷어 붙였다. 술자리에서 힘내는 스타일, 사람들에게 늘 에너지를 주는 사나이, 그가 나의 편집장인 게 고마울 따름이었다.

우철이 맥주 500cc 두 잔과 기본 안주를 가지고 왔다. 잔 안에는 데킬라 스트레이트가 잔째 담겨 있었다. 우리는 같이 한 잔 들이켰다. 시원하고 알싸했다.

오래전 같지만 그리 오래 되지 않은 일이 떠올랐다. 이카로스의 대필 작가를 때려치고 편집장과 술을 마셨던 기억. 자포자기해 그를 버리고 홀로 집에 돌아오다 박 부장과 스미스들을 만난 기억. 그리고 나를 진짜 고스트라이터로 만들어준, 괴팍하고 시크하지만, 의리 있는 여자가 떠올랐다.

어느새 나는 차유나의 폰 번호를 누르고 있었다.

◆ ◆ ◆

차유나는 전화를 받지 않았다. 생각해보니 새 번호다. 가뜩이나 연예인인 그녀가 모르는 번호를 받을 리 없다. 성미은도 차유나도 내 전화를 받지 않는다. 나는 마지막으로 아리에게 전화를 걸려다가 용케 참는다.

화장실에 가 세수를 하고 오니 편집장이 내 전화를 들고 있다.

"이 전화 김시영 작가 건데요……. 댁은 누구시죠? 윤아? 윤아라고 하면 되나요? 뭐요?"

나는 전화를 뺏어들었다.

"김 작가님! 방금 노인 분 누구? 보청기 좀 사드려야겠네."

하이톤 목소리의 차유나였다.

"내 번혼 줄 알고 전화한 거야?"

"박 부장님한테 번호 바뀌었다는 소리는 들었어요."

"웬 존댓말?"

"이번에 강태한 완전히 보냈다고 들었어요. 내가 김 작가님에게 존대할 만하죠."

"이거…… 기분이 좋긴 한데, 딱히 편하지도 않네."

"아무튼 대단했다고 들었어요. 박 부장님도 놀라더라고요."

"그분 표정 하나 안 변하더니 놀라긴. 아무튼 부산 다녀와 연락도 없길래 난 이제 버려진 줄 알았지."

"김 작가님은 내 고스튼데 내가 그럴 리가 있으려고요. 오해 마세요."

"뭐야 이 태도? 지금 나 놀리는 거지?"

"나 진짜 김 작가님이 날 위해 써준 그 책대로 변한 거라니까요. 부산에서 톡톡히 효과도 봤고, 늘 고마운 마음뿐이랍니다."

당혹스러웠다. 차유나는 더 이상 내가 알던 그 사람이 아닌 듯했다. 이제 완전히 떠서 과거를 지우려는 사람 같았다. 그때 다시 차유나의 청량한 목소리가 들려왔다.

"지금 어디예요?"

"어딘지 알면 오, 올 거예요?"

당황해 나도 모르게 존댓말이 튀어나왔다. 그녀는 주소를 알려달라 하고는 곧 가겠다며 전화를 끊었다.

편집장이 누구냐고 물었다. 윤아가 아니고 유나, 차유나라고 하자 코웃음을 쳤다. 일전에 차유나에 대해 썼던 팬픽을 기억하냐는 말에도 낄낄거리며 나를 이상한 사람 취급했다. 바를 정리하던 연경도 자꾸 이상한 여자 만나지 말고 정신 차리라고 거들었다.

나만 바보가 되어 술잔을 비워야 했다.

한 시간도 안 돼 편집장과 연경이 바보가 됐다. 두 사람은 입을 떡 벌린 채 한동안 차유나를 바라보고 또 바라보았다.

가게로 들어와 내 옆자리에 앉은 그녀는 샤넬 정장 투피스에 챙이 큰 모자를 쓰고 있었다. 그녀가 바에 모자를 벗어놓자, 주변의 탄성이 들려왔다. 편집장, 연경, 뒤늦게 합류한 우철까지 그녀를 바라보며 말을 잇지 못했다.

차유나는 어두침침한 가게 안에서 연예인의 후광을 마음껏 발산하고 있었다. 모두 어쩔 줄 몰라 하는 사이 나는 뒤 테이블에 와서 앉은 박 부장과 스미스들에게 손을 흔들었다. 박 부장은 특유의 알아보기 힘든 미소를 지어 보였다.

"좀 건조하네요. 혹시 가습기 있나요?"

차유나가 갑갑한지 코를 몇 번 킁킁댔다. 내가 돌아보자 우철이 가습기를 향해 빛의 속도로 가고 있었다. 연경이 주문을 받아야 할지 말지 고민하는데, 차유나가 말했다.

"여기 와인은 없어요?"

"와인은…… 없는데요."

"사다주실래요. 부탁해요."

연경은 애써 미소를 지으며 사라졌다. 나는 가게 내부를 돌아보는 차유나에게 말했다.

"내 친구네 가게거든. 웬만하면 비싼 양주 같은 것 좀 팔아줘."

차유나는 어린애 달래는 표정으로 나를 바라보며 입을 열었다.

"원래 가게에 없는 거 시키면 부르는 게 값입니다. 비싸게 받으시라 그래요."

"그렇죠. 그게 이치죠."

옆에서 편집장이 추임새를 넣었다. 차유나가 그를 힐끔 돌아보았다.

"아, 말귀 못 알아들으시는 분?"

"예, 그게 접니다. 하하."

편집장은 바닥까지 몸을 숙일 기세로 굽실댔다. 내가 편집장을 소개하자 차유나가 정면으로 그를 마주했다.

"안녕하세요오."

"넵, 반갑습니다. 정말…… 아름다우시네요. 거참."

편집장이 일어나 양손을 쭉 뻗어 악수를 요청했다.

"악수는 좀 그렇네요."

뻘쭘하게 손을 거두며 자리에 앉은 편집장이 분위기를 바꾸듯 호탕하게 말했다.

"이것 참 영광입니다! 믿기지가 않네요."

"김 작가님이 제 이야기 평소에 안 했나요?"

"그게, 잘 아시다시피 김 작가가 소설가라…… 제대로 소설 쓰는 줄 알았어요. 소설같이 잘 지어낸 이야기 말이에요. 이 친구가 얼마나 잘 지어내는지 아시죠?"

"딱히 잘 알진 못하지만요. 다만……."

"아, 예."

"김 작가가 쓰는 건 진짜란 거죠."

"예?"

"가짜 말고 진짜 말예요."

편집장이 고개를 끄덕였다. 곧이어 연경이 공수해온 와인과 와인 잔을 가져와 세팅을 했다. 차유나가 고맙다는 듯 눈인사를 했고, 연경의 표정이 금세 환해졌다. 그녀의 예의 바른 모습에 다들 화기애애해졌고, 나만이 어리둥절할 수밖에 없었다. 정말 그녀에게 무슨 일들이 일어난 걸까? 정말 내가 진짜를 써서 그녀가 진짜가 된 것일까? 여전히 알 수 없는 노릇이었다.

각자의 잔에 와인이 채워지자 차유나가 잔을 들어 보였다. 술잔이 그녀 중심으로 단숨에 모였다.

가게 문을 닫고 우리는 다함께 마셨다.

바에서는 와인과 치즈로 시작해, 데킬라와 멕시칸 샐러드는 테이블에서, 조니 워커 블루에 과일은 또 다른 테이블에서…… 그렇게 한 가게 안에서만 3차를 오갔다.

연경의 사진 요청에 차유나는 흔쾌히 응했다. 우철은 가게에 붙여놓겠다며 사인을 요청했고, 역시 차유나는 응해주었다. 용기를 얻은 편집장은 차유나에게 화보집을 내면 어떻겠냐고 제안했고, 거절당했다.

우철이 본격적으로 음악을 틀었다. 1000장이 넘는 LP와 CD에서 고른 온갖 노래가 흘러나왔다. 친구가 홍대에 가게를 차린 건 좋아하는 음악을 마음껏 듣고 싶어서였다. 6, 70년대 록 음악에서부터 8, 90년대 국내가요, 2000년대의 인디 씬과 힙합까지 그의 음악적 스펙트럼은 넓디넓었다.

아바의 〈댄싱 퀸〉이 흘러나오자, 기분 좋게 취한 차유나가 일어나 리듬을 타기 시작했다. 그저 리듬을 따라 움직일 뿐인데도 눈이 부셨다. 샤넬 정장이 댄싱 드레스처럼 나풀거렸고, 한 시절 여자 아이돌의 것이었을 분주한 춤사위는 댄싱 퀸의 우아한 그루브로 변해 있었다.

멍하니 차유나를 보던 우리도 너나 할 것 없이 일어났다. 어깨를 들썩이고 스텝을 밟으며 댄싱 퀸을 따라 불렀다.

유 캔 댄스, 유 캔 자이브, 해빙 더 타임 오브 유어 라이프.

나는 필사적으로 몸을 흔들며 차유나와 친구들이 열어준 마감 파티를 만끽했다. 한 발 뒤 테이블에서 비빔국수를 먹던 박 부장과 스미스들도 엉거주춤 일어나 박수를 치며 몸을 흔들고 있었다.

즉석 댄스가 끝난 뒤 나와 차유나는 나란히 바에 앉았다. 그녀는 내가 알던 그녀가 아니었다. 이전과는 다른 범접할 수 없는 아우라가 풍겼다. 재기에 성공하고 다시 스타가 되어서일까? 나는 조심스럽게 그녀에게 물었다.

"궁금한 게 있는데……."

차유나가 말해보라는 듯 편안한 표정으로 나를 바라보았다.

"차유나 당신은 내가 고스트라는 거 어떻게 확신한 거지? 정말 백 프로 날 믿은 거야?"

그녀가 빙긋 웃고는 잔을 비웠다.

"김 작가님, 난 누구도 안 믿어요. 다만 믿은 게 있다면 당신이 써 준 글을 믿었을 뿐이에요."

"내가 써준 글이라…… 근데 그렇게 안 될 수도 있잖아. 믿는다고 다 되는 게 아니듯이."

"연예계는 자신감과 기 싸움이 반이에요. 나도 기가 센 편인데, 여긴 다들 엄청나거든요. 게다가 그 즈음 내 자신감은 바닥이었 고……. 그래서 자신감을 키우기 위해 주문이나 부적 같은 글이 필 요했던 겁니다. 그런데 부적을 사면서 안 믿으면 그거야말로 돈 낭비 아니겠어요?"

순간 절로 고개가 끄덕여졌고, 다시 그녀에게 묻고 싶은 게 떠올 랐다.

"사실, 나도 고스트가 생겼는데…… 그러니까 내게 영감과 힘을 주는 다른 작가를 만났다고. 그런데 확실히 고스트를 다룬다는 게 참 힘든 거 같아."

그러자 차유나가 허리를 젖히며 웃기 시작했다. 밀린 웃음을 이참 에 다 웃으려는 듯 힘차게 웃어대는 그녀를 말릴 수도 어쩔 수도 없 어 나는 불편한 표정으로 앉아 있을 수밖에 없었다.

잠시 후 그녀가 나를 돌아보고 간단히 말했다.

"힘들 거 별로 없어요. 나처럼만 해요."

"사실 두렵기도 하거든. 고스트가 자기 마음대로 써버릴까봐. 정말 그 여잘 어떻게 대해야 할지 잘 모르겠다고."

"가만."

"응?"

"지금 고스트가 여자라고 그랬죠?"

"그런데."

"김 작가님 그 여자한테 빠진 거네요. 그럼 망하는 거예요."

"그런 거 아니거든. 난 다만 아직도 고스트와의 거리 유지가 어려운 거 같다는 거라고."

내가 정색하고 말했다. 차유나가 내 쪽으로 상체를 가까이하며 다가왔다. 그러자 기분 좋은 향수 냄새가 풍겨왔다. 그녀는 나를 응시하며 말했다.

"거리 유지는 별 거 아니에요. 김 작가님, 겁내실 거 없어요. 본인이 안 믿으면 그쪽이 뭘 써도 상관없거든요. 날 봐요. 난 필요할 때만 믿어요. 그리고 난 작가님을 알아요. 작가님은 착한 사람이거든요. 만약 나쁜 사람이었으면 나도 강태한처럼 가뒀을 겁니다."

"착한 사람이라……."

"그리고 나도, 작가님 덕에 많이 착해진 거 같지 않아요?"

나는 맑은 눈빛으로 나를 바라보며 미소 짓는 차유나의 시선을 피하지 않았다.

"아뇨. 당신은 착하진 않아."

"뭐라구요?"

순간 그녀의 이전 모습이 튀어나오는 듯했다. 나는 서둘러 덧붙였다.

"당신은 착한 사람이라기보다는, 좋은 사람이야."

차유나가 활짝 웃었다. 장미가 자기 계절에 핀 것 같았다. 그녀는 애정의 표현인 듯 다소 과격하게 내게 어깨동무를 하고는 나를 허그하듯 자기 쪽으로 끌었다. 엄청난 팔 힘이었다. 나는 필사적으로 저항해 겨우 그녀를 떼어냈다.

만취한 그녀는 스미스들이 차로 모시고 갔고, 나는 박 부장의 차를 얻어 탔다.

보조석에 앉아 말없이 그와 심야 드라이브를 하니, 지난 시간들이 켜켜이 떠올랐다. 처음 박 부장을 집 앞에서 마주치고 오바이트를 쏟은 일, 차유나의 회사에서 돌아오는 차 안에서 그가 예상을 뛰어넘는 작업비를 알려준 일, 강태한의 글감옥에서 그가 날 구출해준 일, 그의 가게였다던 클럽 바하마에 칩거해 있던 시간, 이수교 로터리에서 강태한의 졸개들을 따돌리다가 그가 코피를 쏟은 일, 무엇보다 위기의 순간에 달려와준 일까지…… 검은 차창으로 그와의 추억이 흑백영화처럼 스쳐 지나갔다.

고개를 돌려보았다. 박 부장의 각진 옆모습은 여전히 단단해 보였다. 답답한 듯 안정적인 그 모습은, 늘 혼란스런 눈동자로 살아온 나의 대척점에 놓여 있었다. 오진수나 편집장과는 다른 이유로 박 부장은 내게 신뢰를 주는 사람이었다.

"고마웠습니다."

"뭐가요?"

그가 전방에 시선을 둔 채 물었다.

"최근에 일들이 많았잖아요. 거의 제 생명의 은인이시죠."

"아닙니다. 할 일을 하는 것뿐입니다."

"말씀이 무슨 국정원 직원 같습니다."

박 부장은 대답 없이 입 꼬리를 올렸다. '이 사람 진짜 국정원 출신인지도 몰라'라는 생각이 들었다. 그때 그가 입을 열었다.

"그거 아세요. 전 사실 바하마에서 김 작가님이 오진수 씨 따라가는 거 반대했습니다."

"아, 그때……."

"저로서는 만약에라도 김 작가님이 대표님에게 해가 되는 행동을 할 가능성을 차단해야 했거든요."

"……."

"그런데 대표님이 그러더라고요. 김 작가는 그럴 사람 아니라고요."

"그런 말을…… 차유나가요?"

"강태한이 모르는 사람 죽이는 걸로도 큰 걸 제안했을 텐데, 그걸 거절하고 탈출한 김 작가가 자기에게 그럴 리 없다고 하시더군요."

순간 울컥했다. 머리도 띵 했다. 차창을 조금 열자 선풍기 2단 정도의 바람이 불어왔다. 차가운 바람에 머리를 식혔다. 박 부장이 백미러로 나를 살피고는 입을 열었다.

"제가 한 마디만 드려도 되겠습니까?"

나는 세차게 고개를 끄덕였다.

"전 사실 고스트라이터를 완전히 믿진 않습니다. 다만 제가 믿는 종교에 중보 기도라는 게 있습니다."

"예."

"중보 기도는 누군가를 위해 대신 기도해주는 걸 말하죠. 그러니까 말하자면 당신들 고스트라이터는 중보 기도를 해주는 사람들이 아닌가 합니다. 그게 어떤 종교에 속한 건지는 몰라도 말입니다."

나는 말없이 고개를 끄덕였다.

카프카가 말했다. 쓴다는 것은 기도의 한 형식이라고. 박 부장은 통찰력 있게 그것을 지적해주었다. 나는 박 부장이 좋아지려고 했다. 카프카보다 더 좋아지려고 했다.

박 부장은 집 앞 골목에 차를 세웠다. 처음 나를 기다렸다 픽업했던 곳이었다. 차에서 내리자 아까부터 울렁대던 속이 더 부글거렸다. 나는 출발하는 그의 차를 향해 손을 흔들었다. 차가 모퉁이를 돌자마자, 나는 고개를 돌려 오바이트를 했다.

오바이트를 했지만 그때처럼 정신 줄을 놓진 않았다. 누구도 나를 납치하지 않았고 세상은 내가 사라져도 괜찮을 정도로 조용했다. 나는 내 거처가 있는 낡고 오래된 건물로 들어갔다. 마감의 밤이 그렇게 지났고, 내일이면 새로운 마감이 잡힐 것이다.

그리고 나는 또 쓸 것이다.

10장

희망도 절망도 없이 매일 조금씩 글을 쓴다.

– 아이작 디네슨

― 3개월 뒤 ―

처음이었다. 내 쪽에서 오진수에게 먼저 연락을 한 건.

그는 고스트라이터즈 닷컴 사무실이자 자신의 거처인 신촌의 오피스텔에서 독수리 타법으로 글을 쓰고 있었다. 내 갑작스런 연락과 방문에도 그는 마치 어제 만난 것처럼 태연하게 말했다.

"낮술이나 할까?"

"일하세요. 보기 좋네."

"보기는 좋아도, 쓰기는 힘들지."

그가 자학하듯 웃고는 손가락으로 자판을 콕콕 찍어댔다.

"지금은 무슨 이야기예요?"

기다렸다는 듯 그가 타자를 멈추고 돌아서 담배를 빼물었다.

"우리 오피스텔 건물주 아줌마가 말야. 인생이 기구해. 어릴 적 굉장히 부자였는데 쫄딱 망하고 팔려가듯 결혼을 했다는 거야. 그런데 어떻게 이런 건물을 가지게 됐냐 하면."

"잠깐! 선수가 이렇게 재미없게 이야기해서 되겠어요? 요점은?"

"사연 써주기로 하고 일 년 관리비 퉁쳤지."

내가 혀를 내두르자 그가 우쭐한 미소를 지으며 어딘가로 전화를 걸었다.

"영석아, 어디야? 출근 안 해? 지금 김 작가 왔는데 오랜만에 뭉치려고. 어, 안 돼? 야, 그럼 내일은 꼭 나와. 이번 달까지 아줌마 꺼 끝내야 돼. ……오케이."

"데생맨요?"

"응. 지 맘이야. 이제 내가 문하생이고 이놈이 상전이지."

"고기 일은 계속 한대요?"

"그거 설렁설렁 하고, 이거 설렁설렁 하고…… 아무래도 인원 보강이 필요해. 김 작가, 어때?"

나는 단호하게 고개를 저었다. 그가 혀를 내두르고는 벽 앞에 쌓인 책들 중 하나를 내게 건넸다. 깔끔하게 엮은 소책자였다. '은영이의 행복한 미소가 가시지 않던 밤'이란 제목이 붙어 있었다. 몇 장 넘겨보니 만화로 그린 소녀가장 은영의 이야기였다. 나는 다시 표지를 살폈다.

'글 황드래곤 / 그림 고영석'

나도 모르게 코웃음이 나왔다. 이렇게 황룡이 부활하다니.

"은영이는 좋아해요?"

"그럼. 이 책 받은 날이 은영이의 행복한 미소가 가시지 않던 밤이었지."

"온라인에 올리고 나서 책으로 또 엮은 거예요?"

"응. 고스트라이터즈 닷컴. 근데 다음엔 크라우드 펀딩에 올리려고."

"그거 괜찮네요. 돈도 모으고."

"언제나 돈이 문제지. 근데 나 강태한이 준 돈 거의 떨어져가지만 괜찮아. 아주 기분이 좋아. 술에 의지하지 않아도 인생이 재밌다고."

그렇게 말하는 오진수의 얼굴에도 행복한 미소가 엿보였다.

"오형은 언제부터 이런 일을 할 생각이었어요? 나보고 고스트라이터즈 같이 하자고 할 때부터?"

오진수가 담배를 깊게 빨고 나를 돌아보았다.

"더, 더 훨씬 오래전부터. 그러니까 정복자 만화로 강태한이란 씨발놈을 키우고 나서…… 내가 괴물을 만든 거더라고. 괴물같이 나쁜 놈 말야. 너 나쁜 놈이 뭔지 알아? '나뿐인 놈'이 나쁜 놈이야. 사람이 다 이기적이지만, 그놈은 정말 나뿐인 놈인데 내가 힘까지 준 거지. 나쁜 놈이 권력을 쥐면 세상이 이 모양이 되는 거거든. 요즘 대한민국 봐라. 이거 완전 나쁜 놈들 전성시대잖아."

"좋은 말씀이신데, 또 길어지네요. 요점은?"

"요점은, 속죄하는 마음으로 만화를 그리기로 한 거지. 내 고스트라이팅을 좋은 데, 사람들을 돕는 데 쓰는 거 말야."

"지금 하듯이 말이죠?"

"그래."

"쫌 멋있는데요?"

"너 멋있다는 건 뭔지 알아? '무엇이 있다는' 거야. 무언가 있어 보인다는 거지. 그게 멋이야. 이제야 김 작가가 날 알아보는구나. 그러니까 어때? 일주일에 이틀만 출근해 도와라."

"거 진짜 끈질기시네. 오형은 영업을 했어야 하는데, 됐고요. 잘 살고 계시니 보기 좋네요."

"그 말 하려고 왔냐. 치사한 놈. 왜 온 거야? 술도 안 먹을 거면서."

나는 고개를 젓고, 가방에서 책을 꺼내 그에게 건넸다.

오진수가 책을 받아들고는 한동안 표지를 살펴보았다. 책장을 펼치고 분주히 넘겨보았다. 나는 그가 내 책을 보는 걸 바라보며 담배를 피웠다.

내가 담배를 다 피울 때까지 그는 책을 훑고는 내게 돌려주었다.

"받아요. 안 읽어볼 거예요?"

"읽을게. 사서. 책은 사서 봐야지."

"오늘따라 왜 이러실까……. 정말 지드래곤 저리 가라 황드래곤이십니다."

오진수가 입 꼬리를 씨익 올리더니, 쌓여 있는 은영이 책 열 권을 집어 내게 건넸다.

"사서 주변에 좀 돌려라. 좋은 일이잖아."

"진짜…… 돈 없어요."

"깎아줄게. 사람들이 많이 봐야 은영이 꿈이 이뤄지지. 그치?"

"공짜로 뿌려야 많이 보죠!"

"책은 사서 봐야 된다니까."

황드래곤의 간절한 눈빛에 나는 다섯 권으로 타협을 봤다. 두 권은 내 책과 퉁치고 세 권 값인 24,000원을 카드로 긁었다(닷컴기업답게 간이카드기도 구비되어 있었다).

나는 한잔 안 할 거냐 세 번째 묻는 오진수를 뒤로하고 사무실을 나왔다. 그의 행복한 미소가 신촌 거리를 걷는 내내 머리에서 지워지지 않았다. 종종 그의 미소를 보러 신촌에 오게 될 것 같았다.

신촌에서 버스를 타고 종로로 가 서점을 순례했다.

첫 책이 나왔을 때도 그렇게 했다. 서점에 가 내 책을 한 권씩 사서 집에 돌아왔다. 이번에도 그러고 있다. 수지가 맞는 일은 아니다. 다만 내 책이 책의 숲에 홀로 외롭게 박혀 있는 땔감 같아 보여 그러지 않을 수 없었다.

외롭고 쓸모없는 나를 보는 것마냥 내 두 번째 소설은 서가에 단단히 박혀 있었다. 누가 그걸 꺼내 읽으려면 119라도 불러 구조를 해야 할 판이었다.

대표(편집장은 이제 대표가 되었다!)가 공을 들였지만 내 책은 첫 주에만 신간 매대에 누운 뒤 바로 서가에 꽂혀버렸다. 우리 어머니가 아닌 이상 누가 여기까지 찾아와 봐줄지 모를 구석에서, 선 채로 잠들어 있었다. 출간 후 한 달이 지났지만 신문 서평 하나, 기사 한 자락, 독자 리뷰 하나 없었다. 그래도 괜찮았다.

나는 내 책을 똑바로 바라봤다. 저것은 내가 다시 이야기를 쓸 수 있다는 증거다. 저것은 내가 한 시절을 앓아가며 쓴 병상의 기록이다. 저것은 내가 여자 연예인과 엮이고 악당에게 잡히고 총구 앞에 놓여가며 살아남아 챙겨온 전리품이다. 저것은 내가 더 이상 남의 글을 써주는 고스트라이터Ghost Writer가 아닌 저스트 라이터Just Writer라는 선언이다.

다시 무명작가가 되었다. 그래도 괜찮았다. 세상은 이름 없는 것투성이고 나는 그것들에 대해 쓰면 그만이었다. 나는 이야기를 씀으로 그들도 모르는 그들에 대해 알려줄 것이고, 사람들은 이야기를 읽고 저마다 뭐라고 이름 붙일 것이다.

나는 서가에 꽂힌 내 두 번째 이야기를 그대로 두었다. 그것이 영영 이곳에 남아 벽의 일부가 되길 바랐다.

서점을 나오다가 행사 플래카드를 보았다.

[이달의 작가 미팅]

〈고스트라이터즈〉 3권 출간 기념!

메가 히트 웹소설 작가 실버 웨스트(성미은)

간단한 강연에 이어 작가 사인회가 이어집니다.

- 선착순 30명
- 일시 : 2016. 11. 10. pm 6:00
- 장소 : 본관 이벤트 홀

나는 발걸음을 멈춘 채 괄호 안의 세 글자를 뚫어져라 바라보았다. 미은은 미은의 이름을 지켰다. 보기 좋았다.

종로 뒷골목에서 만난 대표의 얼굴은 다시 살이 붙어 복어의 그것이 되어 있었다.

대패 삼겹살에 소주를 마시며 그와 밀린 근황을 나눴다. 대표는 1인 출판사를 운영하랴, 부업으로 편집 알바를 해 돈을 버느라 바빴다고 했다. 그리고 내 책이 잘 팔리지 않은 것에 대한 미안한 마음을 계속 표현해 내가 다 미안할 지경이었다.

대표가 잔을 비우고 말했다.

"당장은 새 작품 계약해주기 어려울 거 같다."

"그것 땜에 똥 마려운 강아지 꼴이었어요? 괜찮아요."

"차유나 책 나오고 돈 좀 돌면, 그때 계약해줄게."

대표는 결국 그때의 만남을 발판 삼아 집요하게 차유나를 컨택했다. 내 책을 차유나에게 전해주러 갔을 때 따라붙은 그는 다시 한 번 뷰티 화보집 출간을 제안했다. 그녀는 대표가 준비해간 출간계획서는 거들떠보지도 않은 채 최대한 럭셔리하게 내라는 조건만을 달았다. 대표는 계약을 성사시켰고, 차유나는 김 작가 봐서 해주는 거라고 생색을 냈다.

열심히 고기를 뒤집는 그를 보며 생각했다. 열심히 사는데 뭐가 죄송해요. 형은 충분히 열심히 살고 있고, 나도 열심히 썼고, 우리는 결국 책을 만들었어요.

나는 그가 열심히 구운 고기를 한 점 집어 먹고 잔을 들었다. 그가 내 뿌듯한 표정을 보며 히죽 웃고는 건배했다.

"형, 나 이미 새 소설 쓰고 있어."

"응? 우와! 축하해."

"계약해줘도 되고 안 해줘도 돼. 책 내줘도 되고 안 내줘도 돼. 그냥 나중에 다 쓰면 한번 읽어만 줘요."

"알았다. 그렇게 말해줘서 고맙네."

그가 김치를 주문했다. 곧 삼겹살 기름에 김치가 노릇노릇 맛있게 익었다. 내가 맛있게 먹는 모습을 한참이나 살펴보다가 대표가 물었다.

"그럼 너 요새 어떻게 먹고살아? 알바 해?"

"낮에 알바 하고, 밤에 좀 쓰고."

"그래. 그렇게 견디며 하는 거야. 재능 있는 놈들은 많아. 중요한 건 재능을 갖는 것만으로는 충분하지 않다는 거야. 재능을 가질 수 있는 재능도 가져야 해."

"그게 뭔데? 재능을 가지는 재능이?"

"견디는 거."

"좋네. 형이 한 말 중에 제일 낫다."

"루스 고든이 한 말이야."

"아무렴."

우리는 건배했다.

"그나저나 요즘은 차유나 조종하는 글은 안 쓰고?"

"조종 아니라니까! 고스트라이팅은 그런 단순한 거 아니라고요."

"아무튼 차유나 거 써주는 게 단가가 세다며. 너도 가끔 영업도 하고 그래. 요즘은 보러 안 가냐?"

"TV에서 매일 보는데 뭐."

"그게 다르지. 지금 내가 차유나 뷰티 화보집 디자인 작업 중이거든. 근데 성격 꽤 까칠하시더라. 영 비협조적이야. 다음 달에 책 나오면 좀 움직여야 하거든. 연예인 책은 당사자가 좀 움직여줘야 해. 주변에 뿌려도 주고 말야. 그래서 말인데……."

"차유나가 책 영업 잘하게 나보고 써달라는 거지?"

"너. 무당 다 됐구나."

"형. 내가 쓰는 게 중요한 게 아냐. 간단히 말할게. 고스트라이팅은 읽는 사람이 중요한 거라고. 차유나가 잘 읽어야 해. 내가 이제 읽게도 못 하고, 걔가 잘 읽을 리도 없어."

"잘 읽다니, 그게 뭐야?"

"믿음을 가지고 읽어야지. 그리고 세심하게 읽어야 해. 진심을 담아 쓴 글을 진심으로 읽어야 한다고. 그게 절대 쉬운 일이 아니……."

"아니라고?"

순간 서점에서 본 성미은의 작가 미팅 공지가 떠올랐다. 분명 3권 출간 기념이었다. 내가 읽은 건 기껏해야 2권 분량이다. 그녀는 이후로 계속 〈고스트라이터즈〉를 연재해왔는데, 나는 한 번도 들여다보지 않았던 것이다.

대표와의 술자리를 끝내고 집으로 돌아온 나는 컴퓨터부터 켰다. 웹소설 포털에 들어갔다. 〈고스트라이터즈〉를 찾는 건 간단했다. 베스트에서 제일 위에 있는 표지 이미지를 클릭했다. 나는 입이 떡 벌어졌다.

놀랍게도 〈고스트라이터즈〉는 200회 넘게 연재 중이었다. 단행본 세 권 분량은 이미 출간되었고, 이대로라면 다섯 권은 나올 분량이었다.

나는 숨죽인 채 읽어나가기 시작했다. 그렇게 한동안 이야기 속에 빠져 헤어나오지 못했다. 미은은 나의 이야기를 바탕으로 계속 이야기를 진화시켜 어느덧 자신만의 소설을 완성해가고 있었다.

소설을 읽으며 미은이 내 연락에 답하지 않은 이유를 알 수 있었다. 이야기 속에 그녀의 답이 들어 있었다. 〈고스트라이터즈〉를 진심으로 읽는 것으로 나와 그녀와의 소통은 충분했다.

◆ ◆ ◆

요즘 나는 인쇄 골목의 작은 인쇄소에서 알바를 한다. 골목 터줏대감인 주인아줌마가 월세가 밀리자 소개해준 곳으로, 주로 나르거나 자르거나 배달 일을 하면 된다. 낮 동안만 일하면 생계가 해결되었고, 무엇보다 집 앞이라 가까워서 좋다.

글 쓴다고 빈둥대며 내려다보던 노동의 풍경에 직접 뛰어들면서 생긴 변화는 컸다. 일상이 견고해졌고 그 일상 속에 자리 잡은 글 쓰는 시간도 소중해졌다. 나는 그 소중한 시간을 고맙게 여기며, 크게 기뻐하거나 슬퍼하는 일 없이 매일 조금씩 소설을 써내려갔다.

그렇게 일과를 마감하고 잠들기 전에 메일을 확인했다(나는 이제 날마다 메일을 확인한다). 오랜만에 미은의 메일이 와 있었다. 클릭하자 거기엔 첨부파일과 함께 이렇게 적혀 있었다.

내게 많은 영감을 주고 이야기를 시작하게 해준 당신에게,

이 이야기의 마지막을 미리 전해드립니다. ─ 미은

나는 첨부파일을 열었다.

초라하지만 마음만은 편안한 자신의 거처에서 그가 다시 글을 쓰는 모습이 그려지고 있었다. 그것은 소설 속 김 작가의 이야기이기도 했고, 미은의 소설이기도 했으며, 나의 삶이기도 했다.

그렇게 마지막 페이지가 펼쳐지고 있었다.

참으로 오랜만에 김 작가는 온전한 아침을 맞았다.

그는 깨어나자마자 씻지도 않고 책상에 앉아 글을 쓰기 시작했다. 잠이 덜 깬 몽롱한 기운으로 이야기의 길을 찾아나갈 때, 창문 밖에서 들려오는 윤전기 소리가 노동요처럼 그를 재촉했다.

지난 일 년간 상상도 못 할 해일과 파도를 겪으며 그는 이 시간만을 고대했다. 혼자, 조용히, 작은 공간에서 아무도 모르게 쓰는 걸. 태풍이 지나가고 평온해진 바다를 바라보며 걷듯, 그런 일상 속에서 글쓰기가 얼마나 그리웠는지 김 작가는 깨달았다.

그는 이제 행복해지기 위해서 쓴다. 자신이 읽고 싶은 이야기를 창조하고, 그 이야기를 읽는 다른 사람들의 삶도 풍요로워지길 바라며 쓴다. 그와 독자들은 이야기를 나눔으로 풍요로워지고, 살아 있다고 느끼고, 행복해진다.

그럼에도 글쓰기는 힘이 들었다. 지칠 때마다 그는 책상 옆 벽에 붙여놓은 포스트잇을 바라보았다. 거기에는 아이작 디네슨의 짧은 글이 적혀 있었다.

'희망도 절망도 없이 매일 조금씩 글을 쓴다.'

그래. 희망하지 말 것, 절망하지 말 것, 매일 조금씩 뭐라도 할 것. 그렇게 그는 곡식을 씹듯 글귀를 곱씹고, 다시 글을 썼다.

조금씩, 매일.

노트북 폴더 한구석에 깊이 잠들어 있던 이 이야기가 독자 여러분을 만날 수 있었던 것은 저만의 고스트라이터즈들이 있었기 때문입니다. 그들은 느리게 조금씩 변해온 이야기를 읽고, 의견을 주었고, 진심으로 응원해주었습니다. 덕분에 저는 온전히 이 이야기를 완성할 수 있었습니다. 고스트답게, 이름을 밝힐 것 없이 저와 단단히 연결되어 있는 그들에게 늘 감사드립니다.

이 소설은 2016년 10월에 다음 카카오페이지에서 연재되었습니다. 소설가로서 첫 연재였고 첫 '웹' 연재이기도 했습니다. 당연히 적응하느라 힘들었지만 카카오페이지 관계자 분들의 배려와 독자 분들의 성원에 힘입어, 다행히 잘 마칠 수 있었습니다. 누구보다 먼저 이 이야기를 선택해 읽어주시고 뭉클한 댓글로 응원해주신 카카오페이지의 애독자님들에게 이 자리를 빌려 감사의 인사를 드립니다.

연재 기간은 한국과학기술원(KAIST)의 예술가 지원 프로그램 '엔드리스 로드' 6기 입주 작가로 지낸 시간이기도 했습니다. 훌륭한 작업실을 제공받았고, 멋진 캠퍼스와 도서관을 학생들과 똑같이 누릴 수 있었습니다. 무엇보다 빛나는 눈빛을 지닌 카이스트의 과학도들과 7주간의 스토리텔링 워크숍을 진행했던 것이야말로 크나큰 기쁨이었습니다. 이 모든 것을 가능케 해주신 한국과학기술원 총장님, 대외부총장님, 홍보팀 관계자 여러분과, 약간 다른 뇌를 쓰는 이방인을 반갑게 맞아주고 이야기 나눠준 카이스트 학생 여러분께 큰 감사를 드립니다. 언제나 그곳을 그리워하며 응원하겠습니다.

이 이야기를 손에 꼭 잡히는 멋진 책으로 만들어주신 위즈덤하우스 편집진에 감사를 드립니다. 우리는 '어떤 이야기'는 분명한 방향을 공유하며, 의견을 나누고 다듬으면 더 좋아진다는 믿음을 '공유'했습니다. 그리하여 편집진이 고비마다 제공한 정확한 피드백을 통해 저는 이 이야기를 계속 더, 좋게, 만들어낼 수 있었습니다. 정말 고마웠습니다!

글쓰기에 대한 통찰력 넘치는 조언들을 남겨주신 전 세계 작가님들에게 감사드립니다. 지난 습작의 시간 동안 제 가슴속에 남아 있었던 이 빛나는 조언들이 이 소설의 완성을 도와주었고, 책을 읽는 분들에게도 도움이 되길 바라며 인용하였습니다. 이 점, 선배 작가님들의 너그러운 이해를 구합니다. 마지막으로 아깝게 본문에서 빠진 데이비드 주커의 조언을 마저 남겨봅니다. Q) 열정 가득한 예비 작가들에게 조언을 한다면? A) 당장 그만두어라. 그리고 성공을 위한 첫걸음이 조언을 무시하는 것임을 깨달아라.

제 첫 소설 『망원동 브라더스』의 주인공 영준은 만화가, 두 번째 소설 『연적』의 주인공 재연은 시나리오 작가, 이번 소설의 주인공 시영은 소설가입니다. 오랜 시간 작가로 일하며 수많은 창작자들과 함께 시간을 보낸 저로서는 어쩌면 당연한 과정이었던 것 같습니다. 제가 잘 아는 사람들이자 어쩌면 제 자신이기도 한 그들을 사랑하고 응원하는 마음에서 이렇게 '작가 3부작'을 쓰게 되었네요. 그동안 읽어주시고 공감해주신 독자님들에게 감사드립니다.

마지막으로 낡고 오래된 초고를 읽고 지금도 충분히 읽을 만한 이야기라며 제게 용기를 준, 이 소설을 쓰고 또 쓰고 다시 고쳐 쓰고 연재하고 책으로 내기까지 내내 옆을 챙기고 지켜준, 그분에게 고마움을 표하고 싶습니다. 언젠가 결혼을 하면 아내에게 감사한다는 말을 책 말미에 남기고 싶었습니다. 결혼하고 나온 첫 책 『고스트라이터즈』로 그렇게 할 수 있어 참으로 기쁜 지금입니다. 평범한 소설가의 특별한 아내에게, 깊은 감사를 전하며……

2017년 3월
광장에서 불어온 봄과 함께, 새 시대를 품은 바람과 함께.
김호연

고스트라이터즈

초판 1쇄 발행 2017년 4월 5일 **초판 4쇄 발행** 2023년 7월 1일

지은이 김호연
펴낸이 이승현

출판1 본부장 한수미
라이프 팀장 최유연
디자인 하은혜

펴낸곳 ㈜위즈덤하우스 **출판등록** 2000년 5월 23일 제13-1071호
주소 서울특별시 마포구 양화로 19 합정오피스빌딩 17층
전화 02) 2179-5600 **홈페이지** www.wisdomhouse.co.kr

ⓒ 김호연, 2017

ISBN 978-89-5913-495-3 03810